看誰在說謊

ONE OF US IS LYING

凱倫・麥馬納斯 Karen M. McManus ————著　尤傳莉 ————譯

獻給Jack
他總是能逗我笑

第一部　賽門說

1

布朗雯

九月二十四日，星期一，下午二點五十五分

一捲性愛錄影帶。一樁懷孕的恐懼。兩件劈腿的醜聞。這還只是本週最新消息。如果你對灣景高中的一切所知，都是來自賽門・凱勒的手機app「關於那個」，你就會很好奇大家怎麼會有時間去上課。

「老新聞啦，布朗雯，」一個聲音在我後頭說，「等著明天的貼文吧。」

該死，我好恨被人家發現我在看「關於那個」，尤其是被這個app的開發者逮到。我放低手機，把我的儲物櫃轟然關上。「你接下來要毀掉誰的人生，賽門？」

賽門跟上來和我一起往前走，其他學生都湧向出口，我們卻是朝著反方向。「這是公共服務，」他輕蔑地揮了一下手。「你在幫瑞基・克羅利當家教，對吧？你難道不想知道他在臥室裡頭藏了個攝影機？」

我才懶得回答。瑞基・克羅利長期嗑藥昏了頭，我接近他臥室的機率，大概就跟賽門忽然有了良心一樣低。

「總之，是他們自找的。要是大家不撒謊、不劈腿，我這app就經營不下去了。」賽門冰冷的藍色眼珠把我加長的步伐看在眼裡。「你急著要去哪裡？又要去忙那些了不起的課外活動？」

是就好了。彷彿在嘲弄我一般，一則警告掠過我的手機：數學競賽者練習，下午三點，紀元咖啡店。接著是我一個隊員發來的簡訊：艾文來了。

當然了。可愛的數學競賽者艾文——這個形容聽起來像是諷刺，其實不是——好像總是會挑我缺席的時候出現。

「不算是。」我說，根據一般通則，尤其是最近，我盡量不要給賽門任何資訊。我們推開通往後樓梯的綠色金屬雙扇門，這裡是灣景高中骯髒、黑暗舊校舍和明亮、通風新翼樓的分隔線。每一年都有更多家庭住不起聖地牙哥，往東搬到二十四公里外的灣景鎮來，期望他們的納稅錢可以買到更好的公立學校經驗，不再只是老舊的爆米花天花板，以及刮痕累累的亞麻仁油地板。

我來到三樓艾佛瑞老師的實驗教室時，賽門還跟在我後頭，我半轉身、雙臂在胸前交抱。「你不是要去什麼地方嗎？」

「是啊。課後留校處罰。」賽門說，等著我繼續往前走。但是我沒走，而是抓住門鈕，於是賽門爆笑出來。「你開玩笑吧。你也被課後留校了？你的罪名是什麼？」

「我是被冤枉的。」我咕噥道，把門拉開。裡頭已經有其他三個學生坐好了，我暫停下來看著他們。不是我預料中的那些人，除了一個。

奈特．麥考利的椅子往後傾，嘻皮笑臉看著我。「你走錯教室了吧？這裡是課後留校教室，不是學生議會。」

他當然對這個教室很熟悉。奈特從小學五年級開始就麻煩不斷，我們大概也就是從那時開始斷了來往。我聽謠言說他現在是處於緩刑期間，因為被灣景警察局抓到……不曉得什麼原因。有可能是酒醉駕車；也可能是販賣藥物。他是知名的藥頭，不過我所知道的都是純理論。

「你們那些評論就省省吧。」艾佛瑞老師在寫字板上打了鉤，然後在賽門進來後關上門。下午的太陽照進教室後牆上那排高高的拱頂窗，在地板撒下一片片三角形的陽光，窗下停車場後方的球場傳來美式足球練習的模糊聲音。

我坐下來，此時庫柏．克雷把一張紙揉成球，低聲說，「注意了，愛蒂。」然後把紙球朝對面的女孩丟去。愛蒂．普蘭提思眨眨眼，不太確定地微笑著，讓那顆紙球掉到地板上。

教室的時鐘緩緩朝三點邁進，我看著指針，有種深感不公平的無助。我根本不該在這裡的。我應該在紀元咖啡店，隔著微分方程式跟艾文．尼曼笨拙地調情才對。

艾佛瑞老師是那種先罰你課後留校、絕對不聽解釋的人，但是或許還有時間改變他的想法。我清了清嗓子，正要舉手發問，然後注意到奈特臉上的笑意更濃了。「艾佛瑞老師，你找到的那個手機不是我的，我不曉得怎麼會跑到我包包裡。這個才是我的手機。」我說，揮舞著我裝在瓜紋護套裡的 iPhone。

老實說，你一定要很無腦才會帶著手機到艾佛瑞老師的教室裡。他嚴格規定上他的課不准帶手機，而且每堂課的前十分鐘，他都要檢查所有人的包包，活像他是個航空公司安檢主管、而我們所有人都在黑名單上。當時我的手機鎖在我的儲物櫃裡，一如以往。

「你也是？」愛蒂迅速轉向我，她一頭洗髮精廣告似的金色捲髮在肩膀上擺動。平常她都像連體嬰似的黏著她男友，這會兒一定是動了分割手術，才會獨自出現。「那個手機也不是我的。」

「我也是。」庫柏附和，南方腔好重。他和愛蒂驚奇地彼此看了一眼，我不懂他們為什麼很驚訝，因為他們根本是同一掛的。或許除了不公平的課後留校之外，這些超人氣明星學生有更好的事情可以聊。

「有人惡整我們！」賽門身體前傾，手肘放在桌上，像縮緊的彈簧準備要抓住新八卦來利用。他的目光迅速朝著我們群集在這個空蕩教室中央的四個人看一圈，然後停在奈特身上。「一群紀錄大半乾淨無瑕的學生，為什麼有人想要害他們課後留校？這種事，唔，不曉得，好像是一個老是被罰課後留校的人會做的，為了好玩。」

我看著奈特，但是無法想像。安排其他人課後留校聽起來很費事，而有關奈特的一切——從他亂糟糟的深色頭髮到破爛的皮夾克——都在大喊我才懶得咧，也或許是打著哈欠說。他看著我的雙眼，但什麼都沒說，只是把椅子往後傾斜得更厲害。再往後一公分，他就會翻倒過去了。

庫柏坐得更直了些，那張美國隊長的臉上蹙起眉頭。「慢著。我還以為只是搞錯了，但是如果我們所有人都碰到同樣的事情，那就是有個人搞了個愚蠢的惡作劇。而我就因為這樣而錯過了棒球練習。」他說得好像他是個心臟外科手術醫師，而被耽擱的是一場攸關人命的手術。

艾佛瑞老師翻了個白眼。「那些陰謀論，你們就留著去跟別的老師說吧，我才不買帳。你們都知道我規定上課不准帶手機，而且你們違反了。」他格外嚴厲地看了賽門一眼。老師們都知道「關於那個」的存在，但他們也沒什麼辦法阻止。賽門提到任何人都只用姓名字首縮寫，而且從來不提校名。「現在聽好了。你們要在這裡待到四點。我要你們每個人寫一篇五百字的作文，談現代科技如何毀壞美國高中。任何不遵守規則的人，明天就再罰一次課後留校。」

「我們要用什麼寫？」愛蒂問。「這裡又沒有電腦。」大部分教室裡都有Chromebooks筆記型電腦，但艾佛瑞老師（他看起來十年前就該退休了）的教室裡，則堅持不讓電腦進駐。

艾佛瑞老師走到愛蒂的桌前，敲敲一本黃色橫格記事本的一角。我們每個人都有這麼一本記事本。「探索一下手寫的魔法吧。這是一種失傳的藝術。」

愛蒂漂亮的心形臉蛋看起來好困惑。「但是我們怎麼知道自己有沒有寫到五百字？」

「用數的，」艾佛瑞老師回答。他的眼睛轉到我還握著的手機。「另外，把那個交過來，羅哈斯同學。」

「你沒收了我的手機兩次，這個事實不會讓你多想一下嗎？誰會有兩支手機啊？」我問。奈特咧嘴笑了，一閃即逝，快得我差點沒看到。「真的，艾佛瑞老師，有人在拿我們開玩笑。」

艾佛瑞老師白色的小鬍子不高興地抽動，他伸出手招了招。「手機，羅哈斯同學。除非你想要明天再來。」我嘆了口氣，把手機交過去，同時他一臉失望地看著其他人。「我稍早跟你們其他人沒收的手機，都放在我的書桌裡。課後留校結束後，就會還給你們。」愛蒂和庫柏一臉好笑的表情看了一下對方，大概因為他們真正的手機都還安全地放在自己的背包裡。

艾佛瑞老師把我的手機放進一個抽屜裡，然後坐在教師書桌後方，打開一本書，準備接下來一小時不理我們。我拿出一支筆，敲敲我的黃色記事本，思索著這篇作文該怎麼寫。艾佛瑞老師真的相信科技正在毀壞學校嗎？為了幾支帶到課堂上的手機，這樣的說法也太以偏概全了。也許這是個陷阱，他希望我們反駁他、而不是同意他。

我看了奈特一眼，他正伏在他的記事本上方，用大寫字母寫著電腦好爛，一次又一次。

我有可能想太多了。

庫柏

九月二十四日，星期一，下午三點零五分

才寫沒幾分鐘，我的手就開始痛了。我想這樣很可悲吧，但我記不得上回用手寫字是什麼時候了。尤其我是用右手寫，不管寫了多少年，都還是覺得很不自然。小學二年級時，我爸第一次看到我投球，從此他就堅持要我改用右手寫字。*你的左手臂是黃金手臂*，他告訴我。*別浪費在不重要的鳥事上*。而根據他的想法，除了投球之外，其他一切都是不重要的鳥事。

也就在那個時候，他開始喊我「庫柏鎮」——棒球名人堂的所在地。給一個八歲小孩施加一點小小的壓力，真是好極了。

賽門伸手到他的背包裡翻找，拉開了每個隔層，然後整個拿起來放在膝上往裡看。「我的水瓶跑哪兒去了？」

「不准講話，凱勒同學。」艾佛瑞老師說，頭都沒抬起來。

「我知道，但是——我的水瓶不見了。我好渴。」

艾佛瑞老師指著教室後方的水槽，旁邊的台面上堆著許多燒杯和培養皿。「自己去弄杯水

喝。安靜一點。」

賽門站起來，從台面上一疊杯子裡抓了一個，開了水龍頭裝滿水。他走回自己的座位，把杯子放在他桌上，但好像分心去看正在認真寫字的奈特。「大哥，」他說，球鞋踢著奈特書桌的一根桌腳。「說真的，是你把那些手機放在我們的背包裡，要惡搞我們的嗎？」

現在艾佛瑞老師抬起頭，皺著眉。「我說過安靜一點。凱勒同學。」

奈特直起身子，雙臂交抱在胸前。「我為什麼要做那種事？」

賽門聳聳肩。「你為什麼要做任何事？這樣你闖了禍就有人陪？」

「你們兩個誰再說一個字，明天就要課後留校。」艾佛瑞老師警告。

賽門還是張開嘴了，不過他還沒說出話來，就有個輪胎煞車、然後兩車相撞的聲音。愛蒂猛吸一口氣，我抓緊桌子，好像剛剛有人從後頭撞上我。奈特看起來很樂意有這個打擾，搶先站起來走到窗前。「誰會在學校停車場裡跟別人擦撞啊？」他問。

布朗雯看著艾佛瑞老師，好像在請求允許，等到他從辦公桌後站起來，她也走向窗子。愛蒂跟著她，然後我終於從座位上站起來，決定也去看看怎麼回事。我靠在窗台前往外看，賽門過來站在我旁邊，看著底下的車禍現場，輕蔑地笑了一聲。

兩輛汽車，一輛紅色舊車和一輛不起眼的灰車，呈直角撞在一起。我們都沉默地看著，直到艾佛瑞老師火大地嘆了口氣。「我最好去看一下，確認沒有人受傷。」他的雙眼看了我們一圈，然後注意力集中在布朗雯身上，把她視為我們這些人裡頭最有責任感的學生。「羅哈斯同學，我離開的時候，你負責維持教室秩序。」

「好的。」布朗雯說，緊張地朝奈特看了一眼。我們還待在窗邊，看著下頭的車禍現場，但是在艾佛瑞老師或其他任何老師趕去之前，那兩輛車就各自發動引擎，駛離停車場了。

「唔，真是太掃興了，」賽門說。他回頭走向自己的桌子，拿起杯子，但是沒坐下來，而是晃到教室前面，看著那張化學元素週期表海報。他又探頭到走廊上，好像要離開，但接著回頭舉起杯子，像是朝我們敬酒。「還有誰想喝水嗎？」

「我想。」愛蒂說，回到自己的座位上。

「自己去倒一杯吧，公主。」賽門嘻皮笑臉說。愛蒂翻了個白眼，繼續坐著沒動，同時賽門靠著艾佛瑞老師的書桌。「你還真以為自己是公主，嗯？現在返校日舞會結束了，你就不會自己動手了？離高四畢業舞會還很久呢。」❶

愛蒂沒回答，只是看著他。我不怪她。一碰到我們這一票人，賽門的思緒總是毫無善意。他向來表現得好像根本不在乎自己是否受歡迎，但在今年春天舉行的高三舞會上，他被選入舞會國王和皇后的候選人小組，當時他還很得意。我到現在還是不明白他怎麼會被選上，除非他是用保密當交換條件去拉票。

不過上星期的返校日舞會，我沒看到賽門參加。我被選為舞會國王，所以或許我就是他下一個要羞辱、或是隨便瞎搞的對象。

「你到底是想說什麼，賽門？」我問，在愛蒂旁邊坐下來。愛蒂和我並不是特別熟，但我有

❶ 美國一般學制是國小五年，初中三年，高中四年。

點覺得該保護她。她從高一起就跟我最要好的朋友交往，而且她很討人喜歡。同時，碰到像賽門這種糾纏不休的人，她就是不曉得該怎麼抵抗。

「她是個公主，你是個運動健將，」賽門說。他朝布朗雯昂起下巴，接著是奈特。「然後你是學霸，你是罪犯。你們全都是青少年電影裡的典型人物。」

「那你呢？」布朗雯問。她之前一直站在窗邊，但現在她回到自己的桌旁，靠在桌邊。她雙腿交叉，把深色頭髮的馬尾拉到一邊肩膀前。她今年不曉得哪裡變得比較可愛了。或許是因為新眼鏡？或是留長的頭髮？忽然間，她忽然有了那種性感書呆子的味道了。

「我是全知的旁白者。」賽門說。

布朗雯黑框眼鏡後頭的雙眉揚起。「青少年電影裡沒有全知旁白者啊。」

「啊，但是布朗雯，」賽門眨眨眼睛，大口把杯子裡的水一飲而盡。「現實生活裡面有啊。」

他講得像是個威脅，我很好奇他是不是有布朗雯什麼把柄，要在他那個愚蠢的 app 裡面披露。我討厭那個玩意兒。幾乎我所有的朋友都被寫過，有時候還引起很大的麻煩。我的死黨路易斯就因為賽門寫的事情而跟女朋友分手了。雖然有關路易斯跟他女朋友的表妹勾搭的報導是真的，不過那件事不必公開。學校走廊間的八卦就已經夠糟糕的了。

如果要我坦白說，我很擔心賽門要是用心挖，不曉得會寫我什麼。

賽門舉起他的杯子，皺著臉。「這個水味道好臭。」他的杯子掉地，然後我翻了個白眼，受不了他這麼戲劇化。就連他倒在地板上，我還是認為他在演戲。不過接下來，他開始拚命喘氣。

布朗雯第一個站起來，然後跪在他旁邊。「賽門，」她說，搖著他的肩膀。「你還好嗎？發生了什麼事？你有辦法講話嗎？」她的聲音從擔心到恐慌，這樣就夠讓我行動了。不過奈特動作更快，他擠過我身旁，蹲在布朗雯旁邊。

「筆，」他說，眼睛檢視著賽門磚紅色的臉。「你有筆嗎？」賽門拚命點頭，雙手抓著自己的喉嚨。我抓了自己桌上的筆，要遞給奈特，想著他是要做那種急救的氣管切開術或什麼。奈特只是瞪著我，好像我有兩個腦袋。「艾筆腎上腺素注射筆啦，」他說，然後去翻賽門的背包。「他這是過敏反應。」

愛蒂站起來，雙臂交抱著身體，一個字都沒說。布朗雯轉向我，滿臉發紅。「我要去找個老師，還有打九一一。你陪著他，好嗎？」她從艾佛瑞老師的抽屜裡拿了自己的手機，跑進走廊裡。

我跪在賽門旁邊，他的雙眼鼓出，嘴唇發藍，還發出恐怖的哽咽聲音。奈特把賽門背包裡所有的東西都倒在地板上，在那些亂七八糟的書、紙張、衣服裡面翻尋。「賽門，你把筆放在哪裡？」他問，拉開背包正面的小袋子，翻出兩支普通筆和一組鑰匙。

但是賽門早就沒法講話了。我一隻汗溼的手掌放在他肩膀上，好像這樣可以有點用處。「你沒事，你會沒事的。我們已經去找人來幫忙了。」我可以聽到自己的聲音變得緩慢、濁重，有如糖蜜一般。我一緊張，南方的拖腔口音就會不自覺冒出來。我轉向奈特問：「你確定他不是嗆到什麼的？」或許他需要哈姆立克急救法，而不是什麼醫療筆。

奈特沒理我，把賽門倒空的背包扔到一旁。「幹！」他大喊，一拳捶向地板。「你有帶著筆嗎？賽門？賽門！」賽門的眼睛已經往後翻，此時奈特又去掏賽門的口袋，但是只找到一張揉皺的面紙。

遠方傳來救護車的警笛聲，同時艾佛瑞老師和另外兩個老師跑進教室，後頭跟著緊握手機的布朗雯。「我們找不到他的艾筆。」奈特簡短地說，指著旁邊那一堆賽門的東西。

艾佛瑞老師張嘴恐慌地看著賽門片刻，然後轉向我。「庫柏，保健室有艾筆。應該有標示，放在一般看得到的地方。快去！」

我衝進走廊，迅速來到後樓梯拉開門，同時聽到後頭腳步聲愈來愈遠。我一次下三階，來到一樓，閃過少數幾個零星的學生，來到保健室。門半開著，但是裡頭沒人。

裡頭空間很狹小，靠窗有一張檢查台，左邊有一個大大的灰色儲物箱。我掃視房間一圈，雙眼落在兩個固定在牆上的白箱子，上頭有紅色的大寫字母。一個標示著「緊急電擊器」，另一個是「緊急腎上腺素」。我笨手笨腳地拉開第二個箱子的門閂，把門打開。

裡頭什麼都沒有。

我又拉開第二個箱子的門，裡頭有個塑膠裝置，上頭印了個心形圖案。我很確定不是這個，於是我開始翻找那個灰色櫥櫃，拉出一箱箱的繃帶和阿斯匹靈，但是沒看到任何像筆的東西。

「庫柏，找到了嗎？」剛剛跟艾佛瑞老師和布朗雯一起進入實驗教室的蓋瑞森老師也衝進保健室，她呼吸急促，按著自己的腰側。

我指著那個固定在牆上的空箱子。「應該放在裡頭的，對吧？但是結果沒有。」

「去找醫療用品箱，」蓋瑞森老師說，也不管散布在地上的那些ＯＫ繃箱子證明我已經找過了。另一個老師此時也進來，我們把整個保健室翻得亂七八糟，同時聽到救護車的警笛聲愈來愈近。等到我們打開最後一個櫃門，蓋瑞森老師手背抹掉前額的一道汗水。「庫柏，去告訴艾佛瑞老師說我們還沒找到。康托斯老師和我會繼續找。」

我趕回艾佛瑞老師的實驗教室時，急救人員也剛好到了。他們總共有三個人，穿著海軍藍制服，兩個推著一張長長的白色擔架，另一個跑在前頭，把聚集在門邊的那一小群人清開。我等到他們三個人都進去了，才跟在後頭。艾佛瑞老師跌坐在黑板旁邊，黃色的長袖襯衫沒紮進褲腰帶裡。「我們找不到筆。」我告訴他。

他顫抖的手撫過稀疏的白髮，看著一位急救人員朝賽門打針，另外兩個人抬起擔架。「上帝幫助那孩子。」他低聲說。我覺得比較像是在自言自語，而不是在跟我講話。

愛蒂獨自站在一旁，淚水滑落雙頰。我走過去攬住她的肩膀，同時急救人員抬著擔架進入走廊。「你可以一起來嗎？」其中一個急救人員問艾佛瑞老師，他點點頭跟上去。於是空蕩的教室裡只剩幾個嚇傻的老師，還有我們四個跟賽門一起課後留校的學生。

我猜想，前後還不到十五分鐘吧，但感覺像是過了好幾個小時。

「他現在沒事了吧？」愛蒂哽咽著問。布朗雯雙手握緊手機，像是要用來祈禱。奈特雙手扶腰站在那裡，瞪著教室門，看著更多老師和學生開始走進來。

「這個話不中聽，但是我看不會是沒事。」他說。

2

愛蒂

九月二十四日，星期一，下午三點二十五分

布朗雯、奈特、庫柏全都在跟老師講話，但是我沒辦法。我需要傑克。我從包包裡拿出手機想傳簡訊給他，但是手抖得太厲害了。於是我就改打電話。

「寶貝？」鈴響第二聲他就接了，口氣很驚訝。我們很少打電話，所有朋友都這樣。有時候我跟傑克在一起，他的手機響起鈴聲時，他會拿起來開玩笑：「『您有來電』是什麼意思？」通常只有他媽才會打電話給他。

我只說了「傑克」，就開始大哭。庫柏的手臂還攬著我的肩膀，成了我唯一的支撐。我哭得說不出話來，庫柏就從我手裡拿了手機。

「嘿大哥，我是庫柏。」他說，南方口音比平常嚴重。「你人在哪裡？」他聽了幾秒鐘。「你能不能到校門口？這裡……發生了一件事。愛蒂很難過。不，她沒事，但是……賽門．凱勒在課後留校時出了狀況。救護車載走他了，我們不曉得他會不會好起來。」

布朗雯轉向旁邊的蓋瑞森老師問，「我們應該要留下來嗎？你需要我們嗎？」

蓋瑞森老師雙手顫抖摸著喉嚨。「老天，我想不必吧。你們把一切都告訴那些救護人員了？賽門……喝了些水，然後就倒下了？」布朗雯和庫柏都點點頭。「好奇怪。他對花生過敏，當然了，但是……你確定他沒吃任何東西？」

庫柏把手機還給我，一手撫過他整齊的淺褐色短髮。「我想沒有。他只是喝了一杯水，就倒下了。」

「或許是他午餐吃了些什麼，」蓋瑞森老師說，「有可能是延遲反應。」她四下張望著教室裡，目光停在地板上賽門留下的杯子。「我想我們應該把這個杯子收好。」她說，走過去把杯子撿起來。「可能會有人想檢查一下。」

「我想離開。」我突然大聲說，擦掉臉頰的淚水。我沒法再待在這個教室裡了。

「我可以陪她出去嗎？」庫柏說，蓋瑞森老師點點頭。「我還要再回來嗎？」

「不，沒關係，庫柏。如果他們需要你的話，我相信他們會打電話的。你們就回家，設法恢復正常吧。賽門現在有專業人員照顧了。」她湊近了些，口氣變得更柔和。「我很遺憾。那個狀況一定很可怕。」

不過她主要都看著庫柏。灣景高中沒有一個女老師能抗拒他那種全美明星的魅力。離開教室時，庫柏還是一手攬著我。我沒有兄弟，但如果有，我想當你覺得難受時，他們就會這樣扶持你。傑克不會喜歡他大部分的朋友這麼靠近我，但庫柏沒問題。我靠著庫柏經過走廊，上星期返校日舞會的海報都還沒拆下來。庫柏推開學校前門，然後，感謝老天，傑克就站在外頭。

我倒進他懷裡，一時之間，覺得一切都沒事了。我永遠忘不了第一次見到傑克，是高一那年：他嘴裡還戴著牙套，個子還沒有拔高，也沒有寬闊的肩膀。但是我看著他的酒渦和那對亮藍得有如夏日晴空的眼珠，立刻就知道他是我的真命天子。後來他變得高大俊美，也只是附帶的紅利而已。

他撫摸著我的頭髮，同時庫柏低聲跟他解釋發生了什麼事。「老天，小愛，」傑克說，「真可怕。我送你回家吧。」

庫柏自己離開了，我忽然覺得很抱歉，沒替他做更多事情。我從他的聲音聽得出來，他跟我一樣嚇壞了，只是隱藏得比較好而已。但是庫柏太厲害了，什麼事情都能處理。他的女朋友柯麗也是我的死黨之一，是那種凡事都處理得很完美的女生。她會曉得怎麼幫庫柏的，比我能幹得多。

我坐上傑克的車，他開得有點太快了，我看著街景在眼前模糊掠過。我家離學校只有一公里半，開車一下就到了，不過我還是做好準備要應付我媽，因為我相信她已經聽說了。她的情報管道很神祕，但是萬無一失，果然，傑克的車子開入屋前車道時，我媽就站在前廊上。儘管玻尿酸老早凍住了她的表情，我還是看得出她的心情。

我等到傑克幫我開了車門，這才下了車，一如往常讓他攬著我。我姊姊艾希丹老開玩笑說我是那種藤壺，沒有宿主就會死掉的。其實不好笑。

「愛蒂！」我媽的擔憂非常戲劇化。我們爬上階梯時，她伸出一隻手撫摸著我空的那隻手臂。「告訴我發生了什麼事。」

我不想。尤其是我媽的男朋友賈斯汀還跟在她後頭，看似擔心，其實是好奇。賈斯汀比我媽小十二歲，所以就是比她的第二任丈夫小五歲，而且比我爸小十五歲。照這個速率下去，她下一個男朋友就該是傑克了。

「我沒事，」我咕噥著說，躲過他們，「我沒事。」

「嘿，卡洛威太太，」傑克說。我媽不是跟我爸姓，而是跟著第二任丈夫。「我要送愛蒂回房，這整件事太可怕了。等她安頓好了，我可以告訴你相關的事情。」傑克跟我母親談話的態度老是讓我很驚奇，好像他們是平輩似的。

而且她就由著他這樣，甚至很喜歡。「當然了。」她媚笑道。

我媽認為傑克太優秀了，我配不上他。自從高二那年他變得超級性感、我卻還是老樣子之後，我媽就總是這麼跟我說。小時候我媽老是送艾希丹和我去參加選美比賽，我們兩個都老是得到第三名。我們只能選上返校日公主，不是皇后。這樣也不差，但是沒好到能吸引且留住一個能照顧你一輩子的男人。

我不確定是否有人說過這是個目標之類的，但反正我們就該拿這個當目標。我媽失敗了。艾希丹也失敗了，她結婚兩年，她先生已經放棄法學院，現在很少花時間跟她相處。這種事就是跟普蘭提思家的女孩無緣。

「對不起，」我們上樓後，我跟傑克說。「我處理得不好。你應該看看布朗雯和庫柏。他們好厲害。還有奈特——老天。我從沒見過奈特・麥考利那樣跳出來主掌局面。我是唯一幫不上忙的。」

「噓，別這麼說，」傑克在我耳邊說，「不是這樣的。」

他的口氣帶著一種斬釘截鐵的意味，因為他向來只看我最好的那一面。如果這點改變了，我真不曉得自己該怎麼辦。

奈特

九月二十四日，星期一，下午四點

布朗雯和我來到停車場時，裡頭已經幾乎全空了，我們一走出校舍的門，就猶豫起來。我從幼稚園就認識布朗雯了，扣掉初中時代那幾年沒來往，但我們不算是熟朋友。只不過，現在有她在身邊，我並不覺得尷尬。尤其是發生過樓上的那場大災難之後，我簡直是覺得自在。

她四下看了一圈，好像才剛醒來似的。「我沒開車，」她說，「我本來應該搭便車，去紀元咖啡店的。」她講得好像很重要，好像背後還有更多故事。

我還有生意要處理，但眼前大概時機不對。「要搭便車嗎？」

布朗雯看著我的摩托車。「你說真的？那麼危險的車子，花錢請我都不坐。你知道死亡率有多高嗎？那可不是開玩笑的。」她那個表情，好像就要拿出一個表格來給我看了。

「隨你。」我應該丟下她自己回家的，但我其實也還沒準備好。我靠在校舍外牆上，從夾克口袋掏出一個裝了金賓威士忌的小扁瓶，打開瓶蓋，遞給布朗雯。「要喝嗎？」

她雙臂緊緊交抱在胸前。「你在開玩笑嗎？在爬上你那輛毀滅機器之前喝這玩意兒？而且是在學校裡頭？」

「你真的很搞笑，你知道嗎？」我其實不太喝酒，這個小扁瓶是今天早上從我爸那邊拿來的，一直忘了。但是有個事情可以逗逗布朗雯，讓我覺得很樂。

我正要把那小扁瓶放回口袋，布朗雯皺起眉頭伸出一手。「管他去死。」她在我旁邊靠著紅磚牆面，一點接一點往下滑，直到她坐在地面上。不知怎地，我回想起小學的時候，布朗雯跟我上同一所天主教學校。那是在生活變得一塌糊塗之前。當時所有女生都穿著格子制服裙，她現在也穿著類似的裙子，盤腿坐下時，裙子在大腿上提得老高。那幅景象還真不錯。

她喝了好大一口。「剛剛，發生了，什麼事？」

我在她旁邊也坐下，接過瓶子，放在我們之間的地上。「我不曉得。」

「他看起來好像快死了。」布朗雯又去拿酒瓶，手抖得好厲害，瓶子敲得地面喀啦響。「你認為呢？」

「是啊。」我說，看著布朗雯又喝了一大口，皺起臉來。

「可憐的庫柏，」她說，「他的口音好像昨天才剛從密西西比州搬來似的。他一緊張就會有那種南方口音。」

「我不曉得這事情。不過那個叫什麼來著的女生，她真沒用。」

「愛蒂。」布朗雯的肩膀輕輕撞了我一下。「你應該曉得她名字的。」

「為什麼？」我想不出什麼好理由。在今天之前，那個女生跟我很少碰到過，以後大概也不會了。我很確定我們彼此都無所謂。我知道她那種型的女生。滿腦子只有她男朋友，還有他們那群朋友之間的鉤心鬥角。她算是夠辣了，不過除此之外，她什麼都沒有。

「因為我們共同經歷了一場很大的創傷。」布朗雯說，好像這句話就確認一切了。

「你有很多規矩，對吧？」

我都忘了布朗雯有多麻煩了。早在小學時，她在乎的各種日常瑣事，就已經會把一個正常人搞得累死。她老是試圖想加入各種事情，或創辦某些事情讓其他人加入。然後所有事情她都要主掌局面。

但是她不無聊，這點我承認。

我們沉默坐在那裡，看著最後幾輛車離開停車場，同時布朗雯偶爾從那小扁瓶裡喝一口。等到我終於把小扁瓶拿回來，很驚訝怎麼這麼輕。我懷疑布朗雯很習慣喝烈酒。我原以為她是那種喝水果酒的女生。

我把小扁瓶放回夾克口袋，此時她輕輕拉了一下我的袖子。「你知道，我一直想告訴你，就是事情剛發生的時候——我很遺憾你媽的事情，」她結巴地說，「我舅舅也是車禍過世的，也大概就在那一陣子。我當時想跟你致意，但是……你和我，你知道，我們其實不……」她愈說愈小聲，手還是放在我的胳臂上。

「不講話的。」我說，「沒關係，很遺憾你舅舅的事情。」

「你一定很想念她。」

我不想談我母親。「今天救護車來得很快，對吧？」

布朗雯有點臉紅，抽回了手，但是立刻跟著我改變話題。「你怎麼知道該怎麼做，我是說對賽門？」

我聳聳肩。「大家都知道他對花生過敏。對過敏的人就是要那樣做啊。」

「我就不知道那個筆的事情。」她冷哼著笑了一聲。「庫柏還給了你一支真的筆！好像要你寫張字條什麼的。啊老天。」她後腦勺撞著牆壁，用力得我擔心她會撞破頭骨。「我該回家了。待在這裡一點建設性都沒有。」

「我還是可以讓你搭便車的。」

我沒期待她接受，但她說，「好啊，有什麼不行。」然後伸出一隻手。我拉著她起身時，她有點踉蹌。我沒想到十五分鐘後酒力就上來了，可能原先我低估了布朗雯．羅哈斯的體重很輕。我大概該早點搶走那個小扁瓶的。

「你住在哪裡？」我問，跨坐在車上，把鑰匙插入點火器裡。

「松代克街。離這裡大概三公里吧。經過鎮中心，走石谷街，過了星巴克左轉。」是鎮上富裕人家的地帶，當然了。

我騎機車很少載人，也沒有多的安全帽，於是把我那頂給了她。她接過去，我還得逼自己把目光轉開，不要看她跨上我後頭的座位，然後把裙子塞在兩腿間。她手抱住我的腰，抱得太緊了點，但是我什麼都沒說。

「慢慢騎，好嗎？」我發動車子時她緊張地說。我想要再逗逗她，不過還是以平常一半的速度離開停車場。真沒想到，她把我抱得更緊了。我就這樣載著她，她的安全帽靠著我的後背，而且我敢拿一千元來賭（要是我有這麼多錢的話），她從頭到尾都緊閉著眼睛，直到我們來到她家的車道上。

他們家的房子就是你料想得到的——一棟巨大的維多利亞式宅邸，有大片的草坪和很多繁複的樹和花。車道上停了一輛Volvo休旅車，害我的機車——客氣一點的可以稱之為古典款——在旁邊看起來好可笑，布朗雯在我身後也一定看到了。真是名副其實的格格不入。

布朗雯爬下車，笨拙地摸索著安全帽。我解開帽釦，幫她拿下來，還拉開一綹纏在帽帶上的頭髮。她深吸一口氣，拉直裙子。

「太可怕了，」她說，然後聽到電話鈴響時驚跳了一下。「我的背包呢？」

「在你背上。」

她卸下背包，拿出前面小袋裡的手機。「喂？是的，我可以……是的，我是布朗雯。你是不是——老天。你確定嗎？」她的背包滑出手裡，落在她腳邊。「謝謝你打電話來告訴我。」她放下手機看著我，睜大的雙眼呆滯。

「奈特，他走了，」她說，「賽門死了。」

3

布朗雯
九月二十五日，星期二，上午八點五十分

我腦袋裡忍不住一直計算。現在是星期二早上八點五十分，二十四小時之前，賽門就要最後一次到點名教室了。接下來，六個小時零五分之後，我們會走進課後留校教室。再一個小時之後，他死掉了。

十七歲，就這樣死了。

我來到點名教室裡靠後方角落的座位，坐下時，覺得有二十五個頭朝我轉過來。即使沒有「關於那個」提供最新消息，賽門死掉的新聞在昨天晚餐之前就已經傳遍各地。所有知道我電話號碼的人都傳了簡訊給我。

「你還好吧？」我的好友由美子伸手過來握緊我的手。我點點頭，但光是這樣就搞得我腦袋的抽痛更嚴重。事後證明，讓半個小扁瓶的波本威士忌進入我空蕩的胃裡頭是個糟糕透頂的主意。幸好奈特送我回家時，我爸媽都還在上班，我妹妹美芙幫我灌了很多黑咖啡，所以等到我爸媽回家時，我還算半清醒。另一半不清醒的部分，他們以為是我的創傷後遺症。

第一節上課鈴響，但擴音器發出靜電爆擦音，通常是顯示即將宣布早晨注意事項，結果一直沒出現。然後我們的導師帕克老師清了清嗓子，從她的書桌後頭站起來。她顫抖的雙手抓著一張紙，開始唸道：「以下是灣景高中行政部門的正式公告。我很遺憾要告訴你們這個可怕的消息。昨天下午，你們的同學賽門．凱勒發生嚴重過敏反應。我們立刻打電話請求醫療協助，他們也很快到達。但是很不幸，還是太遲了，幫不了賽門。他在抵達醫院不久後過世。」

教室裡發出一陣低語嗡響，同時有個人冒出一聲啜泣。全班有一半的人已經拿出手機。我猜想，今天大家都不管校規了。我也忍不住從背包裡拿出手機，打開「關於那個」的app。半期待著會看到一則勁爆最新消息的通知，賽門會吹噓著昨天的課後留校，但當然，app裡只有上星期的新聞。

我們最喜歡的嗑藥鼓手也開始嘗試拍影片了。RC在他臥室的燈具裡裝了個攝影機，還為他所有好友們舉行首映會。各位女生，我可是警告過你們了。（不過對KL來說太遲了。）

人人都看到躁狂的夢幻仙子女孩TC和新富貴公子男孩GR之間的調情，但是誰曉得還會有別的？顯然她男朋友就不曉得，星期六的比賽時，他渾然不覺地坐在露天看台上，而T和G就在看台底下打得火熱。抱歉啦，JD。男朋友總是最後一個知道的。

「關於那個」的重點是……你大概可以保證每個字都是真的。賽門高二那年春假去矽谷參加了一個昂貴的電腦程式研習營，回來就開發出這個app，而且只有他一個人可以貼文。他的消息來源遍及全校，對於報導的消息非常挑剔而小心。被報導的人通常都否認或不理會，但是他從來沒有寫錯過。

我沒被報導過；這方面我太無可挑剔了。賽門可能寫我的只有一件事情，但是他幾乎不可能發現那件事。

現在，我猜想他永遠不會發現了。

帕克老師還在講話。「禮堂今天全天都會提供悲痛心理諮商。如果你覺得需要找個人談談這個悲劇，隨時都可以離開教室。校方正在規劃一場賽門的追悼會，將在星期六的美式足球賽之後舉行，等各種細節確定了會再公告。另外有關他家人的各種安排，我們得知之後，也會隨時通知大家。」

鈴聲響起，我們全都站起來要離開，但我還沒拿起背包，帕克老師就喊了我的名字。「布朗雯，麻煩你留下來一會兒好嗎？」

由美子同情地看了我一眼，站起來把一綹多層次的黑髮塞到耳後。「凱特和我會在走廊等你，好嗎？」

我點點頭，抓起背包。我走向帕克老師的書桌時，她一手還抓著那張學校的公告事項。「布朗雯，你們昨天跟賽門在同一間教室的四個人，古普塔校長要你們今天接受一對一的諮商。校長要我通知你，你排在十一點，要到歐菲洛老師的辦公室報到。」

歐菲洛老師是我的升學輔導老師，我很熟悉他的辦公室。過去六個月我在那邊花了很多時間，規劃我申請大學的策略。「是歐菲洛老師要幫我做諮商嗎？」我問，猜想這樣應該不會太糟糕。

帕克老師的前額皺起。「啊，不。學校找了一位專業的諮商師來。」

好極了。我已經花了半個晚上說服我爸媽，說我不需要任何心理諮商。他們要是知道學校規定我非得接受，一定樂壞了。「好吧。」我說，然後等著她是否還有什麼事情要告訴我，但她只是笨拙地拍拍我的胳臂。

一如之前的承諾。凱特和由美子就站在教室門外的走廊。她們一左一右夾著我，朝初階微積分的教室走，好像要保護我防止狗仔隊記者的突襲。但是接近教室時，由美子看到艾文．尼曼在門外等著，她就讓到一邊。

「布朗雯，嘿。」艾文穿著他平常穿的那種馬球衫，左胸前有他的姓名縮寫EWN，我一直很好奇他W開頭的中間名是什麼。沃特？溫德爾？威廉？為了他好，我希望是威廉。「你昨天晚上有收到我的簡訊嗎？」

我收到了。需要什麼嗎？要不要人陪？因為這是艾文．尼曼第一次傳簡訊給我，我憤世嫉俗的那一面就判定，他只是想在灣景高中有史以來最令人震驚的事件中，取得第一手資訊而已。「收到了，謝謝。不過當時我真的很累。」

「唔，如果你想找人談談的話，就跟我講一聲。」艾文看了一圈空蕩的走廊。他是非常講究準時的人。「我們大概應該進去了，嗯？」

我們找到座位坐下，此時由美子咧嘴笑著跟我咬耳朵。「昨天數學競賽者練習時，艾文一直在問你怎麼沒來。」

我真希望自己像她那麼起勁，但在昨天課後留校和今天的微積分課之間，我對艾文．尼曼完全失去了興趣。或許是因為賽門事件的創傷後壓力，但眼前我不記得當初他是哪一點吸引我了。其實我也從來沒有迷他迷得神魂顛倒過。我主要是覺得艾文和我有可能成為不錯的一對，但畢業時我們就會好聚好散，去讀不同的大學。我知道這樣很沒意思，但是高中談戀愛本來就是這樣。總之，對我是如此。

我整堂微積分課都坐在那裡，但我的心思老早飄得老遠，然後忽然間，課就上完了，接著我跟凱特和由美子走到進階先修英語課教室。我滿腦子還是想著昨天發生的事，因而在走廊碰到奈特經過，我很自然地就喊他：「嗨，奈特。」我停下來，兩個人都很驚訝，他也停了下來。

「嘿。」他回答。他的深色頭髮比平常更蓬亂，而且我很確定他身上的T恤跟昨天是同一件。但總之，穿在他身上很不錯，甚至有點太好了。從他高瘦的骨架到他有稜有角的顴骨，還有分得很開的、睫毛濃密的雙眼，都讓我一時失去思緒。

凱特和由美子也瞪著他看，但是方式不同。比較像是把他當成動物園裡一種不可預測的動物，關在一座不太牢靠的籠子裡。在走廊上跟奈特．麥考利聊天實在不是我們的日常慣例。「你的心理諮商結束了嗎？」我問。

他一臉茫然。「我的什麼？」

「悲痛心理諮商。因為賽門的事。你們導師沒告訴你？」

「我才剛到學校。」他說，我睜大了眼睛。我從不期待奈特會得到什麼全勤獎，但是現在都快十點了。

「啊。唔，我們四個昨天在場的人，全都要接受一對一的心理諮商。我被排在十一點。」

「耶穌基督啊。」奈特咕噥著，一手梳過頭髮。

這個動作讓我目光轉到他的胳臂，盯著猛看，直到凱特清了清嗓子。我的臉發熱，趕緊回過神來，但是太遲了，沒聽到她講了什麼。「總之，下次見了。」我含糊地說。

我們一走到別人聽不到的地方，由美子立刻湊過來跟我偷偷咬耳朵。「他看起來就像剛下床的樣子，」她說，「而且不是一個人睡覺。」

「希望你搭過他的摩托車之後，有用消毒水全身清洗過。」凱特也說。「他看起來完全就像個男妓。」

我瞪著她。「你知道說男妓是性別歧視吧？要是你非得用這類字眼，至少該挑個中性的。」

「隨便啦，」凱特不以為意地說，「重點是，他是個性病傳染源。」

我沒回答。當然，奈特是有那種名聲，但我們其實對他一無所知。我差點告訴她，他昨天騎車載我回家時有多麼小心，只是我不確定講這些有什麼意義。

上完英語課之後，我去歐菲洛老師的辦公室。我敲了他打開的門，他招手示意我進去。「坐吧，布朗雯。瑞斯尼克醫師有點晚了，不過她很快就會到。」我坐在他對面，看到他桌子中央整齊放著的那個牛皮紙文件夾上頭有我的名字。我伸手想去拿，又猶豫了，不確定那會不會是機密資料，但他把那資料夾推向我。「這是模擬聯合國主辦單位給你的推薦資料。不過現在離耶魯大學提早申請的截止日期，還有很多時間。」

我鬆了口氣，輕嘆一聲。「啊，謝謝！」我說，然後拿了那個資料夾。這是我在等的最後一份資料。耶魯是家族傳統——我祖父曾是那裡的訪問學者，後來拿到終身教職後，就舉家從哥倫比亞搬到耶魯大學的所在地新港。他所有的子女，包括我爸，全都在耶魯讀大學，而且我爸媽就是在耶魯大學認識的。他們總說，要不是因為耶魯大學，我們這一家就根本不會存在。

「不客氣。」歐菲洛老師往後靠坐，調整一下眼鏡。「你稍早有沒有感覺到耳朵很癢？卡密諾老師過來找我，問說你有沒有興趣幫忙，這個學期去當化學家教。有幾個很聰明的高三生就跟你去年一樣，化學課應付得很吃力。他們很想跟一個學期末拿到A的人學習一下訣竅。」

我不得不吞嚥了兩口，才有辦法回答。「我很願意，」我說，盡量輕快地回答。「但是我可能已經忙不過來了。」我硬撐出來的笑容好緊繃。

「別擔心。你現在要處理的事情很多。」

化學是我有史以來唯一無法應付的科目，吃力到我學期中拿到了D。隨著每回考砸的小考，我可以感覺到常春藤大學逐漸離我遠去。就連歐菲洛老師都開始婉轉建議，說其他頂尖大學其實也不錯。

於是我讓自己的分數提升，學年末拿到了A。但是我很確定，不會有人希望我把自己的訣竅告訴其他人。

庫柏

九月二十七日，星期四，中午十二點四十五分

「今天晚上可以碰面嗎？」

午餐後，柯麗握住我的手走向儲物櫃，那雙深色的大眼睛往上看著我。她媽媽是瑞典裔，爸爸是菲律賓裔，這樣的組合讓柯麗成為全校最美的女生，而且遙遙領先。我這星期忙著棒球和家裡的事情，跟她見面的機會不多，我看得出來她變得煩躁不安。柯麗並不算黏人，但她需要穩定的情侶相處時間。

「不曉得，」我說，「我好多作業都沒寫。」

她完美的嘴唇往下撇，我看得出來她正要講些什麼抗議，此時一個聲音從擴音器裡傳來。「請注意。庫柏．克雷、奈特．麥考利、愛蒂．普蘭提思、布朗雯．羅哈斯，請到主辦公室報到。庫柏．克雷、奈特．麥考利、愛蒂．普蘭提思、布朗雯．羅哈斯，請到主辦公室報到。」

柯麗四處看了一圈，好像期待有人解釋。「那是怎麼回事？跟賽門有關嗎？」

「應該是吧。」我聳聳肩。兩天前，古普塔校長已經找我去問過有關那天課後留校的問題，但或許她又有新的問題要問。我爸說賽門的父母在鎮上人脈很廣，而如果最後查出校方有任何疏失，恐怕就要擔心挨告了。「我得去報到了。晚一點再跟你聯絡，好嗎？」我迅速吻了一下柯麗的臉頰，揹上我的背包，然後沿著走廊往前。

到了校長室，接待員指著一間小會議室，我進去發現裡面已經坐滿了人：古普塔校長、愛蒂、布朗雯、奈特，還有一位警員。我的喉嚨有點發乾，在最後一個空位坐下。

「庫柏，很好。現在我們可以開始了。」古普塔校長雙手交握，看著在座所有人。「我要跟各位介紹灣景警察局的漢克．布達佩斯警員。關於你們星期一所看到的狀況，他有些問題要問你們。」

布達佩斯警員跟我們每個人輪流握了手。他相當年輕，但是頭已經開始禿了，一頭淺褐色頭髮，滿臉雀斑，不太有那種大權在握的威嚇性。「很高興認識各位。這回應該不會花太多時間，不過在跟凱勒一家談過之後，我們想更仔細調查一下賽門的死亡。驗屍結果今天早上已經出來了，而且——」

「這麼快？」布朗雯插嘴，古普塔校長不太高興地看著她，但她沒發現。「通常不是要更久嗎？」

「初步結果大概兩天內就可以出來了。」布達佩斯警員說，「檢查結果確定，顯示賽門在死前不久，吸收了大量的花生油。他父母覺得很奇怪，因為他向來對自己吃喝的東西非常小心。你們四位都跟古普塔校長說過，賽門倒下前喝了一杯水，是嗎？」

我們都點頭。然後布達佩斯警員繼續說，「那個杯子上頭有殘留的花生油，所以顯然賽門是因為喝了那杯水而死亡的。現在我們想搞清楚的是，花生油怎麼會進入他的杯子。」

沒人講話。愛蒂看著我的眼睛，然後又別開，前額微微皺起來。「有人記得賽門那個杯子是從哪裡拿的嗎？」布達佩斯警員問，他手裡拿著筆，面前放著一本空白的筆記本。

「我沒注意，」布朗雯說，「我當時在寫老師指定的作文。」

「我也是。」愛蒂說，雖然我可以發誓她當時根本還沒開始寫。奈特伸了個懶腰，看著天花板。

「我記得，」我主動回答，「他是從水槽旁的一疊杯子裡頭拿的。」

「那疊杯子是正放的，還是倒放的？」

「倒放的，」我說，「賽門拿了最頂端那個。」

「他拿的時候，裡頭有任何液體流出來嗎？他有搖動杯子嗎？」

我回想一下。「沒有。他就直接去裝水了。」

「然後他把水喝掉？」

「對。」我說，但布朗雯糾正我。

「不對，」她說，「不是馬上喝掉。他又講了一陣子話。還記得嗎？」她轉向奈特。「他問是不是你把那些手機放在我們背包裡的。就是害我們被艾佛瑞老師處罰的那些手機。」

「那些手機，好的。」布達佩斯警員在筆記本上寫了些字。他講出來的並不是問句。但是布朗雯還是解釋了。

「有人搞了惡作劇，」她說，「所以我們才會被罰課後留校。艾佛瑞老師在我們的背包裡找到手機，但那些手機根本不是我們的。」她一臉受傷的表情轉向古普塔校長。「這樣真的很不公平。我早就想問了，這個處罰會留在我們的永久紀錄上嗎？」

奈特翻了個白眼。「不是我。我背包裡也被偷塞了一支手機。」

古普塔校長皺起眉頭。「這件事我還是第一次聽到。」

她看向我，我聳聳肩。過去幾天我根本沒想到那些手機的事。

布達佩斯的表情並不驚訝。「我稍早跟艾佛瑞老師談過，他也提了這件事。他說沒有任何學生去領那些手機，所以他覺得一定是個惡作劇。」他把筆夾在食指和中指之間，很有節奏地敲著桌子。「賽門會對你們開這種玩笑嗎？」

「我看不出為什麼，」愛蒂說，「他背包裡也有支手機。何況，我跟他根本不算認識。」

「在高三舞會時，你跟他都進入了候選人小組。」布朗雯指出。愛蒂眨眨眼，好像這才想到有這回事。

「你們誰跟賽門有過節嗎？」布達佩斯警員問，「我聽說他開發的那個app——『關於那個』，對吧？」他看著我，於是我點頭。「你們被報導過嗎？」

每個人都搖頭，只有奈特例外。「很多次。」他說。

「報導什麼事？」布達佩斯警員問。

奈特賊笑。「一堆愚蠢的屁——」他開口，但古普塔校長打斷了他。

「用詞請注意，麥考利同學。」

「一堆愚蠢的事情，」奈特更正，「大部分是說我販賣藥物。」

「這樣被人家講閒話，會困擾你嗎？」

「其實不會。」他的表情看起來是真的很不在乎。我猜想比起被逮捕，登上一個八卦app根本沒什麼大不了的——如果他真的被逮捕過的話。賽門從來沒報導過這事情，所以好像沒人確切曉得奈特到底有沒有被逮捕過。

真可悲，賽門竟然成了我們最信賴的消息來源。

布達佩斯警員看著我們其他人。「但是你們三個有被報導過嗎？」我們都搖頭。「你們會擔心自己登上賽門的app嗎？擔心有什麼事情可能被他發現，或類似的事情？」

「我可沒有。」我說，但講出來才發現口氣不像我希望的那麼有信心。我目光從布達佩斯警員身上轉開，看到愛蒂和布朗雯的表情完全相反：愛蒂的臉色蒼白得像個鬼，布朗雯則是滿臉通紅。奈特觀察了他們幾秒鐘，椅子往後翹，看著布達佩斯警員。

「每個人都有祕密，」他說，「不是嗎？」

◆

那天晚上我的例行練習特別久，但我爸堅持要等到我練完了，再全家一起吃晚餐。等到我們在七點終於開飯時，我弟盧卡斯兩手抱著肚子，一臉忍耐的表情，搖搖晃晃走到餐桌旁坐下。

晚餐桌上，我們談的還是持續了一整個星期的老話題：賽門。「警方當然會介入偵辦。」老爸說，舀了一小山洋芋泥到他的盤子上。「那個男孩的死很不對勁。」他哼了一聲。「或許是有人在自來水裡面放花生油？律師們會去追查的。」

「他當時是不是兩眼凸出來，像這樣？」盧卡斯問，做了個表情。他才十二歲，對他來說，賽門的死只不過是電子遊戲裡面的血腥場面而已。

我奶奶伸手打了盧卡斯後腦勺一記。奶奶身高略略超過一五〇公分，滿頭白髮燙成小捲，但她這會兒一臉認真。「你談到那個可憐年輕人的時候，嘴巴要放尊重一點，否則就別開口。」

自從我們五年前從南方的密西西比州搬來後，奶奶就跟我們一塊兒住。當時我很驚訝她也一起來；祖父已經過世多年，不過她有很多朋友和社團活動讓她保持忙碌。但是在南加州住了幾年下來，我就明白了。我們現在這棟基本殖民地風格的房子，是密西西比州舊居的三倍價錢，要不是奶奶資助，我們根本買不起。然而住灣景一年到頭都可以打棒球，這裡的高中棒球隊在全國名列前茅。老爸期待我有朝一日能出人頭地，讓這筆龐大的房貸和他痛恨的工作都值得。

有可能。我的球速在這個夏天進步了五哩；在ESPN所預測的明年六月大聯盟選秀中，我名列第四。另外還有很多所大學對我有興趣，我也考慮先去讀大學再說。不過棒球不像美式足球或籃球。如果一個棒球員高中畢業能進小聯盟，他通常就會放棄大學了。

老爸的餐刀指著我。「你星期六有一場測試賽。可別忘了。」

其實根本不可能忘。全屋子到處都貼了時間表。

「凱文，或許這個週末讓他休息吧？」我媽咕噥道，但其實不是很認真。她知道我爸根本不會答應的。

「庫柏鎮最好的策略，就是一切照常。」老爸說，「偷懶也不能讓賽門死而復生。願他安息。」

奶奶小而明亮的眼睛盯著我。「我希望你們這些小孩明白，你們當時也沒辦法多做什麼救活賽門的。警方只是要照規矩完成工作，如此而已。」

這點我不確定。布達佩斯警員一直問起那些不見的艾筆腎上腺素，又問我一個人在保健室待了多久。雖然沒有明說，但他好像覺得在蓋瑞森老師趕到之前，我一個人可能在裡頭做了什麼。如果他認為有人惡搞賽門，我不懂他為什麼不仔細盤問奈特。要是有任何人問我（但其實沒有），我會說，我很好奇像奈特這樣的人，怎麼會曉得艾筆這種玩意兒。

我們才剛收拾好餐桌，門鈴就響了，盧卡斯朝門衝去，一邊大喊，「我去開！」幾秒鐘之後他又喊了，「是柯麗！」

奶奶艱難地站起來，拄著她那根杖頂有骷髏頭的拐杖（這是去年她面對現實，知道再也沒辦法靠自己走路之後，讓盧卡斯幫她挑的）。「你之前說，你們今天晚上沒要碰面的，庫柏。」奶奶說。

「的確是沒有啊。」我咕噥著，看到柯麗帶著微笑走進廚房，雙手繞在我脖子上來了個緊緊的擁抱。

「你還好嗎？」她在我耳邊低語，柔軟的嘴唇拂過我的臉頰。「我一整天都在想你。」

「還好。」我說。她抽回手，伸進自己的口袋，微笑著讓我看到裡頭的玻璃紙袋一眼。甘草繩糖，絕對不是我該吃的東西，卻是我最愛的糖果。這個女孩懂我。我父母跟她禮貌地交談幾分鐘後，就要出門去打保齡球了。

我的手機發出響聲，我從口袋掏出來。*嘿，帥哥。*

我低下頭，好隱藏自己嘴角突然冒出來的笑容，然後打了簡訊回覆：*嘿。*

今天晚上可以見面嗎？

時機不好。晚點打給你？

好。想你。

柯麗正在跟我媽講話，發亮的雙眼充滿興趣。她不是裝的。柯麗不光是漂亮而已；她是奶奶所說的「從裡到外都是糖做的」，真誠又貼心。灣景高中的每個男生都恨不得自己是我。

我也想你。

4

愛蒂

九月二十七日，星期四，晚上七點三十分

傑克過來之前，我應該要寫作業的，但結果我只是坐在臥室的梳妝台前，手指輕按著髮際線的皮膚。左太陽穴那邊摸起來軟軟的，感覺上就是會變成那種很可怕的超大青春痘。我每隔兩三個月就會長一顆，而且知道所有人都看得到。

我得把我的頭髮放下來一陣子了，反正傑克也喜歡我這樣。我的頭髮是我唯一隨時都覺得百分之百有自信的。上星期我和幾個女生朋友去葛連小館，我坐在柯麗旁邊，對面是一面大鏡子，她一手撫過我的頭髮，咧嘴笑看鏡中的我們。*我們可以交換嗎？一星期就好？*她說。

我朝她微笑，但真恨不得我是她。我討厭看到自己和柯麗並肩在一起。她太美了，黃褐色的皮膚和長長的睫毛，還有安潔莉娜．裘莉的性感嘴唇。她就像電影裡的女主角，而我只是她平庸的閨密，電影還沒演完，你就會忘了這個配角叫什麼名字了。

電鈴響了，但我知道不必指望傑克會立刻上樓來。我媽會逮住他聊上至少十分鐘。她對賽門的案子永遠聽不夠，而且要不是我阻止她，她會一整個晚上都在談她和布達佩斯警員見面的事

情。

我把頭髮分成幾部分，用梳子分別梳著。但我的心思不斷回到賽門身上。從高一開始，他就老是黏著我們這一掛人，但他從來不是其中一份子。他真正的好友只有一個人，是個有點哥特風的女孩珍奈。我以前以為他們是一對，直到後來賽門開始找我每一個女生好友約會。當然了，沒有人答應過。不過去年，柯麗開始跟庫柏交往之前，有回在一個派對上喝得爛醉，讓賽門在一個衣櫃裡吻了她五分鐘。之後她花了好多時間才甩掉他。

老實說，我真不懂賽門在想什麼。柯麗只喜歡運動健將。他應該去追布朗雯那類女生才對。她還算可愛，是那種文靜型的，灰色眼珠很有趣，頭髮如果願意放下來大概會很不錯。何況她和賽門一定老是在上同樣的那些資優課程。

不過我今天有個印象，布朗雯不太喜歡賽門。或者一點都不喜歡。布達佩斯警員談到賽門的死因時，布朗雯看起來……不曉得，總之並不難過。

有人敲了我房門，我在鏡中看到門打開了。傑克進來時，我繼續梳著頭髮。他脫掉球鞋，誇張地擺出累壞了的姿態，倒在我床上，雙臂張開。「你媽真是把我搾乾了，小愛。我從來沒碰到過這種人，可以用這麼多不同的方式問同樣一個問題。」

「就是啊。」我說，從鏡前起身，到床上加入他。他一手攬著我，我蜷縮在他旁邊，頭偎在他肩膀上，手放在他的胸膛。我們的身體完全契合，於是打從被叫去古普塔校長的辦公室以來，我頭一次真正放鬆了。

我的手指順著他的二頭肌撫摸。傑克不像庫柏那麼肌肉發達——庫柏簡直是個超級英雄，他做的那些健身練習完全就是職業級的——但在我看來，傑克在肌肉發達和清瘦之間取得了完美的平衡。而且他速度很快，是灣景高中幾年來最厲害的美式足球跑衛。爭取他的人不像庫柏那麼多，但是有幾所大學對他有興趣，他很有機會拿到獎學金。

「凱勒太太打了電話給我。」傑克說。

我的手摸到一半停下，瞪著他那件乾淨的藍色棉T恤。「賽門的媽媽？為什麼？」

「她問我能不能在星期天的葬禮上擔任抬棺人。」傑克說，聳了一下肩膀。「我跟她說當然沒問題。這種事你其實不能拒絕的，對吧？」

我有時都忘記賽門跟傑克在小學和初中時代很要好，那時傑克還沒變成運動健將，而賽門還沒變成……反正就後來那樣子。高一時傑克入選美式足球校隊，開始跟庫柏走得很近，而庫柏自從初中時差點帶領校隊打進世界少棒大賽，就已經是灣景的傳奇人物了。到了高二，他們兩個基本上就是我們這一屆的國王，而賽門只是個傑克以前很熟的怪人而已。

賽門開發「關於那個」時，我還有點以為他是想讓傑克刮目相看。當時有一大堆高三女生老是收到匿名的色情騷擾簡訊，後來賽門發現背後的藏鏡人原來是傑克美式足球場上的一個對手，於是在一個叫「放學後」的app上貼文揭露。接下來兩星期，這個消息和賽門都得到很多關注。那可能是灣景高中第一次有人注意到他。

傑克大概讚美過他一次，然後就忘了，但賽門接下來進行更大也更好的計畫，那就是開發出自己的app。公共服務性質的八卦沒有太大的發展性，所以賽門開始貼一些比色情簡訊醜聞更瑣碎得多、也更個人的事情。再也沒有人把他當英雄了，此時大家都開始怕他，而且我想對賽門來說，這樣也幾乎同樣好。

不過每回我們的朋友因為「關於那個」而貶低賽門時，傑克總是幫賽門辯解。他又沒有撒謊，他指出。只要別做那些見不得人的爛事，就不會有問題了。

傑克的想法有時候很黑白分明。你沒有犯過錯，說起來當然容易。

「如果沒問題的話，我們明天晚上還是要去海灘玩。」這會兒他告訴我，手指纏繞著我的頭髮。他講得像是要問我的意思，但我們都曉得，我們的社交生活是由傑克作主。

「當然了。」我咕噥說。「還有誰要去？」不要說提傑。

「應該有庫柏和柯麗，不過她不確定庫柏想去。路易斯和奧麗薇亞。凡妮莎、泰勒、諾亞、莎拉……」

不要說提傑。

「……還有提傑。」

哎呀。提傑以前是我們這一票的外圍人物，但是不曉得是不是我的想像，正當我希望他完全消失之時，他就開始打進我們的核心了。「好極了。」我淡淡地說，往上開始吻傑克的下巴。每天的這個時候，他的下巴就會變得有些刺刺的，這是今年才開始有的現象。

「愛蒂！」我媽的聲音飄上樓梯來。「我們要出去了。」她和賈斯汀幾乎每天晚上都到鎮中心去，通常是去餐廳，有時也去夜店。賈斯汀才三十歲，還是很迷這類活動。我媽也幾乎跟他一樣樂在其中，尤其是有人會誤以為她跟賈斯汀同齡。

「好！」我喊道，然後聽到樓下大門甩上。過了一會兒，傑克俯身吻我，同時一隻手滑進我襯衫裡。

很多人以為傑克和我高一開始就上床了，其實沒有。他想要等到高三舞會之後。這是件大事；傑克訂了一間很精緻的旅館房間，裡頭佈置了一大堆蠟燭和鮮花，他還幫我買了一套很漂亮的「維多利亞的祕密」內衣。我其實不介意隨性一點，但是我知道自己太幸運了，能有個男朋友這麼重視這件事，把一切細節都打理好。

「這樣可以嗎？」傑克雙眼看著我的臉。「或者你覺得不必做什麼也很好？」他的雙眉揚起，好像是在問我，但他的手還繼續往下探。

我從沒拒絕過傑克。就像我媽第一次帶我去找醫師開避孕藥時說過的：如果你說不太多次，很快地，就會有另一個人說好。總之，我也跟他一樣想要。我活著的目的，就是為了這些跟傑克的親密時刻；如果可以的話，我會鑽進他身體裡。

「太可以了。」我說，然後把他拉向我。

奈特

九月二十七日，星期四，晚上八點

我住在那棟房子。就是人們開車經過時會說：*我不敢相信真有人在裡頭生活*的那棟。不過說「生活」可能有點誇張。我盡可能不回去，而我爸則是等於死掉一半了。

我們的房子位於灣景另一頭，就是那種有錢人買下來拆掉的破農舍。又小又醜，正面只有一扇窗戶。煙囪打從我十歲那年就開始逐漸坍塌。七年後其他一切也加入崩壞的行列：油漆剝落，遮光罩快掉了，門前的水泥階梯整個裂開來。院子狀況也同樣糟糕。雜草幾乎有膝蓋高，而且經過一個缺水的夏天後都枯黃了。以前我有時會割草，後來才想到去整理院子根本是浪費時間，永遠沒完沒了。

我進屋時，我爸已經醉倒在沙發上，面前有一瓶空的施格蘭琴酒。幾年前，我爸還是個可以正常工作的酒鬼，有天在蓋屋頂時從梯子上摔下來，他認為那是幸運。他拿到了一筆和解補償金，而且因為殘廢而可以領取社會福利金，對他而言像是中了樂透彩券。現在他可以連續喝酒不中斷，而且持續有收入。

可是那些收入並不多。我想裝有線電視，希望我的機車可以騎，而且不要老是吃乳酪通心粉。這就是為什麼我會做現在的兼差，而且為什麼今天放學後還花了四個小時在聖地牙哥郡到處跑，忙著把裝在小塑膠袋裡面的止痛藥送給顧客。這種事我顯然不該做，尤其是自從我夏天被逮到賣大麻，現在還在緩刑期。但是其他兼差沒那麼好賺，也沒那麼輕鬆。

我走到廚房，打開冰箱門，拿出一些吃剩的中華料理。冰箱上頭有個磁鐵壓著一張照片，邊緣捲曲，而且像一扇破掉的窗戶般龜裂。那是我十一歲時的全家福，就在我媽離家之前拍的。

她有躁鬱症，而且老是不好好吃藥，所以她在的時候，我的童年也沒有多美好。我最早的記憶是她手上的盤子落到地上，然後她會坐在那些碎片之間，哭得死去活來。有回我放學下了校車，發現她把我們家的東西都丟出窗外。很多時候她會蜷縮在床上的角落，好幾天都不動。

不過她的狂躁期則是瘋狂難測。我八歲生日時，她帶我到百貨公司，給我一台手推車，叫我想要什麼就放進去。我九歲時迷上爬蟲類動物，她就買了個玻璃的動物培育箱放在客廳裡，裡面有隻鬣獅蜥。我們按照「漫威之父」史丹·李，給牠取名史丹，到現在還在養。這種生物好像可以永遠活下去。

我父親當時還沒喝那麼兇，所以他們勉強還可以送我去上學和打球。然後我媽開始完全不吃藥，又開始嗑其他迷幻藥物。對，我就是那種混蛋，自己老媽嗑藥毀掉後，我還在賣藥。不過我要講清楚：我只賣大麻和止痛藥。我媽要是能不碰古柯鹼，應該就還會好好的。

有一陣子，她每隔兩三個月會回來一趟。然後是一年一趟。上回我看到她是在我十四歲那年，我爸已經開始崩潰了。她一直說她要搬去奧勒岡州的一個農牧公社，說那裡有多棒多棒，還說她要帶我一起過去，我可以跟那邊的嬉皮小孩一起上學，在那邊種有機莓果或隨便什麼。

那天她帶我去葛連餐館，點了一個好大的冰淇淋聖代給我，把我當成八歲的小孩似的，然後告訴我有關那公社的一切。你會喜歡那裡的，奈森尼爾❷。那裡每個人都好包容。不會像這裡的人這樣給你貼標籤。

即使在當時，我都覺得那裡聽起來好爛，但是總比灣景好。於是我收拾了一個行李袋，把史丹放在一個小箱子裡，坐在我們家前面的階梯上等她。我一定在那裡等了大半夜，像個徹頭徹尾的魯蛇，最後我才終於明白，她不會出現了。

結果到葛連小館的那回，就是我最後一次看到她。

這會兒我把中華料理加熱，同時察看一下史丹，牠還有一堆枯黃的蔬菜和幾隻活蟋蟀，是我今天早上給牠的。我把玻璃箱的蓋子打開，牠在石頭上抬頭對著我眨眼睛。史丹很冷靜，而且不太需要照顧，所以才有辦法在這個屋子裡活八年。

「你今天過得怎麼樣啊，史丹？」我把牠放在肩膀上，然後抓了我的食物，坐進一張扶手椅，對面就是我昏睡的老爸。他電視還開著，裡頭正在播大聯盟的世界大賽，我把電視關了。因為第一我討厭棒球，第二這會讓我想到庫柏．克雷，繼而想到賽門．凱勒和課後留校的那整件事。我從來不喜歡賽門，但當時那個畫面太恐怖了。而且仔細回想起來，庫柏幾乎就跟那個金髮女生一樣沒用。布朗雯是當時唯一做了點事情的人，不光是在那邊像個白痴嘟囔而已。

我媽以前很喜歡布朗雯。學校活動時老是注意到她。比方我們四年級時演耶穌降生，我演牧羊人，她演聖母馬利亞。我們要上台之前，有人偷了聖嬰耶穌，大概是要惡整布朗雯的，因為即使是在當時，她就凡事都認真得不得了。結果布朗雯走進觀眾席，借了個包包，在外頭包了一條毯子，然後照樣抱著上台，好像什麼事都沒發生過。那個女生絕對不受任何鳥事影響的，我媽當時讚許地說。

好吧。我應該完全坦白，偷了那個聖嬰耶穌的人就是我，而且的確是為了要惡整布朗雯。如果她抓狂了，應該會更好玩。

我的夾克發出嗶嗶聲，我伸手到口袋找到那支手機。星期一課後留校時，布朗雯說不會有人有兩支手機，我聽了差點大笑出來。我有三支：一支是給我認識的人、一支是給我的供貨人，另

❷ 奈森尼爾（Nathaniel）的暱稱是奈特（Nate）。

一隻是給顧客的。另外還有幾支備用的手機。不過我不會笨到帶著任何一支去上艾佛瑞老師的課。

我工作的那兩支手機通常設為震動模式，所以我知道剛剛的嗶嗶聲是私人簡訊。我掏出那支很舊的iPhone，看到是一則安珀傳來的簡訊，還沒睡？她是我上個月在一個派對認識的女生。

我猶豫了。安珀很辣，而且從來不會想跟我混太久，但是她幾天前晚上才來過。這種不認真的炮友關係，要是一星期超過一次，就會有點難處理。但是我現在睡不著，需要一點分心的事情。

過來吧，我回了簡訊。

我正要把手機收起來，又一則簡訊進來了。是灣景高中裡一個還算熟的朋友查德．波斯納傳來的。你看到這個了嗎？我點了訊息裡的連結，結果是一個Tumblr的頁面，標題是「關於這個」。

我是在看NBC的新聞雜誌節目《換日線》時，想到了殺掉賽門的主意。

顯然地，這事情我已經思考好一陣子了。這種事情不會是憑空忽然想到的。但是阻止我動手的，就是事後該如何脫身。我可不會自欺欺人，認為自己是個犯罪高手。而且我長得太好看了，不應該去坐牢。

在電視裡，有個男人殺掉了他老婆。典型的《換日線》報導，對吧？向來就是丈夫。但結果有很多人都希望那個老婆死掉。她害一個同事被開除，在市議會得罪一堆人，而且還跟一個

好友的老公搞外遇。基本上，她就是個大爛人。《換日線》裡頭的那個男人不是太聰明。他雇了人去謀殺他老婆，手機通聯紀錄很容易查到。但在這些查出來之前，因為其他的一堆嫌犯，所以他有一個絕佳的煙幕。這種人就是你殺了他之後，還能脫身的：一個人人都希望他死掉的討厭鬼。面對現實吧：灣景高中每個人都痛恨賽門。而我是唯一有足夠勇氣去做的人。不客氣。

我的手機差點掉地。另一則查德．波斯納的簡訊在我看到一半時進來了。有些人可慘了。

我回覆，*你從哪裡看到這個的？*

波斯納寫了，*一個不相干的人把連結 e-mail 給我的，後頭還加了個痛哭的表情符號。*他認為這是某個人的病態玩笑。大部分人也都會這麼想，因為他們沒花上一小時，跟三個一臉看起來有罪得要命的人一起，被一個警察用十種不同的方式問：花生油是怎麼放進賽門．凱勒的杯子裡的？

他們三個不像我那麼有經驗，碰到這種狗屎鳥事還能照樣面無表情。至少，這方面他們沒有一個像我這麼在行。

5

布朗雯

九月二十八日，星期五，晚上六點四十五分

星期五傍晚很輕鬆。美芙和我在她房間裡看Netflix的《魔法奇兵》馬拉松連播。這是我們最近很迷的，我已經期待了一整個星期，但今晚我們看得心不在焉。美芙蜷縮在她窗邊的位置，一邊敲著她的筆電，我則趴在她床上，面前的Kindle閱讀器開著詹姆士．喬伊思的小說《尤利西斯》。這本是當代文庫百大小說的第一名，我決心要在這個學期結束前讀完，但是進度好慢。而且我眼前難以專心。

今天在學校裡，每個人唯一的話題就是那則Tumblr貼文。幾個學生昨天夜裡收到了一則有連結的電子郵件，發自某個名為「關於這個」的Gmail電子網址，到了午餐之前，每個人都看到了。由美子星期五在校長室當義工，聽到校長他們在討論，想透過IP網址，追查看看到底是誰發的。

我不太相信他們查得到。只要是有點腦袋的人，都不會用自己的裝置去發那封郵件的。

自從星期一的課後留校之後，學校裡人人都對我小心翼翼且過分體貼，但今天就不同了。大

家一看我走近，就會停止交談。由美子最後終於說：「大家並不是認為那篇貼文是你發的。他們只是覺得很詭異，你們昨天被警察找去問話，然後這個就忽然冒出來。」我聽了一點也沒有覺得好過些。

「想像一下吧，」美芙的聲音把我驚回現實。她把筆電放到一邊，手指輕敲著窗子。「明年這個時間，你就會在耶魯了。你覺得星期五晚上你會做什麼？去參加兄弟會派對？」

我朝她翻了個白眼。「是喔，原來收到錄取通知的時候，你的個性也會完全變一個人呢。總之，我還得先錄取才行。」

「你會的。怎麼可能不呢？」

我在床上不安地挪動。有太多可能了。「很難講的。」

美芙手指還是持續敲著窗玻璃。「如果你是為了我而故意謙虛，那就可以省省了。我反正就是家裡的懶鬼，這個角色我自在得很。」

「你才不是懶鬼呢。」我抗議。她只是咧嘴揮揮手。美芙是我所認識最聰明的人之一，但在她高一之前，她都老是生病，沒辦法持續去上課。她七歲時被診斷出有血癌，直到兩年前、她十四歲時，才終於完全治癒。

有幾次我們差點失去了她。我小學四年級時，有回在醫院裡無意間聽到一個神父跟我媽談，問他們是否考慮該開始做些「安排」。我知道他的意思。當時我低著頭拚命禱告：拜託不要奪走她。如果祢讓她留下，我會認真做好每一件事。我會當個完美的小孩，我保證。

這麼多年來不斷進出醫院，美芙從來沒真正學會如何參與學校生活。於是我一口氣做完我們兩個人的份：參加社團，贏得獎項，而且拿到好成績，這樣就能像爸媽一樣去讀耶魯大學。這樣可以讓他們高興，也讓美芙不必太拚命。

美芙又用她那種慣常的恍惚表情，轉頭望著窗外。她自己看起來也很夢幻：蒼白而帶著仙氣，跟我一樣深褐色的頭髮，但是有一對靈動的琥珀色眼珠。我正要問她在想什麼，她忽然坐直身子，雙手遮在眼睛上頭，臉貼著玻璃窗看。「那是奈特．麥考利嗎？」我沒動，冷哼一聲，然後她說，「我是說真的。你自己來看。」

我起身靠在她旁邊，只看得到我們家車道上有一個模糊的摩托車輪廓。「搞什麼鬼啊？」美芙和我交換了一個眼色，然後她不懷好意地咧嘴笑了。「幹嘛？」我問，說出口才發現自己的聲音忽然變得好兇。

「幹嘛？」她學我。「你以為我不記得你小學的時候暗戀他？我當時是病了，可不是死了。」

「別開這種玩笑。老天。而且那是幾百年前的事情了。」奈特的摩托車還在我們家的車道上，沒動。「你想他跑來這裡是要做什麼？」

「要搞清楚，只有一個辦法。」美芙的聲音帶著那種討厭的起伏音調，我站起來時狠狠瞪了她一眼，但她不理會。

下樓時我一路心臟猛跳。奈特和我這星期在學校講的話，超過了我們五年級以後所加起來的總數，不過總之還是不多。每回我看到他都有個印象，好像他巴不得趕緊離開。不過我還是老碰到他。

我打開前門，因此也觸發了車庫前的那盞泛光燈，照得奈特看起來好像站在舞台中央。我走向他，全身神經焦躁不安，而且強烈意識到我一身跟美芙在家裡放鬆的打扮：夾腳拖、帽T、運動短褲。不過他也沒好到哪裡去。他身上那件健力士啤酒T恤，這星期我已經至少看過兩次了。

「嗨，奈特，」我說，「什麼事？」

奈特脫下安全帽，深藍色的眼珠掠過我看著前門。「嘿。」有好一會兒，他都沒再說別的。我雙臂交抱，等著他繼續。最後他終於看著我露出苦笑，搞得我的胃緩緩翻了個跟斗。「我來這裡沒有什麼好理由。」

「你想進來嗎？」我脫口而出。

他猶豫了。「我敢說你爸媽一定會很歡迎。」

他有所不知。我爸最不喜歡的刻板形象，就是哥倫比亞毒販那種，他可不會希望我沾上任何一點點邊。但是我居然想都沒想就說，「他們不在家。」然後為了避免這像是某種引誘，我又趕忙加了一句，「我跟我妹正在看電視打發時間。」

「喔，好啊。」奈特下了他的摩托車，跟著我往前走，好像沒什麼大不了的。於是我也設法裝得同樣冷靜。我們進門時，看到美芙正倚著廚房的料理台，不過我很確定她十秒鐘之前還在她臥室的窗子裡往外看。「你認識我妹妹美芙嗎？」

奈特搖頭。「不認識。你好嗎？」

「還好。」美芙回答，擺明很有興趣地打量著他。

我不曉得接下來該做什麼，看著他脫掉夾克，扔在一張廚房餐椅上。我應該怎麼……款待奈特．麥考利？這根本就不是我的責任，對吧？是他忽然跑來的。我應該照樣做我平常在做的事情。只不過那就是坐在我妹妹的房間裡看重播的吸血鬼影集，同時不太專心地閱讀《尤利西斯》。

我完全被難倒了。

奈特沒注意到我的不安，只是慢吞吞走過開往客廳的玻璃門。我和美芙跟在後頭，她手肘撞了我一下，低聲用西班牙語說，「那張嘴巴真美。」

「閉嘴啦。」我用氣音回答。我爸鼓勵我們在家裡講西班牙語，但我想他大概沒想過會有眼前這種情況。此外，搞不好奈特的西班牙語很流利哩。

他在大鋼琴前面停下來，回頭看著我們。「誰彈鋼琴？」

「布朗雯，」我還沒開口，美芙就搶著回答。我待在門邊，雙臂交抱，同時美芙則來到通往陽台那道拉門前，坐在我爸最喜歡的那張皮革扶手椅裡。「她很厲害喔。」

「是嗎？」奈特說這句話的同時，我也說，「才沒有呢。」

「你真的很厲害啊。」美芙堅持。我瞇起眼睛，她則睜大眼睛，裝出一臉無辜。

奈特走到佔據了整面牆的那個胡桃木大書櫃前，拿起一張我和美芙的合照，我們站在迪士尼樂園的灰姑娘城堡前，兩個都有著牙縫很寬的微笑。那是在美芙被診斷出有血癌之前六個月拍的，有很多年，那就成了我們唯一的一張度假照片。奈特審視著那張照片，然後微笑朝我看了一眼。美芙說他的嘴巴一點都沒錯——的確很性感。「你應該彈點什麼。」

好吧，彈琴總比跟他講話要輕鬆。

我拖著腳步走到琴凳前坐下，調整一下眼前的樂譜。那是〈卡農變奏曲〉，我已經練了好幾個月了。我從八歲開始上鋼琴課，技巧的確很不錯。但是我從來沒辦法讓聽的人有任何感受。

〈卡農變奏曲〉是第一件讓我想嘗試傳達出感情的作品。整首曲子的一路演進非常特別，一開始輕柔而甜美，但音量和強度逐漸增加，到最後簡直是憤怒。困難的部分就在這裡，因為在某一點，那些音符變得刺耳，幾乎是不和諧了，而我一直無法掌握那個準確的力道。

我已經一個多星期沒彈過這首曲子了。上回我試的時候，彈錯了好多個音，就連美芙都皺起臉。她這會兒似乎想到了，看著奈特說，「這首曲子真的很難。」好像忽然後悔設計害我出糗。但是管他去死。眼前這整個狀況太不真實了，根本不能當真。要是我明天醒來，美芙跟我說這一切都是我夢到的，我也會完全相信。

於是我開始彈了，立刻就覺得不一樣。我比較放鬆，困難的部分也不那麼吃力了。有兩三分鐘，我忘了房間裡還有其他人，享受著那些以往老是害我犯錯的音符，這會兒輕鬆地流瀉出來。就連漸強的部分，我也不必彈得那麼吃力，而是比平常更快、更胸有成竹，還一個音都沒有彈錯。等到我彈完了，朝美芙露出勝利的微笑，直到她目光轉向奈特，我才想到我其實有兩個觀眾在場。

他靠著書櫃，雙臂交抱，難得一次，他的表情並不厭倦，也不像要取笑我。「這是我所聽過最美的曲子了。」他說。

愛蒂
九月二十八日，星期五，晚上七點

老天，我老媽。她真的在跟那位有著雀斑粉紅臉和後退髮際線的布達佩斯警員調情。「愛蒂當然很願意幫忙。」她用一種低沉沙啞的嗓音說，一根手指抹著葡萄酒杯的邊緣。賈斯汀今天晚上跟他父母吃晚餐，而他父母討厭我媽，從來不邀她去。眼前我媽就是在懲罰賈斯汀，不管他知不知情。

今天我姊姊艾希丹回娘家，我媽循往例點了外賣的泰式蔬菜炒麵當晚餐。我們才剛吃完，布達佩斯警員就來訪。這會兒他不曉得要往哪裡看，於是只好盯著客廳牆上掛的一把乾燥花。我媽每六個月就會重新裝飾牆面和家具，她的最新主題是新懷舊風格，加上一點詭異的海灘氣息。於是放眼看去，到處都是百葉薔薇和貝殼。

「我只有幾個後續問題，如果你不介意的話，愛蒂。」他說。

「好的。」我說，很驚訝他會跑來，因為我還以為我們已經回答過他所有問題了。但是我猜想，這個調查還在緊密進行。今天艾佛瑞老師的實驗教室外頭圍著警方的黃色膠帶，學校成天都有警察進進出出。庫柏說灣景高中大概會因為自來水裡被加了花生油之類的，而惹上大麻煩。

我看了我媽一眼。她雙眼盯著布達佩斯警員，但那種恍惚的表情我太熟悉了。她的思緒老早不曉得漫遊到哪邊去，大概正在計畫這個週末該穿什麼衣服出門。艾希丹走進客廳，坐在我對面一張扶手椅裡。「你跟那天所有課後留校的學生都談過嗎？」

布達佩斯警員清了清嗓子。「調查正在進行中，不過我來這裡，是因為我有一個特定的問題要問愛蒂。賽門死去的那天，你去過保健室，是嗎？」

我猶豫著，朝艾希丹看了一眼，然後目光轉回來看著布達佩斯警員。「沒有。」

「有的。」布達佩斯警員說。「駐校護士的日誌上登記了。」

我看著壁爐，但可以感覺到艾希丹的雙眼探索著我。我一根手指捲著頭髮，緊張地扯著。「我不記得了。」

「你不記得星期一去過保健室？」

「唔，我常常去保健室啊。」我很快回答。「因為頭痛什麼的。那天大概也是因為頭痛吧。」我皺起額頭，好像在努力回想，最後終於看著布達佩斯警員的雙眼。「喔，對了，那天我例假來，肚子好痛，所以沒錯。我需要泰諾止痛藥。」

布達佩斯警員很容易臉紅。這會兒我露出禮貌的微笑，放鬆我手上捲起的頭髮，他就已經滿臉通紅了。「那你去那兒拿到你需要的了？只有泰諾止痛藥？」

「你為什麼想知道？」艾希丹問。她調整一下身後的一個靠墊，免得上頭那個用貝殼做的海星紋樣壓著她的背部。

「唔，我們在追查的其中一件事，就是賽門過敏發作時，為什麼保健室裡沒有艾筆腎上腺素。護士發誓說當天早上還有好幾支的。但是到了下午就全都不見了。」

艾希丹直起腰桿說：「你不會以為是愛蒂拿走了吧！」媽媽表情有點驚訝地轉向我，但是沒說話。

對於我姊姊接管起父母的角色，布達佩斯警員什麼都沒說，似乎不以為意。「沒有人這麼說。不過愛蒂，你去保健室的時候，會不會剛好注意到那些筆是不是在裡頭？根據護士的日誌，你是在下午一點去的。」

我的心臟跳得好快，但是還是保持平穩的口氣。「我連艾筆長得什麼樣都不知道。」

他又要我把那天課後留校所記得的一切再度講一遍，然後又問了幾個有關Tumblr那篇貼文的問題。艾希丹一直全神戒備且充滿興趣，她身體前傾，從頭到尾不斷打岔，同時我媽則兩度走進廚房去補滿她的葡萄酒杯。我老去看時鐘，因為傑克和我很快就要去海灘了，但是我根本還沒開始補妝。我的青春痘得遮起來才行。

等到布達佩斯警員終於準備要離開，他遞給我一張名片。「如果你想起其他什麼，就打電話給我，愛蒂。」他說。「有些事情說不定很重要，你永遠不會曉得的。」

「好的。」我說，把名片塞在我牛仔褲的後口袋。我幫布達佩斯警員開門時，他朝我媽和艾希丹說了再見。艾希丹站在我旁邊靠著門框，我們目送布達佩斯警員上了他的巡邏車，開始緩緩倒車離開車道。

我看到傑克的車停在外頭，正等著布達佩斯警員離開後要開進來，這才想到自己該準備出門了。我想等到補好妝再跟他講話，於是趕緊跑上樓，艾希丹則緊跟在後面。我的臥室是全屋子除了主臥室外最大的房間，以前是艾希丹的，她出嫁後就由我接收。但她還是把這裡當成自己房間似的，好像她從來沒有搬走過。

「你沒跟我說過那個 Tumblr 的事情。」她說，整個人倒在我那條有洞眼裝飾的白色床罩上，打開最新一期的《我們週刊》艾希丹的金髮顏色比我更淡，但她剪成齊下巴的多層次短髮，我覺得很可愛。要不是傑克那麼愛我的長髮，我也考慮剪成那樣。

我坐在梳妝台前，用遮瑕膏輕拍著我髮際線的青春痘。「有個人搞得大家毛骨悚然，如此而已。」

「你真的不記得那天去過保健室嗎？或者你只是不想回答？」艾希丹問我。我手忙腳亂地蓋好遮瑕膏的蓋子，幸好這時我床頭桌上的手機播放出蕾哈娜的〈唯一的女孩〉，那是我設定的簡訊響鈴。艾希丹拿起我的手機看了一眼說，「傑克快到了。」

「老天，艾希丹。」我瞪著鏡子裡的她。「你不應該看我手機的。如果是有關隱私的事情呢？」

「抱歉。」她說，可是口氣一點也不抱歉。「你跟傑克一切都還好吧？」

我在椅子上轉身面對她，皺起眉頭。「為什麼會不好？」

艾希丹朝我舉起一隻手掌。「只是問一聲而已。愛蒂，我可沒有暗示什麼。」她的口氣忽然變得沮喪起來。「沒理由認為你最後會變成像我這樣。查理和我以前又不是高中情侶。」

我驚訝地看著她，眨了眨眼睛。我的意思是，我已經懷疑好一陣子了，覺得艾希丹和查理之間不太對勁——她忽然常常待在娘家；其次，上個月在我們表親的婚禮上，查理很露骨地跟一個放蕩的伴娘調情——但是艾希丹之前從來沒坦白承認他們之間有問題。「情況……呃，真的那麼糟？」

她聳聳肩，扔下雜誌，摳著自己的指甲。「事情很複雜。婚姻比任何人告訴你的都要困難得多。幸好你還不必做出影響一輩子的選擇。」她抿起嘴。「別信老媽那些話而硬去勉強自己。放鬆享受你的十七歲就好了。」

我沒辦法。我太害怕一切都會毀掉。害怕其實已經毀掉了。

我真希望我可以這樣告訴艾希丹，講出來會是一大紓解。我總是告訴傑克一切，但這個我不能告訴他。而除了他之外，這個世界我就沒有信得過的人了。任何朋友都不行，也當然不會是我媽，或是我姊姊。因為即使她大概是好意，但有時她很愛反諷地攻擊傑克。

門鈴響了，艾希丹嘴唇一歪，露出半個微笑。「想必是完美先生駕到了。」她果然又諷刺地攻擊起來了。

我沒理她，趕緊下了樓梯，開門時臉上帶著大大的微笑。沒辦法，每次即將見到傑克，我就是會很開心。開門一看，他站在門外，穿著他的美式足球運動夾克，栗子色的頭髮被風吹得亂糟糟，朝我露出同樣的笑容。「嘿，寶貝。」我正要吻他，忽然看到後頭還有個人影，一時僵住了。「你不介意我們讓提傑搭便車吧？」傑克問。

我差點發出緊張的笑聲，但是又忍回去。「當然不介意。」我湊過去吻了他，但是整個時機已經毀掉了。

提傑朝我看了一眼，然後又看著地上。「真抱歉。我的車壞了，本來是打算不去的，但是傑克堅持……」

傑克聳聳肩。「反正順路。沒理由因為車子的問題就不出門。」他的目光從我的臉轉到我腳上的帆布球鞋，然後問，「你要穿這樣，小愛？」

這話其實不算是批評，但是我穿著艾希丹的大學母校長袖運動衫，而傑克從來不喜歡我穿寬鬆的衣服。「海灘會很冷啊。」我試探地說，他咧嘴笑了。

「我會讓你保持溫暖的。去穿得可愛一點，嗯？」

我勉強朝他微笑一下，回到屋裡，拖著腳步爬上樓梯，因為我知道我離開得不夠久，艾希丹還待在我的房間裡。果然，她還在我的床上翻《我們週刊》，看到我走向衣櫥，她眉頭皺起來。「這麼快就回來了？」

我拿出一件內搭褲，解開牛仔褲的釦子。「我要換衣服。」

艾希丹闔上雜誌，沉默地看著我，直到我脫掉她的運動衫，換上合身的針織衫。「你穿這樣不夠暖。今天晚上很冷的。」她看到我脫掉球鞋，穿上一雙低細跟皮帶涼鞋，不敢置信地冷笑一聲。「你要穿那雙鞋去海灘？是傑克要你換衣服的嗎？」

我沒理她，把換下來的衣服扔進洗衣籃。「再見，艾希丹。」

「愛蒂，等一下。」艾希丹聲音裡的刻薄口氣已經沒了，但我不在乎。趁她阻止我之前，我就下樓梯出了門，一陣微風吹過來，立刻讓我感覺到寒意。但是傑克給了我一個讚許的微笑，一隻手臂攬著我的肩膀，走向他的車。

整段車程讓我痛恨極了。我恨坐在那裡假裝正常，但其實好想吐。恨車上播放「打倒男孩」樂團的最新單曲時，提傑說，「我好愛這首歌。」因為這樣我就再也不能喜歡這首歌了。但我最恨的，就是在我和傑克的重大初夜之後，才不到一個月，我就喝得爛醉，然後跟提傑．佛瑞斯特上了床。

我們到海灘時，庫柏和路易斯已經升起了一堆營火，傑克轉入停車場，懊惱地倒抽一口氣。「他們每次都搞錯了。」他抱怨，趕緊下車朝他們走去。「喂，你們營火離水邊太近了啦！」

提傑和我比較慢下車，沒看對方。我已經凍僵了，兩手交抱著身體保暖。「你要不要我的夾——」提傑開口，但我沒讓他講完。

「不要！」我打斷他，大步走向海灘。結果一走到沙地上，差點被那雙蠢鞋給搞得跌倒。提傑就在我旁邊，伸出手來扶著我。「愛蒂，嘿。」他的聲音很小，薄荷糖的氣息短暫吹過我臉上。「不必搞得這麼尷尬，你知道？我什麼都不會說的。」

我不該生他的氣。不是他的錯。是我跟傑克上床後有不安全感，每回只要他太久沒回我簡訊，就開始想著他對我已失去興趣。是我在今年暑假傑克去度假期間，在同樣這片海灘巧遇提傑，就主動跟他調情。是我激提傑去弄來一瓶蘭姆酒，自己喝掉將近半瓶，又接著喝健怡可樂。那天到後來，我笑得太厲害，可樂都從鼻子流出來，要是傑克看了會覺得很倒胃。但提傑只是不動聲色地說：「哇，愛蒂，你這樣真有吸引力啊。我被你搞得很興奮哩。」

然後我就吻他。接著建議我們去他家。

所以其實，這一切都不是他的錯。

我們來到沙灘邊緣，看著傑克把營火用水潑熄，又重新在他滿意的地方生火。我偷偷看了提傑一眼，看到他微微一笑，然後朝男生們笑著揮手。「就忘掉發生過的事情吧。」他低聲說。

他的口氣很誠懇，我胸中燃起希望的火花。或許我們真的可以瞞住這件事情。灣景是個盛行八卦的學校，但至少「關於那個」不再對每個人構成威脅了。

而且如果我百分之百誠實的話，我不得不承認——我的確鬆了一口氣。

6

庫柏

九月二十九日，星期六，下午四點十五分

我瞇眼看著打者。現在是兩好三壞滿球數，而且最後兩球他都打成界外。他在消耗我的投球數，這可不妙。像這種測試賽，面對一個統計數據平平的二壘手右打者，我早該解決掉他了。

問題是，我難以專心。這個星期我過得糟透了。

老爸在看台上，我可以想像他現在正在做什麼。他帽子已經摘下來，緊握在兩隻手裡，同時徒勞地瞪著投手丘上的我，灼熱的目光簡直要在我身上燒出個洞來。

我把球放進手套，看了路易斯一眼，他是我球季裡固定搭配的捕手。除了棒球校隊，他也是美式足球校隊的成員，但是今天的美式足球賽他特別請假，來幫我接球。他打了個快速球的暗號，我搖頭。我已經投了五個快速球，這傢伙每個都猜到了。路易斯繼續打暗號，我一直搖頭，直到他比出我想要的。路易斯稍微調整了一下蹲姿，我們已經合作夠久，所以我從他這個動作看穿了他在想什麼。*你死定了，老兄。*

我把手指放在球上適當的位置，繃緊肌肉準備投球。這不是我最拿手的球路，要是失手了，

就會變成一個超甜的慢速球，而這傢伙會把球轟出去。

我身子往後拉，接著用盡全力投出。那一球直直朝好球帶正中央飛去，打者熱切而得意地奮力一揮。此時那球忽然失速急墜，離開好球帶，掉進路易斯的手套裡。整個球場爆出一陣喝采，那打者搖搖頭，好像完全不曉得發生了什麼事。

我調整一下帽子，設法不要露出太高興的表情。剛剛那顆滑球，我已經練了一整年。

接下來一個打者，我用三個快速球把他給三振掉。最後一球達到九十三哩，是我至今投過最快的一球，以左投手而言非常厲害。我這兩局的統計數字是三個三振，兩個滾地球出局，還有一個深遠的高飛球，要不是右外野手撲過去接殺，就會形成二壘安打了。我真希望能收回那一球——我的曲球沒有彎曲——但除此之外，我對自己的投球表現相當滿意。

我們人在沛可球場（聖地牙哥教士隊的主場），這一場是不對外公開的測試球賽，我父親堅持我要來參加，儘管賽門的追悼會就在一個小時後。主辦單位同意讓我第一個上場，然後提早走，所以投完兩局之後，我省掉我平常的賽後慣例，只沖了個澡，就跟路易斯走出更衣室去找我爸。

我看到他時，剛好有個人喊我的名字。「庫柏・克雷？」那個走向我的男人看起來像個成功人士。我只想得到這個形容。光鮮的衣著，時髦的髮型，皮膚的古銅色曬得恰到好處，同時一臉自信的笑容朝我伸出手。「我是教士隊的賈許・蘭里。我跟你的教練通過幾次電話。」

「是的，先生。很高興認識你。」我說。我爸咧嘴笑得好開心，彷彿有人剛遞給他一把藍寶堅尼跑車的鑰匙。他向賈許自我介紹，差點就要流出口水來，幸好勉強忍住了。

「你剛剛投的那顆滑球太厲害了。」賈許對我說。「就在本壘板上方突然掉下來。」

「謝謝，先生。」

「快速球的球速也不錯。你從春天以來，球速真的進步了很多，對吧？」

「我很努力在健身。」我說。「加強我手臂的力量。」

「短時間裡突飛猛進。」賈許評論道。一時之間，這句話懸在我們之間，像個問句。然後他拍拍我的肩膀。「好吧，繼續努力，小子。很高興本地出了個不錯的新秀，讓我的工作輕鬆多了。不必跑太遠。」他亮出微笑，跟我爸和路易斯點頭道別後就離開了。

短時間裡突飛猛進。一點也沒錯。短短幾個月內就從時速八十八哩進步到九十三哩，的確是很不尋常。

回家的路上，老爸一直講個不停。不是在抱怨我哪裡做錯了，就是在得意地談著賈許．蘭里。不過總之他心情很好，雖然對於我差點被擊出安打很懊惱，但他更高興受到教士隊球探的注意。「賽門的家人也會來嗎？」他問，此時我們在灣景高中停下車。「如果你碰到了，幫我們致意一下。」

「不曉得，」我回答，「說不定只有學校的師生。」

「帽子脫掉，兩位。」老爸說。路易斯把他的帽子塞在美式足球夾克的口袋裡，老爸看到我在猶豫，不耐地敲敲方向盤。「拜託，庫柏，雖然是在戶外舉行，但畢竟還是個儀式。把帽子留在車上。」

我聽話照做，然後下了車。但是當我一手撫過被帽子壓扁的頭髮，真恨不得能拿回帽子。我覺得自己好顯眼，而這個星期我已經被大家瞪著看得很煩了。要是能由我任意決定，我就會回家，跟我弟和奶奶一起看棒球賽，度過一個寧靜的傍晚，但我是賽門生前最後見到的少數幾個人之一，實在沒辦法不去參加他的追悼會。

我們走向美式足球場的人群，我傳簡訊給柯麗，問她和我們那一票朋友在哪裡。她回訊說在靠近第一排的位置，所以我們就鑽進露天看台底下，想從邊線那邊設法看他們在哪裡。我眼睛一直看著人群，沒看到前面站著的那個女孩，直到我差點撞到她身上。她靠著一根柱子望向球場，身上穿著一件太大的夾克，雙手插在夾克口袋裡。

「對不起。」我說，然後才認出她是誰。「啊，嘿，莉亞。你要去球場嗎？」然後我真希望我能把那些話吞回去，因為莉亞·傑克森絕無可能是要來追悼賽門的。她去年曾被他害得自殺未遂。因為他寫了她跟幾個高一生睡覺的事情，結果在社群媒體被騷擾了好幾個月。她在家中浴室割腕，接下來到年底都休學在家。

莉亞冷哼一聲。「是喔，還真的。早走早好吧。」她望著我們前方的景象，靴尖踢著泥巴。「沒有人受得了他，但是他們全都拿著蠟燭，好像他是什麼烈士，而不是個寫八卦的爛人。」

她說得沒錯，雖然現在好像不是該這麼誠實的時候。不過我不打算在莉亞面前為賽門辯護。

「我想，大家是想來致意一下吧。」我婉轉地說。

「虛偽。」她輕聲說，雙手在口袋裡塞得更深。她的表情變了，神色詭祕地掏出手機來。

「你們看到最近的嗎？」

「最近的什麼？」我問，一顆心直往下沉。有時棒球最美妙的一點，就是打球時沒辦法察看手機。

「又有一封電子郵件，通知大家Tumblr有一則新的貼文。」莉亞在手機上滑了幾下，然後遞給我們。我不情願地接過來，看著螢幕，同時路易斯也湊在我肩膀後頭看。

現在該澄清幾件事了。

賽門對花生嚴重過敏——所以為什麼不在他的三明治裡塞一片花生糖就好？

我觀察賽門．凱勒好幾個月了。他吃的每樣東西都會包上超厚的玻璃紙。他走到哪裡都帶著那個該死的水瓶，從不喝其他飲料。

但是他至少每十分鐘都要喝一次水。我猜想如果沒了水瓶，他就會去喝自來水。所以沒錯，我懂了。

我花了很長的時間，研究該怎麼樣在賽門的飲料裡偷放花生油。一定是要在室內的空間，沒有飲水機的。艾佛瑞老師的課後留校教室，似乎是個理想的地點。

看到賽門死掉，我的確覺得很難過。我不是反社會份子。在那一刻，當他的臉轉為那種可怕的顏色，同時努力要吸氣時——要是我能停止這件事，我會的。

但是沒辦法。因為我拿走了他的艾筆。保健室裡面已經一支都不剩了。

我的心臟開始狂跳，胃裡糾結成一團。第一篇貼文就已經夠糟糕了，但這一篇——這一篇寫得好像賽門發病時，發文者就在那個教室裡。好像他就是我們其中之一。

路易斯冷哼一聲。「真夠可惡的了。」

莉亞仔細觀察著我，我皺起臉把手機遞還給她。「希望他們查出這個是誰寫的。太變態了。」

她一邊肩膀聳了一下。「我想是吧。」她旋即回頭。「祝你們追悼圓滿啦，兩位。我要離開了。」

「再見，莉亞。」我按捺下跟著她離開的衝動，和路易斯往前，一直走到靠近達陣區的的十碼線。我開始側著身體擠過人群，終於找到柯麗和其他好友。站到她身邊時，她用自己的蠟燭點燃了另一根遞給我，然後挽住我的手臂。

古普塔校長走到麥克風前，輕敲幾下。「對我們學校來說，這真是可怕的一星期。」她說。「但是今晚看到各位聚集在這裡，又是多麼鼓舞人心。」

我應該想著賽門的，但我的腦子被其他事情塞得太滿。柯麗，她抓著我的手臂，抓得有點太緊了。莉亞，她說出了大部分人只敢放在心裡的話。還有Tumblr上頭那篇新貼文，就在賽門的追悼會之前貼出來。外加賈許．蘭里的滿面笑容：短時間裡突飛猛進。

有時你的競爭優勢太好了，就會有麻煩，因為這些優勢好得不像是真的。

奈特

九月三十日，星期日，下午十二點三十分

我的緩刑保護官羅培茲女士不是最糟糕的。她三十來歲，長得不醜，而且有幽默感。但是她對我學校的事情緊迫盯人，實在是很煩。

「你的歷史考試怎麼樣了？」她照例每星期日都要來我家拜訪，我們這會兒坐在廚房裡。史丹待在餐桌上，她無所謂，因為她很喜歡史丹。我爸在樓上，每次羅培茲保護官要來之前，我都會設法把他弄上樓。她工作的一部分，就是要確保我有受到適當的監督。她第一次看到我爸，就知道怎麼回事了，但她也曉得我沒有其他親人，如果把我送去寄養家庭，可能比有個沒用的酒鬼老爸要糟糕得多。要是我爸沒在客廳醉得不省人事，要假裝他是個夠格的監護人就比較容易了。

「考過了。」我說。

她耐心等著我說更多。結果我都沒說，她就問，「你讀書了嗎？」

「我有點沒辦法專心。」我提醒她。她已經從她的警察好友那邊聽說了賽門的事情，今天來到我家的前半個小時，我們就在談發生了什麼事。

「我明白。但是跟上學校的功課很重要，奈特。這是當初緩刑的條件之一。」

她每星期都要提起緩刑的條件。聖地牙哥郡對於未成年的藥物類犯罪變得日趨嚴格，她認為我能得到假釋已經很走運了。要是她的報告對我不利，我就可能要回去面對一個不高興的法官。

再被逮到販賣藥物一次，我可能就要被送進少年感化院了。所以每個星期天上午她來訪前，我都要把我所有沒賣掉的藥物和拋棄式手機收集起來，塞在一個老糊塗鄰居的工具小屋裡。以防萬一。

羅培茲保護官朝史丹伸出手掌，但牠爬到一半就失去興趣。於是她把牠抓起來，放在自己的胳臂上。「除了功課之外，你這個星期過得怎麼樣？告訴我一些正面的事情吧。」她老是這樣說，好像生活裡到處充滿美妙的事物，我可以儲存起來，每星期天向她報告。

「我《俠盜獵車手》打到三千分了。」

她翻了個白眼。她在我家常常翻白眼。「別的。你的那些目標，有什麼進展嗎？」

耶穌啊，我的目標。我們第一次家庭拜訪時，她就逼我寫了一張清單。其實我寫的那些，沒有一樣是我真正在乎的，只是我知道那是她想聽的。裡頭的目標是有關學校，有關工作，有關朋友。不過到現在，她應該曉得我一個朋友都沒有。有些人會找我去參加派對，有些人會跟我買藥，還有些會找我上床，但我不會把任何一個稱之為朋友。

「以目標來說，這個星期進展緩慢。」

「上次我給你那份『匿名戒酒協會家屬團體』的小冊子，你看了嗎？」

沒有。我沒看。我不需要一本小冊子來告訴我，你的單親爸爸是酒鬼這種事有多爛，而且我絕對不需要去哪個教堂地下室談這些。「看了，」我撒謊，「我還在考慮。」

我確定她其實看穿我了，因為她又不笨。但是她沒逼我。「很高興聽到你這麼說。跟其他有類似父母的小孩分享經驗，對你會是個改變。」

羅培茲保護官就是不肯鬆懈，這一點你不得不佩服她。就算我們碰到喪屍橫行的大災難，周圍都是會走動的死人，她也還是可以看出光明面。你的腦子還在，不是嗎？想辦法扭轉局勢！她一定會很想聽到我破例講一件正面的事情，比方我星期五晚上跟穩上常春藤大學的布朗雯・羅哈斯在一起，而且沒幹出丟臉的事。不過這種事我不必跟羅培茲保護官開誠布公。

我不曉得為什麼我會跑去那裡。當時我焦躁不安，瞪著我送貨後剩下的維柯丁止痛藥，想著自己是不是該吃一點，看到底會有什麼感覺。我從來沒試過這類藥物，因為我很確定最後的結局，就是我昏睡在客廳裡我爸旁邊，最後我們會因為付不出房貸而被趕出去。

所以我沒吃，而是跑去布朗雯家。我沒想到她會出來，也沒想到她會邀我進去。聽她彈鋼琴對我有一種奇異的效果。我簡直覺得……平靜。

「大家對賽門的死有什麼反應？舉行葬禮了嗎？」

「是今天。學校寄電子郵件通知了。」我看了微波爐上頭的時鐘。「大概半個小時後。」

她抬起雙眉。「奈特。你應該去。那是正面的事情。去致敬，在一個創傷事件之後得到某種了斷。」

「不，謝了。」

她清了清嗓子，目光犀利地看了我一眼。「我換個方式說吧。去參加那個該死的葬禮，奈特・麥考利，不然下回我交報告的時候，可不會不去提你學校裡缺席一堆課的事情。我跟你一起去。」

這就是為什麼，我最後會跟我的緩刑保護官一起來參加賽門・凱勒的葬禮。

我們遲到了，聖安東尼教堂已經坐滿人，我們在最後一排長椅上勉強找到了空位。儀式還沒開始，但是沒人講話，我們前排那個老頭咳嗽時，回音響徹整個教堂。薰香的氣味讓我回想起小學時代，我媽每星期天都會帶我去參加彌撒。我後來就再也沒上過教堂了，但這裡看起來還是幾乎完全一樣：紅地毯、發亮的深色木頭、高高的彩繪玻璃窗。

唯一不同的，就是裡頭到處都是警察。

他們沒穿制服，但是我看得出來，羅培茲保護官也看得出來。過了一會兒，其中幾個警察開始朝我看，搞得我偏執狂起來，懷疑她帶著我踏入某種陷阱。但是我沒有什麼把柄。所以為什麼他們一直瞪著我看？

不光是我。我循著他們的視線看到布朗雯，她跟父母坐在靠近第一排；還有庫柏和那個金髮女孩，跟他們那一掛朋友坐在中間。我的頸背刺麻，而且不是好的那種。我的身體緊繃，準備要逃跑，直到羅培茲保護官一手放在我胳臂上。她什麼都沒說，但是我留下了。

有一些人致詞——我全都不認得，只除了那個無論賽門走到哪裡都老是跟著的哥特風女孩。她讀了一首詭異的、不知所云的詩，從頭到尾聲音都在顫抖。

過去與現在行將凋萎——我已將之填滿又清空，

接著要去填滿我未來的下一頁。

上頭的傾聽者！你要向我傾吐什麼？

當我熄悄行的黃昏，請看著我的臉，
（請誠實說出來，不會有別人聽到的，而我只多待片刻而已。）

我自相矛盾嗎？
很好，那就自相矛盾吧，
（我胸懷廣大，我含納眾多。）……

你會在我離開之前說話嗎？你會證明已經太遲了嗎？……

我如微風般離去，朝逃離的太陽甩動白髮，
我縱浪於漩渦中，漂蕩在印出的詩句間。

我將肉身遺留給泥土，從我深愛的青草間重生，
若你想再見到我，就在你的靴底下尋找。

你將不會曉得我是誰，也不知道我意味著什麼，
但我將會有益於你的健康，
我會淨化並加強你的血液。

若你一開始無法找到我，也無須喪氣，
此處無法覓得，再去他處尋找，
我會駐留在某個地方等著你。

「〈自我之歌〉，」那女孩唸完後，羅培茲保護官低聲說，「很有趣的選擇。」

接著有音樂，又有些人唸了詩文，然後終於結束了。神父告訴我們墓園的安葬不對外公開，只有家人參加。我無所謂。我這輩子從來沒這麼想離開一個地方，甚至出殯隊伍還沒進入走道，我就想開溜了，但是羅培茲保護官的手再度按住我的胳臂。

幾個高四學生抬著賽門的棺材走出教堂大門，後頭跟著二十幾個人穿得一身黑，最後是一對牽著手的男女。那女人尖瘦的臉很像賽門。她看著地上，但經過我們這排長椅時抬起頭來，目光和我對上，然後她暴哭起來。

更多人湧到走道上，有個人緩緩走近我們這一排。是一名便衣警察，年紀比較大，理了平頭。我立刻曉得他不是布達佩斯警員那種鄉下警察。他露出微笑，一副認識我的表情。

「奈特・麥考利？」他問，「可以借用你幾分鐘嗎？」

7

愛蒂

九月三十日，星期日，下午二點零五分

教堂外頭太陽好大，我舉手遮在眼睛上方，掃視著外頭的人群，直到我看見傑克。他和其他抬棺人把賽門的棺材放在某種金屬擔架上，退到一旁，讓殯葬禮儀師將棺材推進靈車內。我低頭，不想看到賽門的屍體被裝上一輛像超大行李箱的車子裡，接著有個人輕拍我肩膀。

「愛蒂．普蘭提思？」一個有點年紀的女人穿著一套硬挺的藍色套裝，朝我露出禮貌、專業的笑容。「我是灣景警察局的蘿拉．惠勒警探。你上星期跟布達佩斯警員談過有關賽門．凱勒的死，我有幾個後續問題想請教。可以麻煩你跟我到警局一趟嗎？」

我看著她，舔舔嘴唇。我想問為什麼，但是她那麼冷靜又自信，好像在一場葬禮後把我拉到一邊，是再自然不過的事情，搞得我覺得問她問題好像很沒禮貌。此時傑克過來我身邊，他穿著西裝好帥，又朝惠勒警探露出友善、好奇的笑容。我的目光輪流看著這兩個人，結巴地說：「可不可以——我是說——不能在這裡談嗎？」

惠勒警探皺了一下臉。「太多人了，你不覺得嗎？而且警局就在那邊轉角而已。」她朝傑克

勉強笑了一下。「我是蘿拉．惠勒警探，灣景警察局的。我想借用愛蒂一點時間，澄清幾個有關賽門．凱勒命案的疑點。」

「沒問題。」他說，一副說定了的口吻。「小愛，談完之後，如果要我開車送你回家，再傳簡訊給我。路易斯和我會去鎮中心，我們餓死了，而且想討論一下星期六比賽的進攻策略。大概會去葛連小館吧。」

所以我想就是這樣了。雖然我不想，但還是跟著惠勒警探沿著教堂後面的卵石小路，走到外頭的人行道上。艾希丹老說我沒有自己的想法，或許就是這個意思。到警察局有三個街區，我們沉默走著，經過了一家五金行、鎮上的郵局，還有一家冰淇淋店，門口一個小女孩為了想吃彩虹口味卻拿到了巧克力碎片口味而崩潰大哭。我一直想著我該告訴惠勒警探，說如果我沒直接回家，我媽會擔心。但是我沒把握我說的時候不會笑出來。

我們穿過了警局門口的金屬偵測器，惠勒警探帶著我直奔警局後方，進入一個悶熱的小房間。我以前沒來過警察局，本以為這裡會比較……不曉得。看起來比較正式吧。這裡讓我想到古普塔校長辦公室的那個會議室，但是燈光更糟。頭上的日光燈加深了惠勒臉上的每根線條，害她的皮膚變成一種難看的蠟黃色。不曉得我會變成什麼樣。

她問我要不要喝什麼，我婉拒後，她就離開那個房間幾分鐘，回來時肩上揹著一個書包，後頭跟著一個深色頭髮的小個子女人。兩個人都隔著一張低矮金屬桌坐在我對面，惠勒警探把她的書包放在地上。「愛蒂，這位是羅娜．雪露柏，她是灣景學區的家庭聯絡人。她是以維護你利益的成人身分列席的。現在，我們不是羈押訊問。你不必回答我的問題，而且隨時都可以離開。這樣你明白嗎？」

其實不太明白。從「維護你利益的成人」開始，我就沒聽懂了。但是我回答「當然，」雖然我恨不得能回家，或是傑克能陪我來。

「很好。我希望你能認真聽我講。我的感覺是，在所有牽涉的學生中，你是最可能在沒有惡意的情況下捲入的。」

我朝她眨眨眼。「沒有什麼？」

「沒有惡意。我想給你看一樣東西。」她伸手到放在旁邊的書包裡，拿出一台筆記型電腦。羅娜．雪露柏女士和我等著她把筆電打開，然後按了幾個鍵。我吸著臉頰內的肉，想著她是不是要給我看Tumblr的那兩篇貼文。或許警方認為那些貼文是我們其中一個人寫的，是某種可怕的玩笑。要是她問我是誰，我想我得說是布朗雯。因為那些貼文的作者，看起來就是自認比其他任何人都聰明十倍。

惠勒警探把筆電轉過來面對我。我不確定螢幕上是什麼，不過像是某種部落格，最重要的位置有「關於那個」的標誌。我疑問地看著她，她說，「這是賽門以前用來管理『關於那個』內容的控制面板。下頭那些文字標示著上星期一的時間，是他最新的貼文。」

本app第一次報導好女孩BR，全校學業成績最完美的紀錄保持人。只不過她在化學科拿到的那個A，並不是透過一般用功得到的，除非你認為從Google硬碟偷拿到C老師的考卷也算是用功。誰去通知耶魯一下吧……

在光譜的另一端，我們最喜愛的罪犯NM又回去做他最拿手的事情了：確保整個學校都可以盡情嗑藥。N同學，我很確定這是違反緩刑規定的喔。

大聯盟加上CC就等於明年六月的天價簽約金，對吧？這位灣景王牌左投手看來勢必會在大聯盟引起轟動……但是大聯盟不是嚴格規定禁用類固醇嗎？因為CC在測試賽中的表現也未免進步太多了。

AP和JR是完美的一對。返校日公主和明星跑衛，兩人相戀已經整整三年了。只除了暑假時AP和TF在他海灘小屋的那回親密接觸。更尷尬的是，兩個男生是好友。你想他們會交換心得嗎？

我無法呼吸。這篇報導就這樣登出來，人人都看得到。怎麼會？賽門死了，不可能是他發表的。是另外一個人接管了嗎？那個在Tumblr貼文的人？但這些都不重要了，唯一重要的是登出來了。傑克會看到，說不定已經看到了。前幾段的報導，當我明白講的是誰、代表什麼意義時，覺得好震驚。但是等最後一段看到我的姓名縮寫出來，前面那些事情就掃出我的腦海。我滿腦子只想著一件事：我愚蠢、可怕的錯誤，白底黑字出現在螢幕上，全世界都看得到。

傑克會曉得的，而且他永遠不會原諒我。

我頭靠在桌上，整個人幾乎要蜷縮起來，所以一開始還沒聽清惠勒警探的話。「……可以理解你覺得陷入困境……避免這個公開……要是你告訴我們發生了什麼事，我們可以幫你，愛蒂……」

我只聽進了一個詞。「這個還沒登出來？」

「本來排在賽門死去那天要發表的，但是他還沒有機會貼出來。」惠勒警探冷靜地說。

我得救了。傑克還沒看到這個。沒有人看到。只除了……這個警探，另外或許還有其他警察。我關注的焦點和她關注的焦點是完全不同的。

惠勒警探身子前傾，她的嘴唇扯開成微笑狀，但是她眼裡毫無笑意。「你可能已經認出這些姓名縮寫了，但是其他的報導是有關布朗雯・羅哈斯、奈特・麥考利和庫柏・克雷的。賽門死的時候，你們四個就跟他在同一間教室裡。」

「那是……詭異的巧合。」我勉強開了口。

「可不是嗎？」惠勒警探贊同。「愛蒂，你已經知道賽門是怎麼死的。我們仔細檢查過艾佛瑞老師的教室，我們發現，花生油要進入賽門的杯子裡，只可能有一個方式，就是他從水龍頭裝了水之後，有人把油加進去。艾佛瑞老師離開了很長一段時間。你們還跟賽門待在裡頭的四個人，全都有理由希望他保持沉默。」她的聲音沒變大，但進入我耳朵時卻彷彿充滿了嗡響。「你明白我最後會推出什麼結論嗎？這件事可能是你們集體策劃的，但不表示每個人都要負同樣的責任。想出主意的人和配合的人，兩者有很大的差別。」

我看著雪露柏女士。我必須說，她看起來的確很感興趣，但一點也不像是站在我這一邊的。

「我不明白你的意思。」

「你之前對於去過保健室的事情撒謊，愛蒂。是有人叫你去的嗎？好把那些艾筆偷走，這樣稍後賽門就無法得到救助了？」

我撩起肩膀上的一綹頭髮，捲在手指上，覺得自己心臟跳得好厲害。「我沒撒謊，我只是忘了而已。」老天，要是她要我測謊怎麼辦？我一定通不過。

「現在這個時代，你們這個年紀的小孩壓力很大。」惠勒警探說。她的口氣近乎友善，但她的眼神還是跟之前一樣冰冷。「光是社交媒體——感覺上你好像不能犯錯，對吧？走到哪裡都擺脫不掉。法官對於容易受影響、可能遭受很大損失而草率行動的未成年人向來是非常寬容的，尤其是當他們協助我們查出真相。賽門的家人有資格知道真相，你不覺得嗎？」

我肩膀往前弓，扯著頭髮。我不曉得該怎麼做。傑克會知道的，但他不在這裡。我看著雪露柏女士把自己的短髮塞到耳後，忽然間艾希丹的聲音在腦中想起。你不必回答任何問題。對了。惠勒警探一開始就說過這樣的話，於是我大感解脫且腦袋清楚起來，把腦中的其他一切都推開。

「我要離開了。」

我很有自信地說，但其實並不完全確定可以這樣做。我站起來，等著她阻止我，但是她沒有。她只是瞇起眼睛說，「當然了。就像我之前跟你說過的，這不是羈押訊問。但是請你了解，我現在可以給你的協助，一旦你離開這個房間，就未必適用了。」

「我不需要你的協助。」我告訴她，然後走出門，離開警察局。沒有人阻止我。但是我一走到外頭，就不曉得要去哪裡，也不曉得要做什麼。

我坐在一張長椅上，拿出手機，雙手顫抖。眼前這個情況，我不能打給傑克。但是剩下來還能找誰？我腦子一片空白，彷彿惠勒警探剛剛拿了個橡皮擦，把裡頭全都擦乾淨了。我的整個世界都圍繞著傑克而建立，現在這個世界粉碎了，我才明白自己早該試著培養另一個知心的人，這個人會關心剛剛有個頂著媽媽髮型、身穿實用套裝的警察指控我謀殺。而我所謂的「關心」，可不是指那種轉過頭就去散播我八卦的。

我母親會關心，但我眼前無法面對那些嘲諷和批判。

我滑手機找自己的聯絡人，按了一個名字。這是我唯一的選擇了，當她接起電話時，我心中暗自感謝。

「艾希丹？」聽到我姊姊的聲音，我設法控制住沒哭出來。「我需要幫忙。」

庫柏

九月三十日，星期日，下午二點三十分

張警探讓我看賽門尚未發表的「關於那個」頁面時，我先看到其他每個人的報導。布朗雯的事情讓我震驚，奈特的沒有，我不曉得報導中愛蒂劈腿的這個「TF」是誰——然後我幾乎確定會報導我什麼。當我看到自己的姓名縮寫時，心臟猛跳：因為CC在測試賽中的表現也未免進步太多了。

喔。我的脈搏慢下來，往後靠在椅子上。這跟我預期的不一樣。

但是我猜想自己不該驚訝的。我進步得太多、太快了——就連教士隊的球探都提到了。

張警探圍繞著這個話題講了一會兒，不斷暗示，最後我才明白，他認為當時我們四個在教室裡的人聯手計畫了整件事，好阻止賽門發表他的最新報導。我試圖想像那個狀況——我、奈特，還有那兩個女生策劃好，在艾佛瑞老師的課後留校教室裡，用花生油謀殺賽門。這實在太蠢了，拿來拍電影都會很爛。

我知道自己沉默太久了。「奈特和我在上星期之前根本沒講過話，」我終於開口說，「而且我非常確定沒跟那兩個女生談過這個。」

坐我對面的張警探身子往前湊，幾乎越過半張桌子。「你是個好孩子，庫柏。到目前為止，你的紀錄毫無污點，而且你會有光明的未來。你犯了一個錯，被逮到了。這很可怕，我明白。但現在要做正確的事還不算太遲。」

我不明白他指的是哪個錯誤：被指稱使用類固醇、被指稱謀殺，還是其他別的。但據我所知，我沒有因為任何事情被逮到。只有被指控而已。布朗雯和愛蒂大概也正在別處聽警方講同樣的話。我猜想奈特聽到的內容會不太一樣。

「我沒作弊，」我告訴張警探，「而且我沒傷害賽門。」我聽得出自己又冒出南方口音了。

他換別的辦法試試看。「用栽贓的手機，讓你們全都一起被罰課後留校，是誰的主意？」

我身體前傾，雙掌按著我那件黑色毛料西裝褲。這件考究的褲子我很少穿，眼前覺得被那布料搞得又熱又癢。我的心臟又猛跳起來。「聽我說，我不曉得是誰幹的，但是……這不就是你們該去查的嗎？比方說，那些栽贓的手機上應該有指紋吧？因為我覺得，或許我們是被設計陷害的。」房間裡面還有另一個男人，說是灣景學區派來的什麼代表，他一個字都沒說，但是不斷點頭，好像我剛剛說了什麼重要的話。不過張警探的表情沒變。

「庫柏，我們一開始懷疑這案子不對勁時，就查過那些手機了。沒有任何鑑識證據顯示其他人涉入。我們的焦點就是你們四個人，這一點我想往後也不會改變。」

於是我終於說，「我想打電話給我爸媽。」

其實我不想，但是我無法應付眼前的狀況了。張警探嘆了口氣，好像我讓他很失望，但他還是說，「好吧。你帶了手機吧？」我點頭。他說，「你可以在這邊打電話。」他沒離開房間，聽著我打給老爸，老爸理解狀況的速度比我快多了。

「把電話交給跟你談的那位警探，」他生氣地說，「馬上。還有，庫柏鎮——慢著，庫柏！先等一下。你不准再跟任何人說一個字！」

我把手機遞給張警探，他拿了湊到耳朵上。老爸講的我雖然不是每個字都能聽到，但他講得夠大聲，足以讓我曉得大意。張警探設法插入了幾個字——大致是說：警方向未成年人問話而沒有家長在場，在加州是完全合法的——但大部分時間都還是讓老爸抱怨。到了某個時間他說，「不，他隨時可以離開。」我豎起耳朵。我之前從沒想到我可以離開。

張警探把手機還給我，老爸的聲音傳來。「庫柏，你在嗎？趕快回家。他們沒有控告你任何罪名，而且你不會再回答他們任何問題了，除非有我和律師在場。」

律師。我真的需要律師嗎？我掛斷電話，看著張警探。「我父親叫我離開。」

「你有那個權利，」張警探說，我真希望我從一開始就知道。或許他跟我說過了，但是我實在不記得。「可是，庫柏，在我們局裡其他房間裡頭，你的朋友們也正在進行同樣的談話。其中一個會同意跟我們合作，而這個人會得到比其他人好很多的待遇。我覺得這個人應該是你。我希望你擁有這個機會。」

我想跟他說他完全搞錯了，但是老爸叫我不能再講。只不過我也沒辦法什麼都不說就離開。於是我最後跟張警探握了手說，「謝謝你花時間跟我談，先生。」

害我聽起來像是本世紀最大的馬屁精。這其實是多年的訓練發揮作用。

8

布朗雯

九月三十日，星期日，下午三點零七分

在教堂裡，蒙多薩警探把我拉到一邊，要求我到警察局去，此時我很慶幸爸媽跟我在一起。我原以為是布達佩斯警員要追問幾個後續問題，對接下來的狀況毫無準備，也不曉得該怎麼做。幸好我爸媽接掌大局，拒絕讓我回答問題。他們從蒙多薩警探那邊得到一大堆資訊，但是完全沒回報。他們真的很厲害。

但是，現在他們知道我做了什麼了。

好吧，還沒有，他們知道的是謠言。從警察局開車回家時，他們還在抱怨這一切太不公平了。總之我媽是如此。我爸則專心開著車，但轉彎時比平常兇悍許多。

「我的意思是，」我媽說，那種急切的聲音顯示她才剛暖身而已，「賽門的事情很可怕。他的父母當然想知道答案。但把一篇高中的八卦貼文當成指控的憑據，就實在太荒唐了。我不懂怎麼會有人認為布朗雯去殺了一個男孩，只因為他即將貼出一篇謊言。」

「那不是謊言。」我說，但是太小聲了，她沒聽見。

「警方什麼都沒有。」我爸說，口氣像是在評斷一家他考慮要併購、但發現不值得的公司。「只有一些薄弱的間接證據。顯然他們沒有真正能上法庭的證據，否則不會用這種方式辦案。他們是狗急跳牆了。」我們前面那輛車忽然在黃燈前停下，老爸踩了煞車，一邊輕聲用西班牙語咒罵，然後又說，「布朗雯，你不必擔心這件事。我們會雇一個很好的律師，但完全只是形式而已。等到這一切都結束了，我可能會控告警察局。尤其是如果有任何謠言公開，傷害到你的名譽。」

我想講話，但覺得自己的喉嚨像是有一團爛泥堵著。「我做了。」我聲音小得幾乎聽不到，然後雙掌摸著灼熱的臉頰，逼自己抬高嗓門。「我作弊了。對不起。」

媽媽在座位上稍微往後轉。「親愛的，我聽不到。你剛剛說什麼？」

「我作弊了。」然後結結巴巴地解釋：那天我緊接在卡密諾老師之後用一台公用電腦，發現他沒登出Google硬碟。眼前一個檔案夾裡就有這一年我們所有化學測驗的考題。我幾乎想都沒想，就把檔案下載到我的隨身碟。接著這一年剩下的考試，我就因此得到完美的分數。

我不曉得賽門是怎麼發現的。但一如往常，他的報導正確無誤。

接下來幾分鐘很可怕。我媽在椅子上轉過身，一副遭人背叛的眼神瞪著我。我爸沒辦法這樣做，但他不斷去看照後鏡，好像希望能看到有什麼不一樣的。我看得出他們有多傷心：*你不是我們原先以為的那樣。*

我爸媽都是憑實力有所成就的人。在我們兩個小孩出生之前，我爸就已經是加州最年輕的企業財務長之一，而我媽的皮膚科診所經營得很成功，她甚至已經好幾年不接受新病患了。從我幼稚園開始，他們就反覆灌輸我同樣的觀念：努力用功，盡己所能，自然能得到好結果。通常也的確如此，直到化學。

我猜想我當時不知道該怎麼辦。

「布朗雯，」我媽還是瞪著我，她的聲音低沉而緊張，「老天。我無法想像你會做這樣的事。這件事在太多層面上都很糟糕，但最嚴重的是，這給了你動機。」

「我根本沒對賽門怎麼樣！」我突然激動地說。

她朝我搖搖頭，嘴唇的嚴厲線條稍微柔和了些。「我對你很失望，布朗雯，但是我不會跳到那個結論。我只是在陳述事實。如果你無法理直氣壯地說賽門是撒謊，整件事有可能很棘手。」

她一手抹過雙眼。「他怎麼會曉得你作弊？他有證據嗎？」

「我不曉得。賽門沒有……」我暫停，想著這兩年所閱讀「關於那個」的報導。「賽門從來沒有真正證明過什麼。只不過……每個人都相信他，因為他從來沒寫錯過。最後總是會真相大白。」

我原先還以為自己平安過關了，因為我是在三月拿到卡密諾老師的檔案。我不明白的是，如果賽門早知道，他為什麼沒有馬上揭發？

我當然知道自己這樣不對。我甚至想過這可能是非法的，儘管嚴格來說，我並沒有入侵卡密諾老師的帳號，因為那個帳號本來就沒關。但這個部分其實不太說得通。美芙老是利用她高超的電腦技巧去駭侵一些有的沒的，只是為了好玩而已，而如果我之前想到過，大概可以要求她幫我弄到卡密諾老師的檔案，或甚至去篡改我的成績。但我作弊那件事並不是事先計畫好的。當時那些檔案就在我面前，於是我就拿了。

接著，我選擇在接下來幾個月加以利用，告訴自己說沒關係，因為一個困難的科目不應該毀掉我的整個未來。而對照起剛剛在警察局發生的事情，真是諷刺得可怕。

我很納悶，賽門所寫那些有關庫柏和愛蒂的事情，會不會也都是真的？蒙多薩警探給我們看了整篇報導，暗示另外一個人可能已經招認、而且已經拿到好條件。我一直以為庫柏的才華是天生的，也以為愛蒂太迷傑克、不可能去注意別的男生，但他們大概也從來想不到我會作弊。

至於奈特，我並不納悶。他表裡如一，從來不曾假裝自己是別的樣子。

爸爸開上我們家車道，關掉引擎，抽出車鑰匙，轉頭看著我。「你還有什麼事情沒告訴我們嗎？」

我回想起警察局那個會引發幽閉恐懼症的小房間，我爸媽一左一右坐在我旁邊，面對著蒙多薩警探一個接一個丟出問題，像是丟手榴彈似的。你跟賽門彼此競爭激烈嗎？你去過他家嗎？你之前知道他在寫有關你的報導嗎？

除了這件事，你有任何原因不喜歡或討厭賽門嗎？

我爸媽當時說我不必回答任何問題，但這個問題我回答了。沒有，我說。

就算蒙多薩警探知道我撒謊，他也沒有表現出來。

奈特

九月三十日，星期日，下午五點十五分

羅培茲保護官送我回家的那趟車程，稱之為「緊張」是太過輕描淡寫了。

幾個小時前，平頭警探帶著我到警局，用半打不同的方式問我是不是殺了賽門。在問話之前，羅培茲保護官問她可否在場，平頭警探同意了，我也無所謂。不過後來他拿出賽門指控我販賣藥物的貼文，事情就變得有點尷尬了。

我知道這件事雖然是真的，但是他無法證實。我保持冷靜，聽著他告訴我：環繞著賽門之死的種種間接證據，讓警方有充分理由去我家找藥物，而且他們已經申請到搜索票了。但反正我今天上午已經清掉了所有藥物，所以我知道他們什麼都找不到。

幸好羅培茲保護官每個星期天都要來我家訪視。不然我大概就會被關進牢裡了。這一點我欠她一份大人情，雖然她不曉得。另一個人情是她在警方問話時保護我，雖然我原先沒期待。以前她來我家訪視時，我老是在她面前撒謊，而且我相當確定她都知道。但是當平頭警探開始逼人太甚，她就讓他稍微收斂一點。最後我有個感覺，警方有的只是一些薄弱的間接證據和一個推出來的理論，他們希望藉著施壓，能讓我們其中一個人承認。

我回答了他們幾個問題，都是我知道不會害我惹上麻煩的。其他的，就都只是換著方式說我不知道或我不記得，有時還真的是實話。

打從我們離開警察局，到車子開進我家車道後，羅培茲保護官都一直沒說半個字。這會兒她看了我一眼，表明就連她都無法從剛剛發生的事情裡頭找到光明面。

「奈特，我剛剛在那個網頁上看到的報導，我不會問你是不是事實。要是警方真想追究的話，這個回答你只能告訴你的律師。但是你得了解一些事情。從今天開始，要是你用任何方式販賣藥物——我就幫不了你了。沒人幫得了你。這不是開玩笑的。你面對的狀況，是有可能被判死刑的。這樁案子有四個小孩牽涉在內，而且除了你之外，他們每一個都有照顧、支持他們的父母，家裡經濟上也夠寬裕。甚至有的父母相當有錢有勢。你顯然是個局外人和替死鬼。我講得夠清楚了嗎？」

耶穌啊，她講得可一點也不委婉。「是的。」我當然明白，回家的車程上我就一直在想了。

「好。那我們就下個星期天見了。在此之前，如果你需要我，就隨時打電話吧。」

我沒謝她就下了車。這樣很過分，但是我反正心中毫無感激。才一走進我們家天花板很低的廚房，那個氣味立刻迎面撲來：酸敗的嘔吐味滲入我的鼻子和喉嚨，搞得我想吐。我四下張望著尋找來源，心想今天真是我的幸運日，因為我爸居然設法衝到水槽前才吐，只不過他吐完了沒沖掉。我一手摀著臉，用另一手開了水龍頭，但是不妙。那些嘔吐物此時已經乾硬結塊了，非得動手刷才能清除。

我知道家裡有洗碗的海綿，大概在水槽底下的櫥櫃裡。但是我沒打開櫥櫃找，而是踢了櫥門一腳。然後覺得很滿足，就又踢了五次或十次，一次比一次用力，直到那片廉價的櫥門破裂。我喘著氣，大口吸著讓人想吐的臭味，而且我真他媽的厭倦透這一切了，甚至可以因此殺人。

有的人爛到沒資格活，真的就是。

客廳傳來一個熟悉的搔抓聲——史丹，在抓牠動物培育箱的玻璃牆討食物。我朝水槽裡擠了半瓶洗碗精，又沖了一波水。打算稍後再來處理。

我從冰箱拿出一罐活蟋蟀，倒進史丹的箱子裡，看著那些蟋蟀沒頭沒腦地蹦蹦跳跳，完全不曉得自己即將有什麼遭遇。我的呼吸放慢速度，腦子也逐漸清楚了，但這也未必是好事。要是我不想眼前這個討厭的麻煩，就得想另外一個了。

聯手謀殺。這是個有趣的推理。我想我應該感謝警方沒有試著把整個案子釘在我一個人頭上，他們大可以要求其他三個人配合說詞，以交換不必坐牢。我很確定庫柏和那個金髮女生會非常願意配合。

但是布朗雯或許不會。

我閉上眼睛，雙手撐在史丹那個玻璃箱的箱頂，想著布朗雯她家。好乾淨又好明亮，還有她和她妹妹彼此講話的模樣，好像她們對話中最有趣的部分就是沒有說出來的那些。被指控謀殺之後，能夠回到這樣的家中，一定是很美好的事。

我走出屋子，騎上機車，我告訴自己我不知道要去哪裡，然後漫無目的地騎了大概一個小時。等到最後在布朗雯家的車道停下時，已經是一般人家的晚餐時間，我也不期望會有任何人出來。

但是我錯了。有個人出來了。那是個高個子男人，穿著刷絨背心和格子襯衫，深色短髮，戴著眼鏡。他看起來像個習慣發號施令的男人，以一種冷靜、慎重的步態緩緩走向我。

「你是奈特，對吧？」他雙手扶著後腰，手腕上一個亮晶晶的大錶。「我是哈維爾．羅哈斯，布朗雯的父親。恐怕你不能待在這裡。」

他的口氣並不生氣，只是冷靜地陳述事實。但同時，那種認真的意味也表露無遺。

我脫下安全帽，直視著他的雙眼。「布朗雯在家嗎？」這真是有史以來最沒意義的問題了。顯然她在家，而且顯然他不會讓我見她。我甚至不曉得為什麼我想見她，只知道我見不到。而且因為我想問她：真相是什麼？你做了什麼？你沒做什麼？

「你不能待在這裡，」哈維爾．羅哈斯說，「我不想找警察來，相信你也不想。」他的演技很不錯，但是我知道，即使我沒跟他女兒同時涉入一樁謀殺調查，我可能依然是他最可怕的夢魘。

那就這樣吧，我猜想。他把界限畫出來了。我顯然是局外人和替死鬼。沒什麼好多說了，所以我退出他家車道，騎車回家。

9

愛蒂

九月三十日，星期日，下午五點三十分

艾希丹打開她位於聖地牙哥市中心那戶公寓的前門。裡頭只有一間臥室，因為她和查理租不起更大的。尤其是艾希丹的視覺設計工作並沒有大獲成功，而查理讀了一年法學院後決定放棄、現在正在拍自然紀錄片。那一年法學院所積欠的債務，他們一直都沒辦法還清。

但是我們來這裡，不是要談那些的。

艾希丹在沖咖啡，那個小廚房很可愛：白色的櫥櫃、光滑的黑色花崗岩台面、不鏽鋼器具，還有復古的燈具。「查理人呢？」我問，看著她在我的咖啡裡面加了鮮奶油和糖。又白又甜，就是我喜歡的喝法。

「去攀岩了。」艾希丹回答，嘴唇抿成一條線，把馬克杯遞給我。查理有很多艾希丹無法領略的嗜好，而且都很昂貴。「我會打電話請他幫你找個律師。或許他以前的教授可以介紹一個。」

我們離開警察局後，艾希丹堅持要先帶我去吃點東西，然後我在餐廳裡告訴她每一件事——好吧，幾乎算是了。總之是有關賽門的謠言。回她公寓的路上，她設法打電話給我媽，但是轉到

語音信箱，於是留話請她盡快回電。

但是老媽要不是不理會，就是還沒看到。或許我應該先假設她是沒看到。

我們拿了咖啡到艾希丹家的陽台，坐在一張小桌子兩旁的鮮紅色椅子上。我閉上眼睛，吞了一口又熱又甜的液體，逼著自己放鬆。沒有用，但我持續慢慢喝，直到喝完。艾希丹掏出手機，簡短地留話給查理，然後又試了我媽的手機。「還是語音信箱。」她嘆氣，把她剩下的咖啡喝完。

「沒人在家，除了我們之外。」我說，然後不知怎地因此大笑起來。笑得有點歇斯底里。我可能快發瘋了。

艾希丹雙肘靠在桌上，雙手交握撐著下巴。「愛蒂，你得把發生的事情告訴傑克。」

「賽門那篇最新報導沒登出來啊。」我小聲地說，但艾希丹搖搖頭。

「消息會曝光的。或許有流言，或許警方會找他談，好對你施加壓力。但是無論如何，這種事是你在伴侶關係中必須處理的。」她猶豫了一下，把頭髮塞到耳後。「愛蒂，你會不會心底其實一直希望傑克發現這事情？」

我忽然覺得憤慨極了。就連在這種危機關頭，艾希丹還是無法停止她對傑克的敵意。「我為什麼會想這樣？」

「他什麼事都要發號施令，不是嗎？或許你厭倦了那樣。換了我就會。」

「是啊，因為你是伴侶關係的專家，」我兇巴巴說，「我已經一個多月沒看到你和查理在一起了。」

艾希丹皺起嘴唇。「這件事不是關於我。你得跟傑克談，而且要快。你不會希望他從別人那邊聽到的。」

我忽然再也沒有鬥志，因為我知道她說得沒錯。拖下去只會讓事情更惡化。而且既然我媽都沒回電，那麼我還不如趁早把這件事做個了斷。「你能不能載我去他家？」

總之，我已經收到了傑克的幾則簡訊，問我在警察局的狀況如何。眼前我大概應該專注在整件事的犯罪問題，但一如往常，我滿心都想著傑克。我拿出手機，開始傳簡訊給他。我可以當面告訴你嗎？

傑克立刻回覆。〈唯一的女孩〉歌聲響起，對照著接下來即將發生的對話，這首歌似乎好不搭調。

當然可以。

我洗好我的馬克杯，同時艾希丹去拿她的鑰匙和皮包。我們進入公寓大樓的走廊，艾希丹關上門，拉一下門鈕以確認鎖好了。我跟著她去搭電梯，覺得神經很緊繃。我不該喝那杯咖啡的，即使裡頭大部分都是牛奶。

開到灣景中途過了一半，查理打電話來。我設法不去聽艾希丹緊張、句子短促的對話，但是在車內狹小的空間裡實在不可能。「我不是為了自己要求你，」談到一半她說，「你能不能有點氣度？」

我縮在自己的座位上，拿出手機看著傳來的簡訊。柯麗傳了半打過來談萬聖節的服裝問題，奧麗薇亞煩惱著是不是該跟路易斯復合。然後艾希丹終於掛了電話，裝得很開朗說，「查理會打幾個電話幫忙找律師。」

「好極了。幫我謝他一聲。」我覺得自己應該再說些話，但不確定該說什麼，於是我們陷入沉默。不過我還是寧可跟我姊姊在安靜的車子裡共度幾小時，也不願意去傑克家待五分鐘，但我們很快就到了。「我不確定會花多少時間，」她開入車道時，我跟她說，「而且談完之後，我可能需要搭車回家。」我覺得好想吐。要不是我跟提傑上床，往後無論發生什麼事，傑克一定會堅持要參與的。整個情況還是會很可怕，但我就不必獨自面對了。

「我會在克萊倫登街的星巴克，」艾希丹說，看著我下車，「等你談完了就傳個簡訊給我。」然後我忽然對之前兇她、還為了查理的事攻擊她而感到抱歉。要不是她去警察局接我，我真不曉得自己該怎麼辦。但是我還來不及跟她說什麼，她車子就倒出車道，我只好慢吞吞走向傑克家的前門。

我按了門鈴，他母親來應門，她的微笑好正常，讓我差點以為一切都會沒事。我向來喜歡瑞爾登太太。她以前是業績超強的廣告AE，但是在傑克快上高中前，她決定放慢步調，專注於家庭。我想我媽暗自希望她是瑞爾登太太，有過輝煌的事業、但現在不必再做了，還有個英俊、成功的丈夫。

不過瑞爾登先生也有很嚇人的一面。他就是那種凡事都要作主的人。每回我提到他，艾希丹就會開始咕噥著有其父必有其子。

「嗨，愛蒂。我正要出門，但是傑克在樓下等你。」

「謝謝。」我說，經過她身邊，走入門廳。

我緩緩下樓梯去找傑克，聽得到她出去後鎖上門，然後是她車門甩上的聲音。瑞爾登家有個裝潢完善的地下室，基本上是傑克的私人空間。裡頭很大，有撞球台和大電視，還有很多又軟又厚的椅子和沙發，所以我們這些朋友最常在這裡聚會。今天一如往常，傑克四肢大張坐在最大的那張沙發上，手裡拿著Xbox的控制器。

「嘿，寶貝。」他看到我就暫停遊戲，坐直身子。「一切都還好嗎？」

「不好。」我說，然後開始全身發抖。傑克一臉擔心，那是我不配得到的。他站起來，想拉我坐在他旁邊，但我難得一次抗拒了。我坐在沙發旁的一張扶手椅上。「我想，我告訴你這件事情的時候，應該坐在這裡。」

傑克額頭皺起來。他坐回去，這回是在沙發邊緣，雙肘放在膝蓋上，專注地看著我。「你嚇到我了，小愛。」

「今天是嚇人的一天。」我說，手指捲著一綹頭髮。我覺得喉嚨乾得像是塵土一般。「那位警探想跟我談，因為她認為我……他認為那天和賽門課後留校的我們四個人……聯手殺了他。他認為是我們故意把花生油放在他要喝的水裡，所以他才會死。」話講出來，我才想到自己或許不該談這部分。但是我向來習慣告訴傑克所有事。

傑克凝視著我，眨眨眼，忽然大笑一聲。「耶穌啊，這不好玩，愛蒂。」他幾乎從來不喊我真正名字的。

「我不是在開玩笑。他認為我們聯手殺了他，因為他正要發表一篇『關於那個』的更新，寫的是有關我們四個的。他要報導的那些事情，是我們永遠不希望曝光的。」我本來很想先跟他說其他八卦——你看，我不是唯一糟糕的人！——但是算了。「裡頭有一件關於我的事情，是真的，我必須告訴你。當時剛發生的時候，我就該跟你說的，但是我太害怕了。」我盯著地板，眼睛專注在那張豪華藍色地毯上一條鬆開的線。要是我去拉那條線，我敢說那邊一整塊都會鬆開。

「繼續說吧。」傑克說，那個口氣我完全無法解讀。

老天，我的心臟跳得這麼厲害，怎麼還能活著？都快跳出我的胸膛了。「上個學年結束後，你們一家去科蘇梅爾島度假時，我在海灘上碰到提傑。我們弄來了一瓶蘭姆酒，後來喝得爛醉。接著我去了提傑家，然後，唔，我就跟他親熱了。」

「怎麼個親熱法？」傑克冷冷地問。我猶豫了，想著自己是不是有任何辦法讓這個聲音不要這麼可怕。但接著傑克又狠狠問了一次：「怎麼個親熱法？」我就說出來了。

「我們上床了。」我哭得幾乎說不出話來。「對不起，傑克。我犯了個愚蠢的、可怕的錯誤，我非常、非常抱歉。」

傑克好一會兒都沒吭聲，等到終於說話時，他的聲音冰冷。「你很抱歉，啊？好極了。只要你覺得抱歉，那一切就都沒關係了。」

「我真的很抱歉。」我開口，但還沒來得及多說什麼，他就跳起來，一拳捶向他背後的牆面。我忍不住驚叫起來。牆面的灰泥破裂，白色碎片像雨點般落在藍色地毯上。傑克又舉起拳頭，更用力捶向牆壁。

「幹，愛蒂。你好幾個月前就跟我的朋友上床，接下來就一直在騙我，然後你說你抱歉？你到底有什麼毛病？我把你當成皇后似的。」

「我知道。」我啜泣，看著他的指節在牆上留下的血跡。

「你讓我跟那傢伙繼續混，他在背後都要笑掉大牙了。你跳下他的床，就又跳上我的床，好像任何事都沒發生過似的。在那邊假裝你他媽的還在乎我。」以前傑克幾乎從不在我面前講粗話，就算偶爾講，也一定會道歉。

「我真的在乎你，傑克。我愛你。從我看到你第一眼，我就愛上你了。」

「那你為什麼要這麼做？為什麼？」

這個問題我問了自己好幾個月了，只想得出一些薄弱的藉口。我喝醉了，我犯蠢了，我有不安全感。我猜想最後一個是最接近事實的；多年來我都擔心自己不夠好，終於產生問題了。「我犯了錯。我願意做任何事來彌補。要是可以收回，我會願意的。」

「但是你沒辦法，不是嗎？」傑克問。他又沉默了一會兒，呼吸沉重。我完全不敢吭聲。

「看著我，」我盡量拖拉著，頭還是埋在雙手裡。「看著我，愛蒂。你他媽的至少應該看著我。」於是我看了，但我真希望自己沒看。他的臉——那張我一直深愛、向來那麼俊美的臉——現在因為憤怒而扭曲。「你毀了一切。你知道吧？」

「我知道。」我嗚咽著說，像隻陷入捕獸夾的動物。要是能咬斷自己的腿以求脫離這個狀況，我也願意。

「出去。你他媽的滾出我家。我受不了看到你了。」

我不確定自己是怎麼上了樓梯、走出門的。一來到車道上，我翻著自己的包包，想找手機。我沒辦法站在傑克家的車道上哭著等艾希丹，得走到克萊倫登街找她了。然後一輛車子經過外頭的車道，輕聲按了喇叭。隔著淚眼的一片模糊中，我看著我姊姊降下車窗。

我走過去時，她的嘴巴下垂。「我猜到可能會是這樣。來吧，上車。媽媽在等我們回家呢。」

第二部　躲貓貓

10

布朗雯

十月一日，星期一，上午七點三十分

我星期一上學前的準備就跟平常一樣。六點起床跑步半小時。六點半吃燕麥片加莓果和柳橙汁當早餐，十分鐘後沖澡。然後擦乾頭髮，挑衣服，搽上防曬霜。瀏覽十分鐘《紐約時報》。檢查電子郵件。收拾好上課的書，確定我的手機都充飽了電。

今天唯一的不同，就是七點半要跟我的律師會面。

她名叫羅蘋．史代佛，根據我爸的說法，她是個聰明的刑事辯護律師，非常成功，但是也不會太受矚目。不是那種令人立刻聯想到犯罪的有錢人想花錢解決麻煩時、就會雇用的律師。她準時來到我家，美芙帶著她進入廚房時，她給了我一個溫暖的大笑容。

要不是早知道，我根本猜不出她的年紀。我爸昨天晚上給我看了她的簡介，上頭說她是四十一歲。她一身乳白色套裝和深色皮膚形成鮮明的對比，精緻的金色首飾，腳上的鞋看起來很昂貴，但不是Jimmy Choo那種等級的。

她在我們廚房中島旁坐下來，對面是我爸媽和我。「布朗雯，很榮幸認識你。我們來談談你

今天在學校可能會碰到的狀況，還有你要怎麼應付。」

是啊，因為我現在的生活就是這樣了。學校居然是個我必須應付的事情。

她雙手在面前交握。「我不相信警方真以為這個案子是你們四個聯手計畫的，但我認為他們希望把你們嚇住，逼你們其中一個人說出有用的資訊。這表示他們頂多也只有很薄弱的證據。要是你們都不互相指責，而且四個人的說法都一致，警方的調查就不會有任何結果，而且我相信，這個案子最後會以意外死亡結案。」

鉗住我胸口一早上的壓力減輕了一點。「即使賽門死前就要發表那些有關我們的可怕報導？還有人一直在Tumblr上頭貼文？」

羅蘋姿態優雅地聳了一下肩膀。「說到底，那些都只是八卦和網路謠言而已。我知道你們這些孩子很當一回事，但是在法律的世界裡，除非能找出真憑實據來佐證，否則那些謠言都是沒有意義的。你的最佳對策，就是不要談這個案子。跟警方當然是不能談，但是也不能跟學校裡的師長談。」

「那如果他們問起呢？」

「告訴他們你家裡已經聘請了律師，而沒有律師在場，你不能回答任何問題。」

我試著想像這樣告訴古普塔校長。我不曉得校方聽說了什麼，但是如果我引用憲法第五條修正案來拒絕回答問題，恐怕他們會覺得非常不妙。

「你和那天課後留校的其他孩子熟嗎？」

「不算是。庫柏和我有幾堂課一起修，但是——」

「布朗雯。」我母親口氣冷冰冰地插嘴。「你跟奈特・麥考利熟到他昨天晚上還跑來。而且是第三次了。」

羅蘋坐直身子，我臉紅了。我爸昨天趕走奈特之後，這件事就成了我們家的一大討論話題。我爸認為他像個跟蹤狂似的在盯著我們家，所以我就有得解釋了。

「為什麼奈特會來這裡三次，布朗雯？」羅蘋用一種禮貌、充滿興趣的口氣問。

「其實沒什麼。賽門死掉那天，他騎車送我回家。然後上個星期五晚上他過來玩了一會兒。昨天晚上我不知道他來這裡做什麼，因為沒人肯讓我跟他講話。」

「讓我不安的是，你父母都不在家的時候，他還跑來——」我媽開口，但是羅蘋打斷她。

「布朗雯，你和奈特交情的本質是什麼？」

我不曉得，或許你可以幫我分析一下？這是你份內的事情嗎？「我根本跟他不熟。在上個星期之前，我們已經好幾年沒講過話了。我們當時都在一種詭異的狀況下，而且……跟經歷過同一件事情的人在一起，會讓我好過一點。」

「我建議你跟其他三個人保持距離。」羅蘋說，沒理會我媽正惡狠狠地瞪著我。「沒有必要給警方更多憑據去堅持他們的推理。如果有人檢查你的手機和電子郵件，裡頭會有你和這三個學生的通訊嗎？」

「沒有。」我誠實地說。

「這是好消息。」她看了手錶一眼，那是個薄薄的金色勞力士。「我們就只能談到這裡了——如果你想準時趕到學校的話，而且我認為你應該一切照常。」她又朝我露出溫暖的笑容。

「我們下回再深入談吧。」

我跟爸媽說了再見，不太敢直視他們的眼睛，然後喊了美芙，同時抓了鑰匙走向那輛Volvo車。到學校的整趟車程上，我都努力逼自己堅強起來，準備好到學校會碰到什麼可怕的事情，但結果一切正常得詭異。沒有警察在等我。所有人看我的目光，完全就跟Tumblr的第一篇貼文公布後一樣。

不過，從點名教室出來後，我對凱特和由美子的談話還是沒太專心聽，目光徘徊在走廊上。我只想跟一個人講話，其實這個人完全就是我該保持距離的。「你們先走，晚一點我再去找你們，好嗎？」我咕噥說，然後跑去攔下剛鑽進後樓梯間的奈特。

看到我，他的表情似乎並不驚訝。「布朗雯，家裡怎麼樣了？」

我靠著他旁邊的牆壁，壓低聲音。「我想道歉，因為我爸昨天晚上逼你離開。他被這整件事搞得有點抓狂了。」

「也難怪。」奈特也壓低聲音。「你被搜索過了嗎？」我睜大眼睛，他無奈地苦笑。「我想也是。我被搜索過了。你大概不該跟我講話的，對吧？」

我忍不住在空蕩的樓梯間裡四下張望。我本來就已經神經兮兮的了，奈特講的那些話更沒幫助。我不得不一直提醒自己：我們其實沒有共謀去執行謀殺。「你為什麼跑去我家？」

他注視著我的雙眼，彷彿接下來要講什麼有關生死或無罪推定的重大事情。「我是要去道歉，為了我偷走你的耶穌。」

我往後稍微瑟縮了一下，不明白他在講什麼。那是什麼宗教諷喻嗎？「什麼？」

「在聖庇護學校四年級演耶穌降生的時候。我偷走了你的聖嬰耶穌，你只好抱著一個包在毯子裡的包包。那件事我很抱歉。」

我瞪著他一秒鐘，緊繃感逐漸退去，讓我全身發軟且有點暈眩。我捶了他肩膀一拳，他驚訝得大笑出來。「我就知道是你。你當初為什麼要偷？」我問。

「故意鬧你的。」他朝我咧嘴笑了，有那麼一會兒，我忘了其他一切，只是發現奈特．麥考利的微笑好迷人。「另外，我想跟你談談——這一切。但我猜想太晚了。你們家一定雇了律師，對吧？」他的微笑消失了。

「對，可是……我也想跟你談。」上課鈴聲響了，我掏出手機。然後想起羅蘋問起我們四個之間是否有通訊紀錄的事情，於是又把手機塞回包包。奈特看到我的動作，又冷笑了一聲。

「是啊，交換手機號碼是個爛主意。除非你改用這個。」他從背包裡掏出一個掀蓋式手機遞給我。

我小心翼翼接過來。「這是什麼？」

「備用手機。我有幾個。」我大拇指撫摸著蓋子，逐漸明白這手機原先是用來做什麼的，接著他又匆忙補充，「這支是全新的。不會有人打電話什麼的。不過我有號碼。我會打給你。你可以接，不接也沒關係。看你。」他暫停一下，又說，「但是這支手機，你知道，一定要藏好。警方已經有你手機和電腦的搜索票了，這些是他們可以搜查的部分。但是他們不能搜索你們整棟房子。」

我很確定我那位昂貴的律師會告訴我，不要聽信奈特．麥考利的法律建議。而且我的律師一定推斷得出：他顯然有很多支同樣的便宜手機，足以設計我們上星期全都被罰課後留校。我看著他往樓上走，知道我應該把這支手機扔到最接近的垃圾桶。但是我沒有，而是收進了我的背包。

庫柏

十月一日，星期一，上午十一點

來到學校簡直是鬆了口氣。比家裡好，因為老爸在家裡會花上好幾個小時，一直抱怨賽門是個撒謊精，抱怨警方無能，抱怨校方應該介入這件事，還抱怨雇律師要花一大筆錢，我們根本付不起。

他沒問賽門那篇更新報導裡，有沒有哪件事是真的。

我們現在處於一個詭異的不安定狀態。每件事都不一樣了，但表面上看起來還是一樣。只除了傑克和愛蒂，他們看起來一個想殺人，一個想死掉。布朗雯在走廊上朝我露出了一個超沒說服力的微笑，雙唇緊抿得幾乎看不見了。至於奈特則完全不見人影。

我們都在等著有事發生，我猜想。

體育課之後，的確有事發生了，不過跟我沒有關係。我跟一群好友踢完足球之後，正要去更衣室。我和路易斯落在最後，他正在講著他看上眼的一個高三女生。我們的體育老師打開更衣室的門，讓一群學生進去，此時傑克忽然衝過來，抓住提傑的一邊肩膀，朝他臉上揍了一拳。

原來「TF」就是提傑．佛瑞斯特（TJ Forrester），因為報導中的縮寫缺了J，我一直沒想到是他。

在傑克揮出下一拳之前，我趕緊抓住他的雙臂，把他往後拉，但是他太憤怒了，差點掙脫了我，幸好路易斯也過來幫忙。即使如此，我們兩個還是差點抓不住他。「你混蛋。」傑克朝提傑啐道，提傑踉蹌了一下，但是沒倒地，他一手摀著他流了血、大概斷掉的鼻子，完全沒打算要上來回敬傑克。

「傑克，別這樣，拜託。」我說，看著體育老師朝我們跑來。「你會被罰停學的。」

「值得。」傑克恨恨地說。

所以今天的大新聞不是有關賽門，而是傑克．瑞爾登在體育課後打了提傑．佛瑞斯特一拳，因此被罰停學回家。而因為傑克離開前都一直不肯跟愛蒂講話，害她幾乎哭出來，所以每個人都很確定原因是什麼了。

「她怎麼可以？」柯麗說，此時我們午餐時間在餐廳排隊，看著愛蒂拖著腳步走進來，像在夢遊似的。

「我們不曉得整件事的來龍去脈。」我提醒她。

我想傑克不在學校是好事，因為愛蒂午餐時跟我們一起坐，一如往常。如果傑克在的話，我不確定她有那個勇氣過來。但是她不跟任何人講話，也沒有人要跟她講話。凡妮莎向來是我們這一掛裡頭最潑辣的，她看到愛蒂坐在她旁邊的位置，還把頭轉開根本不理她。就連柯麗，也沒努力讓愛蒂加入談話。

一堆偽君子。路易斯也曾因為劈腿而上了賽門的app，而凡妮莎上個月在一個池邊派對還想幫我打手炮，所以他們應該沒資格批判別人。

「最近怎麼樣，愛蒂？」我問，沒理會同桌其他人的目光。

「別對我好，庫柏。」她低著頭，聲音小得我幾乎聽不見。「如果你對我好，狀況只會更糟糕。」

「愛蒂。」我聲音裡傾注了自己所有的懊惱和恐懼，而當愛蒂抬起頭來時，我們彼此交換了意會的眼神。有那麼多事情我們應該談，卻一樣都不能談。「一切都會沒事的。」

柯麗一手放在我胳臂上，問道，「你認為呢？」我這才發現我完全沒聽到其他人的對話。

「關於什麼？」

她輕推了我一下。「關於萬聖節！凡妮莎家的派對，我們應該打扮成什麼？」

我茫然了，好像才剛被拉進某種絢麗的電子遊戲世界，裡頭的一切都太明亮，而且我不明白遊戲規則。「老天，柯麗，我不曉得。隨便啦。離現在還有一個月呢。」

奧麗薇亞不滿地發出嘖嘖聲。「男生都這樣。你們不曉得要找到夠性感、卻又不放蕩的服裝有多難。」

路易斯朝她抬了抬眉毛。「那麼，只要放蕩就好了。」他建議，奧麗薇亞用力拍了一下他的胳臂。自助餐廳裡面太暖了，簡直是熱，我擦了一下汗溼的眉毛，跟愛蒂又互相看了一眼。

柯麗戳了我一下。「手機給我。」

「什麼？」

「我想看我們上星期拍的那張照片，就是在海灣村？那個女人穿著一九二〇年代流行的那種低腰洋裝，看起來好漂亮。或許我也可以穿類似的。」我聳聳肩掏出手機，解了鎖遞給她。她抓著我的手臂，打開了我手機裡的相簿。「你要是穿那個年代的黑幫西裝，看起來一定很迷人。」

她把手機遞給凡妮莎，然後凡妮莎發出一個誇張、喘不過氣來的「啊！」。愛蒂用叉子撥弄著她餐盤上的食物，但是一口都沒吃，我正想問她要不要我去幫她拿別的食物，此時我的手機響起鈴聲。

凡妮莎還拿著我的手機，冷哼一聲，「誰會在午餐時間打來啊？你認識的人全在這裡了！」她看著螢幕，然後看著我。「哎喲，庫柏。誰是克里斯（Kris）？柯麗應該嫉妒嗎？」❸

我慢了兩拍才回答，然後又講得太急。「只是，唔，我打棒球認識的一個男生。」我覺得整張臉發熱又刺麻，從凡妮莎手中接過手機，轉到語音信箱。我好想接這通電話，但現在時機不對。

凡妮莎揚起一邊眉毛。「男生的克里斯不用常見的Chris，而是K開頭的？」

「是啊，他是……德國人。」老天，別再說了。我把手機放進口袋，轉向柯麗，她嘴唇微張，好像正要問問題。「我稍後會再回電給他。所以，你想穿哪種復古洋裝，嗯？」

◆

最後一堂課的下課鈴響後，我正要回家，此時拉弗洛教練在走廊攔下我。「你該不會忘記我們約了要談談吧？」

我懊惱地吐出一口氣，因為我真的忘了。老爸今天約了要帶我去見律師，還因此要提早下班。但拉弗洛教練想跟我談一下大學招生的事情。我很掙扎，因為我很確定老爸會希望我兩件事都做。但是既然不可能，我就跟著拉弗洛教練走，打算速戰速決。他的辦公室在體育館隔壁，聞起來像是二十年來所有的學生運動員氣味都濃縮在這裡了。換句話說，不好聞。

「因為你，我接電話都接到手軟了，庫柏。」他說，同時我在一張歪斜的金屬椅子上坐下，那椅子被我的體重壓得吱呀響。「洛杉磯加大、路易斯維爾大學、伊利諾大學都提出全額獎學金的條件。他們都希望你十一月能答應，但是我說你要到明年春天才會做決定。」他看到我的表情，又補充說，「先不要決定比較好。顯然你很有機會加入職棒選秀，但是各大學對你愈有興趣，你上大聯盟的條件就會愈好。」

「是的，老師。」我擔心的不是選秀策略。而是如果賽門的app上那篇報導曝光後，這些大學會有什麼反應。或者這整件事愈演愈烈，警方又繼續調查我，這些大學開的條件最後都會撤回嗎？在被證明有罪之前，大家會認為我是無辜的嗎？這一切，我不確定有任何一件該告訴拉弗洛教練。「我只是……這麼多狀況，我很難全都想清楚。」

他拿起薄薄一疊用釘書機釘起來的紙，朝我揮了一下。「我已經幫你搞清楚了。這份清單是所有跟我聯絡過的大學，還有他們目前提出的條件。用螢光筆標示的，就是最適合你的、或是大

❸ Kris有可能是男性或女性名的暱稱。

聯盟會最注意的學校。我想聖地牙哥州立大學和聖塔芭芭拉加大都不會進入決選，不過兩所都是本地的大學，而且都想安排你參觀校園。如果你願意排在某個週末過去看看，告訴我一聲就好。」

「好吧。我……我家裡還有點事情，所以這陣子可能會很忙。」

「當然，當然。不必急。不必有壓力。一切都看你自己，庫柏。」

大家總是說看我自己，但感覺上並不是事實。幾乎任何事我都作不了主。

我謝過拉弗洛教練，走進幾乎全空的走廊。我一手拿著手機，另一手拿著教練給我的清單，輪流看著兩手的東西，太專注在自己的思緒裡，差點迎面撞上一個人。

「對不起。」我說，看到一個小小的人影，雙手抱著一個箱子。「呃……嘿，艾佛瑞老師。要我幫你搬嗎？」

「不用了，謝謝，庫柏。」我比他高很多，此時低頭一看，發現箱子裡只有資料夾。我猜想他自己搬得動。艾佛瑞老師看到我的手機，濡溼的雙眼瞇起來。「我不想打擾你傳簡訊。」

「我只是在……」我講到一半停下來，因為要解釋我跟律師的約快要遲到，好像也沒有什麼意義。

艾佛瑞老師吸了吸鼻子，調整一下手上的箱子。「我真搞不懂你們這些孩子。這麼迷戀你們的手機螢幕和那些八卦。」他皺起臉，好像這個字眼的滋味很糟，我不知道該說什麼。他指的是賽門嗎？我很好奇警方這個週末是否也找了艾佛瑞老師問話，或許警方根本不考慮他，因為他沒有動機。總之，據警方所知是如此。

他搖搖頭，好像也不明白自己在說什麼。「總之，我要失陪了，庫柏。」

他若想往前走，只要朝旁邊讓一下就好，但我想該讓的人是我。「對了。」我說，趕緊讓開來。我看著他腳步拖拉地沿著走廊往前行，決定把身上的東西放進儲物櫃裡，趕緊去停車場。我已經遲到夠久了。

我在快到家的最後一個紅綠燈停下來，此時手機傳來簡訊的嗶聲。我低頭，以為會是柯麗傳來的，因為我後來答應她晚上要碰面商量萬聖節的服裝。但結果是我媽傳來的。

到醫院跟我們碰面。奶奶心臟病發作了。

11

奈特

十月一日，星期一，晚上十一點五十分

今天上午我打了幾通電話給我的供貨人，告訴他們我得停工一陣子，然後把那個手機扔掉。我還有兩三個手機，通常是在沃爾瑪百貨商場付現金買幾個，輪流使用幾個月，然後再買新的。

接近半夜十二點時，我已經看日本恐怖片看到受不了。我拿出一個新的手機，打了我給布朗雯的那個號碼。電話響了六聲，然後她接了，聽起來緊張得不得了。「喂？」

我本來還有點想鬧她，假裝成別的聲音，說要買一袋海洛因。但是她聽了大概會把手機扔掉，而且再也不跟我講話了。「嘿。」

「現在好晚了。」她責備地說。

「你睡了嗎？」

「沒有，」她承認，「我睡不著。」

「我也是。」我說，我們兩個人都沉默了一會兒。我靠坐在床上，身後墊著兩個薄枕頭，瞪著螢幕上暫停的片尾日文字幕。然後我關掉電影，瀏覽著頻道。

「奈特，你還記得五年級時奧麗薇亞・肯吉克的生日派對嗎？」

我記得。那是我在聖庇護學校參加的最後一個生日派對，然後我爸就幫我轉學了，因為我們付不起學費。奧麗薇亞邀請全班去，還在他們家後院跟後頭的樹林裡弄了個尋寶遊戲。布朗雯和我當時在同一組，她仔細研究那些線索，彷彿那是她的工作，而她正在爭取升遷。最後我們贏了，同組五個人都拿到二十元的 iTunes 禮物卡。「記得。」

「我想在這回的事情之前，那是我們最後一次講話。」

「或許吧。」我所記得的，大概比她以為的更清楚。五年級時，我的朋友們開始注意到女生，有一度他們都有女朋友。都是些愚蠢的小孩玩意兒，他們會找女生約會，那個女生說好，之後維持大概一個星期之類的，然後他們就都不理對方了。那個生日派對上，當我們走在奧麗薇亞家後頭的樹林時，我看著布朗雯的馬尾在我面前搖晃，想著如果我要求她當我女朋友，不曉得她會怎麼說。但是我沒有採取行動。

「你離開聖庇護之後，去了哪裡？」她問。

「葛蘭傑。」聖庇護學校是中小學，一路到八年級。所以我直到上了高中，才又跟布朗雯同校。而此時，她已經是學業成績最頂尖的學霸了。

她暫停一下，好像在等著我繼續，然後她笑了一下。「奈特，如果我講的話你都只回答一個詞，那幹嘛還要打電話給我？」

「或許你沒問對問題。」

「好吧。」又暫停一會兒。「你做了嗎？」

我不必問她是什麼意思。「是和不。」

「你得講得更具體才行。」

「是，我在因為販賣藥物而被判緩刑的期間，還在繼續販賣藥物。不，我沒有把花生油倒進賽門・凱勒的杯子裡。你呢？」

「一樣，」她低聲說，「是和不。」

「所以你作弊了？」

「是的。」她的聲音顫抖，要是她開始哭，我不曉得自己會怎麼辦。或許假裝電話訊號不穩而斷線吧。但她鎮定下來。「我真的很羞愧，而且好怕被人發現。」

她聽起來擔心極了，所以我大概不該笑的，但是我忍不住。「所以你不完美。那又怎樣？歡迎來到真實世界。」

「我很熟悉真實世界。」布朗雯的聲音很冷靜。「我不是住在泡泡裡。我只是為我所做的感到抱歉，如此而已。」

她大概的確很抱歉，但是不光如此而已。真相其實更不堪。如果這事情真的讓她這麼難受，她有好幾個月的時間可以坦白，但是她沒有。我不懂為什麼承認做錯事有那麼難：有時候你會成為把事情搞砸的混蛋，只是因為你沒預料會被逮到。「聽你的口氣，好像比較擔心別人會怎麼想。」

「擔心別人會怎麼想並沒有錯。這樣你才不會惹上緩刑的麻煩。」

我平常用的那支手機發出嗶聲。手機就放在我床邊那張破爛的小桌上，我每次一碰那張小桌，它就會傾斜，因為它有根桌腳底端的護墊不見了，我又懶得修好。我翻身過去，看到一則安珀發來的簡訊：你醒著嗎？我正想告訴布朗雯我要掛電話了，聽到她嘆了口氣。

「對不起。我這樣講太差勁了。只不過……對我來說，事情要更複雜。我害我爸媽都很失望，但是對我爸來說尤其糟糕。他向來都努力衝破刻板印象，因為他不是在美國出生的。他建立起良好的聲譽，而我一個愚蠢的行動，就有可能破壞掉他所努力的一切。」

我正要告訴她沒有人會這麼想。以我來看，他們家是無法撼動的。但是我猜想，每個人都有自己的鳥事要處理，而我不曉得她有什麼鳥事。「你父親是哪裡人？」於是我問。

「他在哥倫比亞出生，十歲時搬來美國。」

「那你媽呢？」

「喔，她的家族一直就在美國。第四代愛爾蘭人之類的。」

「我們家族也是，」我說，「但是如果我犯了什麼大錯，大概任何人都不會驚訝吧。」

她嘆氣。「這一切真的好荒謬，不是嗎？居然有人認為我們的其中之一殺了賽門。」

「你就完全相信我的話？」我問，「別忘了，我現在是在緩刑期間。」

「是啊，可是當時我在場，看到你想辦法要救賽門。那要演技很好才裝得出來的。」

「如果我反社會到會殺掉賽門，那我就什麼都能演了，對吧？」

「你不是反社會份子。」

「你怎麼曉得？」我說得像是在開玩笑，但是我其實很想知道答案。我是唯一一家裡被搜索的人。就像羅培茲保護官說的，顯然是個局外人和替死鬼。一個只要方便就會撒謊、而且為了自保會毫不猶豫編出謊言的人。再加上我們六年都沒講過話，我不曉得這一切加起來，她怎麼會相信我。

布朗雯沒有立刻回答，我也停止逛頻道，停在卡通頻道，那是有關一個小孩和一條蛇的新節目。看起來不太好看。「我還記得你以前都很照顧你媽，」她最後終於說，「就是她來學校，而且表現得……你知道，像是生病還什麼的。」

像是生病還什麼的。我猜想布朗雯指的，可能是那回我媽在家長會時朝弗林修女尖叫，最後把牆上貼的所有畫都扯下來。或者是她等著我足球練習完畢要接我回家時，就在路邊哭了起來。可以選擇的事蹟太多了。

「我真的很喜歡你媽，」布朗雯試探地說，但是我沒回答。「她以前跟我講話時，那個態度好像把我當成大人似的。」

「你的意思是，她會對你罵粗話。」我說，布朗雯笑了。

「我一直以為，她是在我面前罵別人粗話。」

她講的那些，有個什麼觸動了我。好像她可以穿透種種糟糕的表象，看到一個人真實的本質。「她以前很喜歡你。」我想到今天布朗雯在樓梯間，一頭有光澤的長髮還是紮成俐落的馬尾，那張臉發亮。好像世上每件事都好有趣，都值得她花時間研究。如果她沒離開，她現在也會喜歡你的。

「她以前老是跟我說……」布朗雯暫停一下，「她說你老是逗我，其實是因為你暗戀我。」

我看了安珀的簡訊一眼，還沒回覆。「可能吧。我不記得了。」

就像我剛剛說的。只要方便，我就會撒謊。

布朗雯沉默了一會兒。「我該掛電話了，至少試著睡一下。」

「是啊。我也是。」

「我想，就看看明天會發生什麼事了，嗯？」

「應該吧。」

「唔，再見。另外，呃，奈特？」她講得很快，很急，「當時我在暗戀你。總之，這事情大概也完全沒有意義吧。不過總之，跟你講一聲。所以，晚安了。」

她掛斷電話，我把手機放在床頭桌上，拿起另外一支。我又看了一次安珀的簡訊，然後打字回覆：過來吧。

布朗雯如果認為這話對我還有什麼意義，那她就太天真了。

愛蒂

十月三日，星期三，上午七點五十分

艾希丹逼我照常去上學。我媽則根本不在乎。她只覺得我毀了我們所有人的生活，所以我接下來做些什麼，也就不太重要了。她沒這麼說，不過每回她看著我的時候，臉上就擺明這樣的想法。

「光是跟律師談話，就要五千元，愛蒂。」她今天早餐時生氣地低聲說。「我希望你知道，那是從你的大學基金裡拿出來的。」

我想翻白眼，但是沒那個力氣。我們彼此都知道，我根本沒有什麼大學基金。這兩天她一直打電話去芝加哥跟我爸要錢。他也拿不出太多，因為他再婚了，孩子都還小。不過他大概會幫忙出至少一半，好讓我媽閉嘴，也讓他自己心安。

傑克還是不肯跟我講話，我好想念他。我覺得自己體內像是被一場核爆給炸空了，只剩下脆弱的骨頭裡一堆顫動的灰燼。我發了幾十則簡訊給他，他不光是沒回，還根本沒讀。他在Facebook上解除了跟我的朋友關係，他的Instagram和Snapchat也取消追蹤我。他假裝我根本不存在，我也開始想著他是對的。如果我不是傑克的女朋友，那我是誰？

他因為揍了提傑，本來這個星期應該被罰停學的，但他父母努力跟校方交涉，說賽門的死讓每個人都格外煩躁，所以我想他只會停學一天，今天就要回學校上課了。想到會看見他，就讓我難受得想請假一天。艾希丹還得硬把我脫下床。她暫時無限期待在娘家。

「你不能因為這件事，就整個人癱著等死，愛蒂。」艾希丹教訓我，一邊推著我去沖澡。「他別想把你這個人抹掉。老天，你只是犯了個愚蠢的錯誤，又不是殺了人。」

「唔，」她又諷刺地笑了一聲，「我想殺人的部分還沒確定吧。」

啊，我們家現在會拿這種事情來開玩笑了。誰曉得普蘭提思姊妹居然有這種搞笑的本事呢？

艾希丹開車載我去學校，在大門前放我下車。「抬頭挺胸，」她建議，「別讓那個自命清高的控制狂擊垮你。」

「天哪，艾希丹。你知道，我的確是劈腿了。他並不是無理取鬧。」她嘴唇緊抿成一條線。「可是他還是很過分啊。」

我下了車，設法逼自己堅強起來面對這一天。以往學校總是好輕鬆，我不必費力就可以融入一切，但現在我只是勉強懸在以往所屬圈子的邊緣。等到我在一面窗子裡面看到自己的鏡影，幾乎認不出裡頭的那個女孩。她穿著我的衣服——傑克喜歡的合身上衣和緊身牛仔褲——但她凹陷的臉頰和空洞的雙眼，實在跟衣服不搭嘎。

不過我的頭髮看起來還是美麗動人。至少我還有這麼點順心的事情。

學校裡只有一個人看起來比我還糟糕，就是珍奈。自從賽門死後，她瘦了應該有五公斤，而且皮膚狀況慘透了。她臉上一直都有睫毛膏暈染的痕跡，所以我猜想她跟我一樣，常常在下課時間跑到廁所哭。真沒想到我們居然沒在洗手間碰上。

今天我一進入走廊，幾乎立刻就看到傑克站在他的儲物櫃前。我忽然覺得腦袋裡所有的血都被抽光，整個人頭暈目眩，走向他時還搖搖晃晃的。他正旋轉著密碼鎖，表情冷靜而若有所思。一時之間，我希望一切都會沒事，希望他停學的這段期間能幫他消氣並原諒我。「嗨，傑克。」我說。

他的表情立刻從平靜轉為狂怒。他氣呼呼拉開櫃門，拿出一疊書，塞進背包裡，然後甩上門，揹起背包轉身。

「你這輩子還打算跟我講話嗎？」我問，聲音好小，上氣不接下氣。好可悲。

他轉身看著我，那種充滿恨意的眼神讓我後退一步。「我想盡量不要吧。」

別哭。別哭。傑克大步離開後，每個人都瞪著我看。我無意間看到凡妮莎站在幾步之外的儲物櫃旁偷笑。她愛死這個了。我以前怎麼會以為她是我的好友？她大概很快就會去追求傑克，說不定已經開始了。我踉蹌走到我的儲物櫃前，伸手要開號碼鎖，然後我瞪著好幾秒鐘，才看懂上頭用黑色奇異筆寫的那個字。

賤人（WHORE）。

周圍傳來隱約的笑聲，我看著那個由兩個V組成的W。那兩個V交疊的寫法獨特而怪異。我跟凡妮莎一起幫校隊做過上百張加油海報，還取笑過她的那個W寫得好可笑。她連掩飾都懶得。我猜想，她就是希望我知道。

我逼著自己不要跑，一路走到最接近的洗手間。裡頭有兩個女生站在鏡前補妝，我低頭經過她們，進入最裡面的一間。我垮坐在馬桶座上，靜靜哭著，頭埋在雙手裡。

第一聲鈴響傳來，但我待在原地，淚水不斷滑下臉頰，最後哭到沒有眼淚。我雙臂交疊放在膝蓋上，低著頭靜坐不動，然後第二聲鈴響，又有很多女生進出洗手間。她們交談的片段不時傳入我的隔間，而且沒錯，其中有些是關於我的。我塞住耳朵，設法不要去聽。

等到我終於站起來，已經是第三堂課中間了。我打開隔間門，走向鏡子，把臉前的頭髮撥開。我的睫毛膏已經被淚水沖掉了，但是我在這裡待得夠久，所以眼睛沒有浮腫。我瞪著鏡中的自己，試圖收拾散亂的思緒。我今天沒辦法上課，本來想去保健室說我頭痛，但是因為我被懷疑偷了艾筆腎上腺素，所以去那邊也不自在。於是我只剩下一條路：離開學校回家。

我走進後樓梯間，才進去就聽到樓梯上傳來沉重的腳步聲，我轉身看到提傑．佛瑞斯特正在下樓；他的鼻子還是很腫，還有個黑眼圈。他看到我停下來，一隻手抓著欄杆。「嘿，愛蒂。」

「你怎麼沒去上課？」

「我跟醫生有約。」他一手摸著鼻子皺起臉。「我可能有鼻中隔彎曲。」

「活該。」我恨恨地衝口而出。

提傑張開嘴巴，然後又閉上，他的喉結迅速上下移動。「愛蒂，我什麼都沒告訴傑克。我跟上帝發誓。我跟你一樣不希望這件事情曝光。而且我也被搞得很慘。」他又小心地摸摸鼻子。

我其實以為他告訴了賽門，而不是傑克。當然，提傑根本不知道那些尚未發表的貼文，但賽門是怎麼知道的？「當天只有我們兩個人，」我刺探道，「你一定是告訴了某個人。」

提傑搖搖頭，又皺起臉，好像連這樣的動作都會害他鼻子痛。「去我家之前，我們在一片公共海灘上接吻，還記得嗎？任何人都有可能看到我們。」

「但是他們不會知道——」我停下，這才發現賽門的網頁上從來沒說提傑和我上床，而是很嚴重地暗示，如此而已。或許我向傑克招認太多了。想到這裡我覺得反胃，但是總之，我不確定有辦法只告訴傑克一半的真相。他早晚會逼我說出來的。

提傑看著我，眼神充滿懊悔。「我很遺憾這件事把你害得這麼慘。無論如何，我認為傑克是個混蛋。但是我沒告訴過任何人。」他一手放在胸口心臟的位置。「我以我死去的祖父發誓。我知道對你來說沒有任何意義，但對我是有的。」我終於點頭，他呼出一口大氣。「你要去哪裡？」

「回家。我受不了待在學校了。我所有的朋友都恨我。」我不確定自己為什麼告訴他這些，大概是因為我也沒有其他人可以說。「現在傑克回來了，我想他們午餐時根本不會讓我跟他們坐同桌了。」這是真的。庫柏今天請假去醫院看他祖母，另外大概也會跟他的律師碰面，雖然這點他沒說。總之，他人不在，我們那一掛就沒有人敢對抗傑克的怒氣，也不想得罪他。

「去他們的吧。」提傑扯著一邊嘴角笑了。「如果明天他們還這麼混蛋的話，你就來跟我坐。他們想講什麼，我們就索性給他們一些料可以講吧。」

這番話不該讓我笑的，但我差點笑了。

12

布朗雯

十月四日，星期四，中午十二點二十分

我產生了一種虛假的自滿之感。

我猜想，也是難免的吧，即使是在你人生最糟糕的一星期。種種可怕的、驚天動地的事情陸續堆積在你身上，搞得你都快窒息了，然後——忽然停止了。接下來沒別的事發生，所以你就開始放鬆，以為自己度過難關了。

就在星期四午餐時間，這種新手錯誤像一巴掌甩到我臉上。當時自助餐廳尋常的輕度嗡響忽然變大，一開始我很自然地四下張望，充滿興趣，搞不懂為什麼每個人都忽然掏出自己的手機。但是我還沒把自己的拿出來之前，就注意到有些人紛紛轉頭朝我看。

「啊。」美芙動作比我快，而她瀏覽手機時，發出的輕喊聲充滿了遺憾，搞得我心往下一沉。她咬住下唇，皺起眉頭。「布朗雯，這是，呃，另一篇Tumblr。有關……唔，你自己看。」

我接過她的手機，心臟猛跳，看到了蒙多薩警探在星期天下午賽門葬禮之後給我看過的同樣那些文字。本app第一次報導好女孩BR，全校學業成績最完美的紀錄保持人……

全都登出來了。賽門那四則未發表的八卦，最後還有幾段附註：

有關殺了賽門的事情，你們以為我是在開玩笑嗎？讀完後去哭吧，各位。上星期跟賽門一起課後留校的每一個人，都有個格外特別的理由希望他消失。證據一：上面的這些貼文，是他當時正打算發表在「關於那個」上頭的。

現在給你們一個任務：把各個點連起來。是四個人聯手合作的，或者是背後有個人在操縱？誰是幕後的操縱者、誰又是受操縱的傀儡？

先給你們一個提示：每個人都在撒謊。

遊戲開始！

我抬起眼睛，和美芙四目相對。她知道真相，全都知道，但我還沒告訴由美子和凱特。因為我以為或許這些報導會繼續保密，不會曝光。我以為警方會繼續調查，最後因為缺乏證據而結案。

顯然地，我真是天真得可悲。

「布朗雯？」在耳邊的轟響中，我幾乎聽不到由美子的話。「這事情是真的嗎？」

「這個Tumblr是屁話連篇。」要不是兩分鐘前我已經驚呆到極限，現在一定會被美芙的粗話嚇一跳。「我敢說我可以駭進那個蠢帳戶裡，查出誰在後頭搞這些。」

「美芙，不要！」我的聲音好大。然後我壓低聲音，改用西班牙語。「別這麼做……我們不希望……」

我逼自己停下來，因為凱特和由美子一直盯著我看。反正講這些應該暫時夠了。

但美芙不肯閉嘴。「我才不管，」她氣沖沖地說，「你可能會在乎，但是我——」

幸好擴音器救了我，算是吧。當那個聲音傳遍餐廳，一種似曾相識的感覺攫住了我：「請注意。請庫柏・克雷、奈特・麥考利、愛蒂・普蘭提思、布朗雯・羅哈斯到主辦公室報到。庫柏・克雷、奈特・麥考利、愛蒂・普蘭提思、布朗雯・羅哈斯到主辦公室報到。」

我不記得自己站起來了，但反正不知不覺間，我就發現自己正在往前走。像個喪屍似的拖著腳步，經過一堆緊盯的目光和耳語，穿過一張張餐桌，直到我來到餐廳出口。沿著走廊，經過已經過期三星期的返校日海報。我們的籌辦委員會太鬆懈了，如果我不是其中一員，一定會引起更多反感。

我到了主辦公室，接待員疲倦地朝會議室比劃了一下，一副認為我現在應該曉得例行步驟的表情。我是最後一個到的——至少我是這麼想，除非灣景警察局或學校董事會的人也要加入。「關上門，布朗雯。」古普塔校長說。我照做了，然後側身經過她面前，在奈特和愛蒂之間坐下，對面是庫柏。

古普塔校長雙手指尖相觸成尖塔狀，放在她的下巴底下。「我相信，找你們過來的原因應該不必解釋了。我們一直在注意那個可惡的Tumblr網站，所以你們一看到新貼文的同時，我們也看到了。而且我們接到了灣景警察局的要求，全校學生都準備要接受他們的訪談，從明天開始。根據我跟警方的談話，我的理解是，今天的那篇Tumblr完全照錄了賽門死前所寫的貼文。我知道你們大部分人現在都有法律代表了，校方當然尊重。但這裡是個安全的地方。如果你們有什麼想告訴我的，有可能幫助校方更了解你們所面對的壓力的，現在就是說出來的時候了。」

我注視著校長，膝蓋開始發抖。她是認真的嗎？現在絕對不是說出來的時候。不過我還是感覺到一種無法抗拒的衝動，想要回應她，想要替自己解釋，然後桌子底下有一隻手抓住我的。奈特沒看我，但他的手指和我交握，溫暖而堅強，放在我發抖的腿上。他又穿著他那件健力士T恤，胸膛的布料撐得好薄好軟，彷彿已經洗過幾百次了。我看了他一眼，他腦袋輕輕地、幾乎無法察覺地搖了一下。

「除了上星期講過的，我沒有別的話要說了。」庫柏說，南方腔好嚴重。

「我也是。」愛蒂趕緊說。她的眼眶紅紅的，整個人看起來疲倦不堪，小精靈似的五官皺在一起。她好蒼白，我頭一次注意到她鼻子上淡淡的雀斑。也或許她只是沒化妝而已。我忽然覺得好同情，到目前為止，她是我們四個裡頭受到打擊最嚴重的人。

「我其實不認為——」古普塔校長開口，此時門打開，那個接待員探頭進來。

「灣景警察局在一線。」她說，古普塔校長站起來。

「我先失陪一下。」

她出去後帶上門，我們其他四個人在緊繃的沉默中靜坐著，傾聽著冷氣傳來的嗡響。這是打從上星期布達佩斯警員找我們問話之後，我們四個人頭一次共聚一堂。我回想起當時我們有多麼搞不清狀況，還在爭辯課後留校不公平和高三舞會的候選人小組，差點笑了出來。

雖然持平來說，當時爭辯的大半是我。

奈特放開我的手，把他的椅子往後傾斜，環視著整個會議室。「唔，這個情況好尷尬。」

「你們其他人都還好吧？」我脫口而出，自己都嚇了一跳。我不確定自己想講什麼，但反正不是剛剛那句話。「這真是太誇張了，他們居然——懷疑我們。」

「那是個意外。」愛蒂立刻說，但並不肯定，比較像是在測試一個推理。

庫柏的目光轉到奈特身上。「很詭異的意外。花生油怎麼會自己跑到那個杯子裡？」

「或許中間有人跑進那個教室，我們沒注意到。」我說，奈特朝我翻了個白眼。「我知道聽起來很荒謬，但是——我們得考慮各種狀況，對吧？那樣的狀況也不是不可能的。」

「恨賽門的人很多。」愛蒂說。從她咬緊的下顎，看得出她也是其中之一。「他毀掉很多人的生活。你們還記得艾登・吳嗎？跟我們同屆，高二時轉學了？」我是唯一點頭的人，於是愛蒂的目光轉向我。「我姊在大學裡認識他姊。艾登才沒有轉學。在賽門刊登說他有變裝癖之後，他崩潰了。」

「真的？」奈特問。庫柏一手撫著頭髮。

「你們還記得賽門剛推出那個app時，登出來的那些特寫文章嗎？」愛蒂問，「是比較詳盡的報導，幾乎像是部落格？」

我的喉嚨發緊。「我記得。」

「唔，他就是在那些貼文裡面寫艾登的，」愛蒂說，「那是不折不扣的邪惡。」她的口氣搞得我很不安。我從沒想到膚淺的小愛蒂・普蘭提思會用這麼怨毒的口氣說話，也沒想到她會有自己的意見。

庫柏趕緊加入談話，好像很擔心她接著會破口大罵起來。「莉亞・傑克森在追悼會上就是這麼說的。我在露天看台底下碰到她。她說我們都太虛偽了，把賽門當成烈士似的。」

「唔，就是這樣了。」奈特說。「你說得沒錯，布朗雯。全校學生背包裡大概都裝著花生油，等著隨時找機會。」

「不是隨便什麼花生油，」愛蒂說，我們全都轉向她，「一定是冷壓的花生油，這樣碰到對花生過敏的人，才會有用。基本上，就是很高品質的花生油。」

奈特瞪著她，皺起眉頭。「你怎麼知道這個？」

愛蒂聳聳肩。「我有回在美食頻道裡面看到的。」

「等到古普塔校長回來，這種事你或許就別說出口了。」奈特建議，然後愛蒂咧嘴笑了一下，快得一閃即逝。

庫柏瞪著奈特。「這可不是開玩笑的。」

奈特打了個哈欠，不為所動。「有時候感覺就是笑話啊。」

我艱難地吞嚥，腦子還在努力處理剛剛聽到的對話。莉亞和我一度非常熟——剛上高三時，我們搭檔參加了一個模擬聯合國比賽，一路打進了州決賽。賽門也想參加，但是我們跟他講錯了申請截止日期，他沒來得及報名。我們不是故意的，但是他始終不相信，而且一直很氣我們兩個。幾個星期後，他開始在「關於那個」上頭寫莉亞的性生活。通常賽門貼文都是講過一次就沒了，但對莉亞，他一直還有後續報導。這是針對個人的。我很確定如果當時他發現我什麼把柄，也一定會對我做同樣的事情。

莉亞開始失控時，還問過我當初是不是故意誤導賽門。我沒有，但還是覺得很內疚，尤其後來她還企圖割腕自殺。自從賽門有計畫地開始對付她之後，她就整個變了一個人。

我不曉得經歷過這樣的事情之後，對一個人會產生什麼影響。

古普塔校長回來了，她帶上門，坐回她的位子。「很對不起，不過那件事情沒法等。剛剛我們說到哪裡了？」

我們沉默了幾秒鐘，然後庫柏清了清嗓子。「我無意不敬，校長，我想我們都同意，我們沒法討論這個案子。」他的聲音裡出現了之前沒有的堅定，剎那間我感覺到整個房間的動能匯流且轉變。我們不信任彼此，這點是很明顯的——但我們更不信任古普塔校長和灣景警察局。校長也看出來了，於是把椅子往後推。

「請務必記住，這扇門永遠會為你們打開。」她說，但是我們已經站起來，自己把門打開了。

◆

這一天接下來的時間，我都煩惱又焦慮，我在學校和家裡還是乖乖做完一切該做的事情。但是我無法真正放鬆，直到時鐘終於過了午夜十二點，奈特給我的那支手機響起鈴聲。

從星期一開始，他每天晚上都打過來，總是在十二點剛過後。他告訴我一些我無法想像的事情，有關他媽媽的躁鬱症和他父親的酗酒。我則告訴他有關美芙的血癌和我老是感到一種無名的壓力，覺得每件事情都必須表現得雙倍好才行。有時我們完全不講話。昨天夜裡他建議我們看電影，於是兩個人都登入Netflix，看了一部他挑的、糟糕透頂的恐怖片，看到凌晨兩點。我還戴著耳塞式耳機就睡著了，中間他可能還聽到了我的鼾聲。

「今天輪到你挑電影了。」他劈頭就說。我注意到奈特就是這樣，他不跟你寒暄講客套話的，想到什麼就直接講出來。

不過我的心思飄到別的地方了。「我正在找，」我說，然後我們沉默了一會兒，同時我捲動著電影標題畫面，卻沒真正看進去。這樣不妙，我無法直接進入看電影的狀態。「奈特，今天那些事在學校裡全都曝光了，你會覺得困擾嗎？」我離開古普塔校長的辦公室後，一整個下午都要面對他人的側目、交頭接耳，而且終於很難堪地跟凱特和由美子解釋過去幾天發生的事。

他冷笑一聲。「我以前陷入過麻煩。這回沒什麼不一樣的。」

「我的好友很氣我沒告訴她們。」

「有關作弊？還是有關被警方調查？」

「都有。兩件事我之前都沒跟她們提過。我以為或許一切就會這樣悄悄過去，她們永遠都不必知道。」羅蘋交代過我，叫我不要回答有關這個案子的任何問題，但是我沒辦法這樣對待我的兩個死黨。當整個學校都開始敵視你的時候，你需要有人站在你這邊。「我真希望我能記得更多關於那天的事情。艾佛瑞老師在你背包裡發現手機的時候，你是在上什麼課？」

「物理課，」奈特說，「換句話說，科學入門課。你呢？」

「獨立研究。」我說，咬著臉頰內側。真夠諷刺了，我在化學課拿到的好成績，讓我在高四可以規劃自己的科學課程。「我想賽門應該是在上進階先修物理學。不曉得愛蒂和庫柏修了艾佛瑞老師什麼課，但是在課後留校時，他們看到對方的反應都很驚訝。」

「所以呢？」奈特問。

「唔，他們是熟朋友，對吧？如果都碰上這種事情，他們應該會聊到過，甚至是在同一堂課被搜到手機的。」

「誰曉得。其中之一可能是在一早的點名教室，或是自習課被搜到的。艾佛瑞老師是那種什麼都教的萬金油老師。」奈特說。聽我沒回答，他又補充，「怎麼，你認為是這兩個人策劃了整件事？」

「只是順著一個思路往下推理，」我說，「我覺得警方認定是我們四個聯手合作的，於是好像都沒注意到那些手機的狀況有多詭異。我的意思是，仔細一想，艾佛瑞老師是最清楚我們四個上他哪堂課的人。說不定是他幹的。把手機偷放在我們的背包裡，然後趁我們去課後留校前，在那些杯子上塗了花生油。他是科學老師，他會曉得怎麼做的。」

不過，就連我在講的時候，想像著我們那位衰弱、老鼠似的老師在課後留校前瘋狂地佈置那些杯子，那個畫面太不對勁了。而庫柏偷走學校裡的艾筆腎上腺素，或是愛蒂在看美食頻道時規劃出一樁謀殺，也同樣很不對勁。

但我根本不了解他們任何一個人，包括奈特。即使感覺上我好像很了解他。

「任何事都有可能。」奈特說。「你挑好電影了沒？」

我想過要挑一部獨立製片風格的酷電影，好讓他刮目相看，但是他大概會立刻看穿。何況他昨天挑了一部爛電影，所以我挑什麼都很難比他更爛。「你看過《分歧者》嗎？」

「沒有。」他的口氣小心翼翼。「而且我不想看。」

「真慘。我昨天也不想看時空連續體裡頭一堆人被外星人眼淚所製造的水霧殺死，但是我還是看了。」

「該死。」奈特一副放棄的口吻。他暫停一下，然後問，「你的緩衝跑完了嗎？」

「是的，按下播放鍵吧。」然後我們開始看。

13

庫柏

十月五日，星期五，下午三點三十分

放學後我去接盧卡斯，然後一起到醫院看奶奶，同時等我爸媽下班後過來。這一整個星期以來，我們去探望時她大半都在睡覺，但是今天她在床上坐起來，手裡拿著電視遙控器。「這台電視只有三個頻道，」她抱怨，看著盧卡斯和我來到病房門口，「像是回到一九八五年了。而且這裡的食物好難吃。盧卡斯，你有糖果嗎？」

「沒有，奶奶。」盧卡斯說，把太長的頭髮從眼睛前面撥開。奶奶一臉希望地轉向我，我很驚訝她看起來這麼蒼老。我的意思是，當然，她已經八十幾歲了，但是她向來精力充沛，因此我根本沒注意過她的年齡。現在我才發現，雖然她的醫師說她恢復得很好，但接下來兩三年，我們要很走運，才不會有類似這回的事情發生。

然後在某個時間，她就會永遠離開我們了。

「我身上沒糖果，對不起。」我說，低頭不讓她看見我泛淚的雙眼。

奶奶誇張地嘆了口氣。「好吧，真要命。你們兩個孩子長這麼漂亮，但是從實用觀點來看，

你們都幫不上忙。」她在床邊的小桌裡摸索，找到一張皺巴巴的二十元鈔票。「盧卡斯，下樓去禮物店買三根士力架巧克力棒。我們一人一根。剩下的零錢給你，不必急著回來。」

「是的，奶奶。」盧卡斯雙眼發亮地計算著自己能賺多少。他火速離開房間，奶奶往後靠著一疊醫院的枕頭。

「他去忙著賺錢了，上帝保佑他貪財的小小心臟。」她疼愛地說。

「你現在應該要吃糖嗎？」我問。

「當然不是。但是我想聽聽你的近況，親愛的。沒有人告訴我，但是我聽到了一些事情。」

我坐在她床邊的椅子上，眼睛看著地上，還是怕自己看著她會哭出來。「你應該休息的，奶奶。」

「庫柏，我這回是史上最不危險的心臟病發。只是心跳少了一拍，吃太多培根，如此而已。告訴我賽門．凱勒那事情的最新狀況吧。我保證不會害我復發的。」

我眨了幾下眼睛，想像自己準備要投出滑球：手腕伸直，手指握住棒球外側，讓球轉出我的大拇指和食指。結果有用；我的眼睛乾了，呼吸也平穩了，終於可以抬起頭看著奶奶的雙眼。

「狀況真是一塌糊塗。」

她嘆了口氣，拍拍我的手。「啊，親愛的。當然了。」

我告訴她一切：賽門那些有關我們四個的謠言，現在全校都知道了。警方今天在行政辦公室設立工作站，訪談了我認識的每一個人，還外加一大堆我不認識的。拉弗洛教練還沒私下找我問是否用了類固醇，但我很確定他很快就會問了。我們今天的天文學那堂課來了個代課老師，因為艾佛瑞老師跟兩個警察在另一個房間。我不曉得他是否像我們一樣被問話，也不曉得他是否會提出不利我們的證據。

我講完之後，奶奶搖著頭。她在這裡沒法像在家裡那樣整理頭髮，於是滿頭小捲髮就像一堆鬆開的棉花球在她腦袋上晃動。「我真的很遺憾你被捲入這件事，庫柏。偏偏是你，這樣是不對的。」

我等著她問我，但是她沒問。於是我終於說了——說得猶豫不決，因為跟律師談了幾天之後，感覺上說出任何確切的事實好像都是不對的——「我沒做他們說的那些，奶奶。我沒用類固醇，也沒有傷害賽門。」

「唔，老天在上，庫柏。」奶奶不耐地撫平醫院的毯子。「你不必告訴我這個。」

我艱難地吞嚥著。不知怎地，奶奶毫無疑問便接受我的說法，讓我覺得很內疚。「請律師花了好多錢，而且她都沒幫上忙。情況都沒有好轉。」

「事情會先一路惡化，然後才開始好轉的。」奶奶平靜地說。「通常都是這樣。另外你別擔心律師費。我會付的。」

我心頭湧出一波新的內疚。「你負擔得起嗎？」

「當然負擔得起。你祖父和我在九〇年代買了一大堆蘋果公司的股票。我沒全部交給你爸、在這個太貴的鎮上買一棟豪宅，但並不表示我買不起。接下來，說一些我不知道的事情吧。」

我不確定她指的是什麼。我可以提起傑克排擠愛蒂，我們所有朋友也都加入，但是這事情太令人喪氣了。「其他沒什麼好說的，奶奶。」

「柯麗對這一切有什麼反應？」

「像根葡萄藤，緊緊纏著我不放。」我忍不住就衝口而出，然後感覺好糟糕。柯麗沒做錯任何事，只是全心全意支持我；而我覺得喘不過氣來，並不是她的錯。

「庫柏。」奶奶雙手握住我的一隻手。她的手好小好輕，上頭交織著粗粗的藍色血管。「柯麗是個很美、很貼心的女孩。但如果她不是你所愛的人，那就不能勉強，沒關係的。」

我的喉嚨發乾，看著螢幕上的遊戲節目。有個人就要贏得一組洗衣機、乾衣機設備了，大家都很興奮。「我的意思是，庫柏．克雷，柯麗打電話或傳簡訊給你的時候，我也常常在場，你老是一副想逃避的樣子。然後另外一個人打電話來，你的臉就像聖誕樹似的亮起來。我不曉得是什麼阻止了你，親愛的，但是我希望你別再讓這個狀況繼續下去了。這樣對你或柯麗都不公平。」她握緊我的手，然後放開了。「這事情我們不必現在談。其實呢，你能不能去找你弟弟回來？讓一個十二歲小孩帶著那麼一堆錢在醫院裡面亂逛，可能不是個好主意。」

「好，沒問題。」她讓我脫身，而且我們彼此都心知肚明。我站起來走出病房，走廊裡到處都是穿著鮮豔刷手服的護士。每個人都停下手邊的事情朝我微笑。「需要幫忙嗎，蜜糖？」離我最近的一個護士問。

我這輩子就一直是這樣。人們看到我，立刻就把我設想得非常美好。一旦他們認識我，還會更喜歡我。

要是最後的結果是我的確對賽門做了什麼，很多人會恨我。但也還是會有一些人會替我找藉口，認為我除了被指控使用類固醇之外，一定還有其他隱情。

事實上，他們這樣想是對的。

奈特

十月五日，星期五，晚上十一點三十分

今天星期五，我晚上回家，發現我爸居然醒了。我剛剛去參加安珀家的派對，離開時還很熱鬧，但是我已經受夠了。我去廚房煮日本拉麵吃，同時丟了點蔬菜到史丹的箱子裡。牠一如往常，只是不知感恩地朝那些蔬菜眨眨眼。

「你提早回家了。」我爸說。他看起來跟往常一樣——糟糕透頂。浮腫又滿臉皺紋，麵糊似的皮膚泛黃，舉起玻璃杯時雙手顫抖。兩個月前，我有天夜裡回家，發現他幾乎沒有呼吸了，於是打電話叫救護車。他在醫院住了幾天，醫師跟他說他的肝臟受損很嚴重，隨時可能倒下去死掉。他點點頭，一副很在乎的模樣，然後回到家，就又開了一瓶施格蘭琴酒。

救護車的帳單我已經擺著不管好幾個星期了。將近一千元，因為我們的保險很爛。而現在我的收入是零，付帳的機會就更渺茫了。

「我有事情要做。」我把煮好的拉麵倒進碗裡，拿著朝我的房間走。

「你看到我的手機了嗎？」我爸在我後頭喊著。「今天一直響，但是我找不到。」

「因為你只在沙發上找。」我咕噥著，然後進房關上門。他大概是產生幻覺，他的手機已經

好幾個月沒響過了。

我五分鐘就把那碗麵吃光，然後往後靠在枕頭堆上，戴上耳塞式耳機，準備打電話給布朗雯。今天輪到我挑電影了，感謝老天，但是我們才看了《七夜怪談》半小時，布朗雯就決定不看了。

「這電影太恐怖了，我沒辦法自己一個人看。」她說。

「你不是自己一個人啊，我正在跟你一起看。」

「不是一起看就算了。像這麼恐怖的電影，我需要有個人在房間裡陪著我。我們換一部吧。該我挑了。」

「我不要看《分歧者》的續集，布朗雯。」然後我暫停片刻，又說，「你應該來我家，跟我一起看《七夜怪談》。爬出你的窗子，開車過來吧。」我講得好像是開玩笑，大部分也真的是這個意思。除非她說好。

布朗雯沉默了，我感覺得出她在認真考慮，沒當成玩笑。「我的窗子離地面有四公尺半。」她說。開玩笑的。

「那就找一扇門走出來。你們那棟房子門很多，大概有十扇門吧。」開玩笑的。

「要是被我爸媽發現了，他們會殺了我。」不是開玩笑的。這表示她還在考慮。我想像她坐在我旁邊，穿著我上回去他們家看到她穿的那種小小的短褲，她的腿貼著我的，我們的呼吸急促。

「他們怎麼會發現？」我問。「你說過他們有辦法睡得很死，什麼都吵不醒。」不是開玩笑的。「別這樣嘛，過來一小時，看完電影就好。你可以認識一下我的蜥蜴。」電話那頭沉默了幾秒鐘，我才想到這話可能會被誤解。「這不是什麼暗示。我真的養了一隻蜥蜴。是鬃獅蜥，名叫史丹。」

布朗雯笑得好厲害，差點嗆住了。「啊老天。那真是一點也不像你，可是……有一秒鐘我真的以為你指的是別的。」

我也忍不住笑了。「嘿，你差點被我騙到了，承認吧。」

「還好你養的不是大蟒蛇。」布朗雯邊笑邊說。我笑得更兇，但同時也有點被激起情慾。好詭異的組合。

「過來吧。」我說。不是開玩笑的。

我聽著她的呼吸聲，最後她說，「沒辦法。」

「好吧。」我並不失望。我其實從不以為她真的會過來。「但是你得挑另一部電影。」

我們最後決定看《神鬼認證》最後一集，我一直半閉著眼睛，聽到背景中安珀傳來簡訊的鈴聲愈來愈頻繁。她可能開始以為我們不只是炮友而已。我拿了手機關掉，此時布朗雯說，「奈特，你的手機。」

「什麼？」

「有人一直在傳簡訊給你。」

「所以呢？」

「現在很晚了。」

「然後呢？」我問，不太高興。我從不認為布朗雯是那種佔有慾很強的人，尤其我們不過是講講電話而已，何況她剛剛還拒絕了我半開玩笑的邀請。

「那不會是……顧客吧？」她問。

我吐出一口氣，把另一支手機關機。「不，我告訴過你，我現在不做那些了。我又不是笨蛋。」

「那就好。」她聽起來放鬆了，但是很疲倦。她的聲音開始慢吞吞的。「我可能要去睡覺了。」

「好吧。你想掛斷電話嗎？」

「不用。」她的笑聲嘶啞，已經半睡著了。「不過手機的通話時間快沒了。我剛剛接到一個警告簡訊。還剩半小時。」

這些預付電話有幾百分鐘的通話時間，她才用了不到一星期而已。我都不曉得我們講了那麼久的話。「我明天再拿一支新的手機給你吧。」我告訴她，然後才想到明天是星期六，不必上學。「布朗雯，慢著。你得掛斷電話。」

我以為她已經睡著了，她拖了好久才咕噥說，「什麼？」

「掛斷，好嗎？這樣你的通話時數才不會用完，明天我才能打電話給你，告訴你要怎麼拿新的手機給你。」

「對喔，好吧。晚安，奈特。」

「晚安。」我掛斷電話，把兩支手機並排放著，拿起電視遙控器，關掉電視。不如我也去睡覺吧。

14

愛蒂

十月六日，星期六，上午九點三十分

我和艾希丹在家裡，兩人努力想找點事情來做。但一直卡在一個問題上：任何事我都提不起勁來。

「拜託，愛蒂。」我躺在一張扶手椅上，艾希丹坐在沙發，伸出一隻腳來輕推我。「你平常週末都做些什麼？別說跟傑克在一起。」她趕緊又補充。

「但是我平常就都是跟傑克在一起啊。」我哀嘆。我知道這樣很可悲，但是沒辦法。我一整個星期都有那種很想吐的可怕感覺，彷彿我本來沿著一座結實的橋往前走，現在腳下的橋卻忽然消失了。

「難道你真的想不出一件自己喜歡的、跟傑克無關的事情？」

我在椅子上挪動了一下，思索著這個問題。在認識傑克之前，我都做些什麼？我們開始交往時是十四歲，還算是半個小孩。我當時最要好的朋友是蘿恩．弗拉提，她從小跟我一起長大，那一年稍後搬到德州去了。我們高一時逐漸疏遠，當時她對男生完全沒興趣，但是上高中之前的那

年暑假，我們還會一起騎著腳踏車在鎮上到處跑。「我喜歡騎腳踏車。」我不太確定地說，即使我已經好幾年沒騎過了。

艾希丹拍拍手，好像我是個不情願的學步小孩，而她努力要鼓勵我嘗試新活動。「那我們就做這個！我們去騎單車。」

哎喲，不要。我不想動，沒那個力氣。「我的車老早送人了。當時放在門廊底下都生鏽了。而且反正你也沒有單車。」

「我們去找那種出租的單車——那叫什麼來著？Hub Bike還什麼的？鎮上到處都有。我們去找吧。」

我嘆氣。「艾希丹，你不能永遠照顧我。我很感激你一整個星期都陪著我，設法不讓我崩潰。但是你有你自己的人生。你應該回去陪查理。」

艾希丹沒有馬上回答。她走進廚房，我聽到冰箱門開了，還有模糊的玻璃瓶碰撞聲。她出來時，拿著一瓶可樂娜啤酒和一瓶聖沛黎洛礦泉水，然後礦泉水遞給了我。她沒理會我抬高的眉毛——現在是早上還不到十點耶——坐下來喝了一大口啤酒，雙腿交叉盤坐。「查理逍遙自在得很。我想他現在已經讓他女朋友搬進去了。」

「什麼？」我忘了自己有多累，立刻坐直身子。

「我上個週末回家拿衣服，剛好逮到他們。整件事實在是老套得可怕。我甚至還朝他腦袋丟了個花瓶。」

「打到他了嗎？」我充滿希望地問。同時我這樣很虛偽吧，我猜想。畢竟，在我和傑克的關係中，我就是查理。艾希丹搖搖頭，又喝了一大口啤酒。

「艾希丹。」我從扶手椅上起身，改坐到沙發上她旁邊。她沒哭，但是雙眼發亮，我一手放在她胳臂上時，她艱難地吞嚥著。「我很遺憾。你為什麼之前都沒提？」我問。

「你要操心的事情已經夠多了。」

「可是這是你的婚姻啊！」我忍不住看著艾希丹和查理兩年前拍的結婚照，就放在我們家壁爐台上，旁邊是我高三舞會的照片。他們真是完美的一對，大家老是開玩笑說，他們的結婚照就像是賣相框附帶的那種樣品照。艾希丹那天好開心，美麗動人又容光煥發，開心得發暈。

而且鬆了口氣。我以前一直努力想壓制這個想法，因為這樣想太惡毒了。但是我忍不住想著艾希丹一直很害怕會失去查理，直到結婚那一天才終於放心。理論上他各方面條件都棒極了——英俊、家世良好，剛申請到史丹佛法學院——我媽簡直樂壞了。直到他們結婚一年後，我才注意到只要查理在場，艾希丹幾乎沒笑過。

「其實我的婚姻已經名存實亡好一陣子了，愛蒂。我六個月前就該離開的，但是我太懦弱了。我猜想，因為我害怕孤單吧，也不願意承認自己失敗了。我早晚還是會找個地方搬出去，但是在此之前，我會先在家裡住一陣子。」她朝我露出諷刺的表情。「好吧。我已經跟你告解過了。現在有件事換你該告訴我了。布達佩斯警員問起賽門死掉那一天、你去過保健室的事情，為什麼你要撒謊？」

我放開她的手臂。「我沒有——」

「愛蒂，少來了。他一問起這件事，你就開始玩頭髮。你一緊張就會玩頭髮的。」她的口氣很平靜，沒有指責。「我絕對不相信你偷走了那些艾筆腎上腺素，所以你是在隱瞞什麼？」

淚水刺痛了我的雙眼。過去幾天、幾星期，甚至幾個月、幾年累積起來種種隱瞞的真相，忽然壓得我好累。「其實很愚蠢，艾希丹。」

「告訴我吧。」

「我不是為了自己去保健室的。我是為了幫傑克去弄泰諾止痛藥，因為他頭痛。我不想在你面前說，是因為我知道你會給我那種表情。」

「什麼表情？」

「你知道，就是『愛蒂你也太沒用了』的表情。」

「我並沒有那樣想。」艾希丹低聲說。一大顆淚水滑下我臉頰，她伸手幫我抹掉。

「你應該那樣想的，因為我的確很沒用。」

「再也不會了。」艾希丹說，於是我崩潰了。我開始大哭，在沙發角落蜷縮成一團，同時艾希丹雙手抱著我。我甚至不知道自己為誰或為什麼而哭：傑克、賽門、我的朋友、我母親、我姊姊、我自己。我想，以上皆是吧。

等到終於哭完了，我覺得自己敏感又疲倦，眼皮發澀，肩膀因為顫抖太久而痠痛。但我也同時覺得更輕盈、更乾淨了，好像我清除掉某種一直害我難受的東西。艾希丹拿了一疊衛生紙過來，好讓我擦乾眼淚、擤鼻子。等到我終於把那些用過的衛生紙揉成團、扔到牆角的垃圾桶，她又喝了一小口啤酒，然後皺起鼻子。「喝起來不像我以為的那麼好喝。來吧，我們去騎單車。」

現在我沒辦法拒絕她了。於是我跟著她走到離我們家一公里半的公園，那裡有一整排出租單車。艾希丹搞清租借的方式，刷信用卡解開兩輛單車的鎖。我們沒有安全帽，但反正我們只打算在公園裡面騎一下，所以也無所謂。

我幾年沒騎單車了，但我猜想一般的說法是真的：一旦你學會了，就永遠不會忘記。經過了一開始短暫的搖晃不穩之後，我們就沿著穿過公園那條頗寬的小路騎過去，我不得不承認，還滿好玩的。微風吹得我頭髮飛起，同時我兩腿使勁踩著，心跳加速。這是一個星期以來，我頭一次不覺得自己死了一半。當艾希丹停下來說，「一小時到了。」我還很驚訝。她看到我臉上的表情，於是問，「我們要續租一小時嗎？」

我朝她咧嘴笑了。「好啊。」不過我們又騎了半小時就累了，於是歸還了單車，去一家咖啡店補充水分。艾希丹去櫃檯點餐，我先去找座位，趁著等她的時候查看我手機裡的留言。結果比以往花的時間少很多——只有兩則庫柏的留言，問我要不要去參加今天晚上奧麗薇亞家的派對。

奧麗薇亞跟我從高一開始就是死黨，但她已經一整個星期都沒跟我講話了。我很確定她沒邀請我。我傳出簡訊給庫柏。

庫柏的回覆隨著〈唯一的女孩〉的歌聲到來。我心裡提醒自己，等到這一切都結束，我腦袋又比較清楚了，我要把簡訊鈴聲換成一個比較不煩的。太扯了。他們也是你的朋友。

這回我就不去了，我又打字。你玩得開心點。現在我甚至不會因為被排斥在外而難過。這種事情碰多了，多一件也沒差。

庫柏沒搞懂。我猜想我該感謝他；如果他像其他人一樣不理我，到現在凡妮莎就一定會把我修理得很慘了。但是她不敢得罪返校日國王，即使庫柏被指控使用類固醇。關於他到底有沒有使用，全校的意見分成兩派，但庫柏既不承認，也不否認。

我想著自己是否能照做——靠著吹牛和厚臉皮熬過這整個夢魘，不要告訴傑克實情。然後我看著我姊姊，她正跟咖啡櫃檯後頭那個男子低聲笑著，那是她對查理從來沒有過的，然後我想到自己以前在傑克面前總是必須那麼小心，那麼壓抑。如果今天晚上我去參加派對，我就得穿他挑的衣服，陪他待到很晚，而且不能跟任何可能會惹他生氣的人講話。

我還是很想念他，真的。但是我不想念那樣的日子。

布朗雯

十月六日，星期六，上午十點三十分

我雙腳奔過那條熟悉的小徑，手臂和兩腿配合著耳機裡音樂的節奏揮動。我的心跳加速，塞滿腦袋一整個星期的種種恐懼逐漸退去，代之以純粹的體力勞動。等到跑完了，我筋疲力盡，但是腦內啡大量分泌。我走向圖書館去找美芙的時候，感覺簡直是愉快起來。這是我們星期六上午的例行活動，但是我在幾個慣常地方都沒找到她，於是只好傳簡訊。

我在四樓，她回覆，於是我跑到四樓的兒童閱讀區。

她坐在靠窗的一張小椅子上，正對著一台電腦打字。「在重溫你的童年時代嗎？」我問，坐在她旁邊的地板上。

「不是。」美芙說，雙眼還是盯著螢幕。她壓低聲音到近乎耳語。「我上了『關於那個』的管理者面板。」

我還愣了一秒鐘，才搞懂她的意思，然後恐慌得心臟猛跳了一下。「美芙，怎麼回事？你在搞什麼鬼？」

「你看看四周，不要抓狂。」她說完還往旁邊瞥了我一眼。「我沒去動任何東西，但就算有動，也不會有人曉得是我。我現在用的是公用電腦。」

「用的是你的借書證！」我用氣音說。在這裡上網，就得輸入借書證上頭的帳號才行。

「不，是用他的。」美芙歪了一下頭，示意著幾張桌子外的一個小男孩，他面前放著一疊繪本。我不敢相信地瞪著美芙，她只是聳聳肩。「我沒有拿他的借書證。他就放在大家都看得到的地方，於是我就記下號碼了。」

然後那個小男孩的母親來到兒子旁邊，剛好對上美芙的目光，於是露出微笑。她永遠想不到我這個臉蛋甜美的妹妹，剛剛才竊取了她六歲兒子的身分。

我腦袋一片空白，只想得到一句話，「為什麼？」

「我想看看警方查到了什麼。」美芙說。「如果還有其他草稿，那麼可能也有其他人想讓賽門閉嘴。」

我忍不住湊近了。「結果有嗎？」

「沒有，但是的確有個奇怪的地方。有關庫柏的貼文。上頭的修改日期比你們其他人的貼文都晚，就在賽門死前那一夜。另外還有個稍早的檔案有他的名字，但是加了密碼保護，我打不開。」

「所以呢？」

「不曉得，但是因為與眾不同，所以特別有趣。我得帶著隨身碟回來，下載那個檔案才行。」我眨眨眼看著她，努力回想著她到底是什麼時候變成了駭客調查員。「還有另外一件事。賽門在這個網站上的使用者名稱是『無政府ＳＫ』（AnarchiSK）。我上Google查，找到了一些4chan貼圖討論版網站的討論串，他以前持續在上頭貼過文。我還沒有時間讀那些討論，但是我們應該花時間看一下。」

「為什麼？」我問，此時她揹起背包，站了起來。

「因為這整件事有些地方很詭異。」美芙冷靜地說，帶著我走出門，走下樓梯。「你不覺得嗎？」

「豈止詭異而已。」我咕噥道。我在空蕩的樓梯間停下腳步，於是她也停下來，一臉疑問地半轉身。「美芙，你是怎麼能上到賽門的管理者面板的？你怎麼知道要去哪裡查？」我問。

她嘴角微微扯出一個微笑。「你不是唯一從別人剛用過的電腦裡找到機密資訊的人。」

我張口結舌看著她。「所以你——所以賽門是在學校裡的公用電腦貼出『關於那個』的貼文？然後忘了登出就離開？」

「當然不是。賽門很聰明。他是在這裡貼的。我不確定他只在這邊貼一次，還是向來都跑到這個圖書館貼。不過上個月有個週末，你去跑步的時候，我看到他在這裡。他沒看到我。他離開之後，我就去看他剛用過的那台電腦，從瀏覽紀錄裡頭查到了網址。一開始我沒用來做任何事。」她說，冷靜看著我不敢置信的雙眼。「只是放著，打算當成以後的參考。你從警察局回來那天，我才開始試著連上去。別擔心，」她又補充，拍拍我的手臂。「不是在家裡，沒有人追蹤得到的。」

「好吧，可是……你為什麼對那個app感興趣？當時賽門還沒死啊？你查了網址打算做什麼？」

美芙思索著皺起嘴唇。「這部分我還沒想好。我原先是想，或許我在他貼文之後，立刻去把那些文章刪除，或者全部轉成俄文，或者把整個網站給毀掉。」

我轉移雙腳重心，有點站不穩，於是抓著欄杆撐住自己。「美芙，這是因為你高一那年發生的事情嗎？」

「不是。」美芙的琥珀色眼珠變得嚴厲起來。「布朗雯，那件事是你念念不忘，我可沒有。我只是希望賽門對全校那種愚蠢的控制力可以停止。另外，好吧，」她發出一個短促的、毫無笑意的笑聲，在樓梯間的水泥牆之間迴盪。「我猜想的確停止了。」她轉身又開始大步下樓，然後等我們走到底端，她用力推開出口的門。我默默跟在她後面，設法讓我的腦子接受這個事實：我妹妹一直有個祕密瞞著我，就像我之前有個祕密一直瞞著她。而這兩個祕密追溯回源頭，都跟賽門有關。

我們走到外頭，美芙朝我露出燦爛的微笑，好像我們剛剛的對話從來沒有發生過。「灣景莊園就在我們回家的路上。要不要順便去拿你那個禁忌的科技裝置啊？」

「可以試試看，」我說，之前有關奈特的事情，我都告訴了美芙，而奈特今天早上打電話來，說他放了支手機在灣景莊園五號的信箱裡。灣景莊園是個剛蓋到一半的透天厝新社區，週末通常都沒人。「但是我不確定奈特星期六會多早出門。」

不到十五分鐘，我們就來到灣景莊園，進入一條街道，兩旁都是四四四方、蓋到一半的透天厝。快走到五號時，美芙一手握住我的胳臂。「讓我去吧，」她一副禁忌的口吻說，雙眼誇張地打量著四周，好像灣景警察局的人馬隨時可能伴隨著警笛大響而出現。「只是以防萬一。」

「好吧。」我咕噥說。總之我們大概太早來了。現在才剛過十一點。

但是美芙回來時，勝利地揮舞著一個黑色的小裝置，我搶過來，她大笑。「這麼急啊，書呆子？」等到我開機，裡頭沒有簡訊，但是有一張照片，裡面是一隻黃褐兩色的蜥蜴，鎮定地坐在一個大玻璃箱中央的石頭上。真的是蜥蜴，照片的標題這麼寫著，我笑出聲來。

「啊老天，」美芙喃喃說，站在我肩膀後頭看著手機。「你們的私人笑話。你真是迷上他了，對吧？」

我不必回答，這句話其實並不是問句。

庫柏

十月六日，星期六，晚上九點二十分

我來到奧麗薇亞家的派對時，大部分人都離開了。我推開她家前門，剛好有個人正在外頭的

灌木叢裡吐。我看到柯麗跟奧麗薇亞站在樓梯旁講話，就在聊那些女生喝醉時會拚命講的事情。幾個高三生坐在長沙發上吸大麻。凡妮莎在一個角落裡想對奈特毛手毛腳，但是奈特一點興趣也沒有，只是掃視著她後方的客廳。要是凡妮莎是男生，這樣動手的程度，大概就會有人要舉報她騷擾了。我的目光短暫和奈特對上，兩人都沒有打招呼，就又別開眼睛了。

我終於在露台找到傑克，跟他在一起的路易斯正要進屋裡去拿酒。「你要喝什麼？」路易斯拍拍我的肩膀問。

「跟你一樣的。」我在傑克旁邊坐下來，他在自己的椅子上歪坐著。

「你還好吧，殺手？」他口齒不清地說，然後爆出一聲笑。「你對謀殺笑話厭煩了嗎？因為我可沒有。」

我很驚訝傑克喝得這麼醉；他在美式足球的球季期間通常都會忍著的。但是我想，他這個星期過得幾乎跟我一樣糟糕。我就是來找他談這件事的，不過接著我看他糊塗地去拍打一隻蟲子，就不太確定我該費這個事了。

但是我還是試試看。「你還好吧？這幾天過得很糟糕，嗯？」

傑克又大笑，只不過這回沒有什麼笑意。「這就是典型的庫柏啊。不談你自己這個星期有多慘，還跑來關心我。你真是他媽的聖人，庫柏。一點都沒錯。」

他聲音裡的尖銳讓我警覺到自己不該上鉤，但是我還是繼續說，「你是在生我的氣嗎，傑克？」

「我幹嘛生你的氣？你又沒有到處去捍衛我的婊子前女友。喔，慢著。你碰巧就是有耶。」

傑克朝我瞇起眼睛，我這才明白我沒辦法跟他談下去了。以他現在的心情，我沒辦法說服他在學校對愛蒂手下留情一點。「傑克，我知道做錯的人是愛蒂。每個人都知道。她犯了個愚蠢的錯誤。」

「劈腿不是錯誤，而是選擇。」傑克憤慨地說，有那麼片刻，他的口氣清醒極了。他用力把喝空的啤酒瓶放在地上，歪著頭控訴地瞪著眼睛。「路易斯跑哪兒去了？嘿。」他抓住一個經過的高二生，搶走他手上那瓶沒開的啤酒，扭開蓋子喝了一大口。「我剛剛說到哪裡了？喔對了，劈腿。那是個選擇，庫柏。你知道，我初中的時候，我媽出軌過。把我們全家人都搞得很慘。簡直就是丟了一顆手榴彈——」他揮著手，半瓶啤酒灑出來，發出一個呼嘘聲。「炸光了一切。」

「我都不曉得這事情。」我是八年級時搬到灣景來的，但是直到高中才跟他成為好友。「我很遺憾。所以因為這樣，你現在才會特別難受吧？」

傑克搖著頭，雙眼發亮。「愛蒂不曉得她做了什麼。毀掉了一切。」

「可是你爸……原諒了你媽，對吧？他們還在一起？」這個問題很蠢。我一個月前才去他們家的烤肉會。他爸忙著燒烤漢堡肉，他媽還跟愛蒂和柯麗推薦灣景鎮中心剛開的一家美甲店。就像以往一樣，正常得很。

「是啊，他們還在一起。但是一切都不一樣了。再也不會一樣了。」傑克一副厭惡的表情瞪著眼睛，害我也不知道該說什麼。我覺得自己真是個大笨蛋，居然還跟愛蒂說她應該來參加派對，幸好她沒聽我的。

路易斯回來了，遞給我們每人一瓶啤酒。「你明天要去賽門家嗎？」他問傑克。

我以為自己聽錯了，但是傑克說，「應該吧。」

路易斯看到我困惑的表情。「他老媽要我們幾個人過去，從他的遺物中挑個東西當紀念，然後他們就要把他的東西打包收起來了。實在搞得我頭皮發麻，因為我根本跟賽門不熟。不過她好像以為我們是好朋友，所以你能說什麼，對吧？」他喝了一口啤酒，然後朝我揚起一邊眉毛。「我猜想她沒邀你吧？」

「對。」我說，覺得有一點反胃。我最不想做的事情，就是在賽門悲慟的父母面前挑東西，但是如果我所有的朋友都要去，那麼他父母對我的反感就很明顯了。我有嫌疑，他們不歡迎我。

「賽門啊，要命。」傑克鄭重地搖搖頭。「他真他媽的聰明。」他舉起啤酒，一時之間，我以為他要把酒倒在露台上向好友致意，但是他忍住了，只是喝了一口。

奧麗薇亞加入我們，一手攬著路易斯的腰。我想他們又復合了。她空著的那隻手戳我一下，舉起她的手機，滿臉興奮，看起來像是要分享一個重大的八卦消息。「庫柏，你知道你登上《灣景刀鋒》了嗎？」

以她講的那個態度，我很確定那不是棒球刊物。這個夜晚真是愈來愈精采了。「不曉得。」

「星期日版，網路版今天晚上先登出來了。都是關於賽門的。他們沒有……指控你，不算是，但是你們四個被列為嫌疑人，而且他們說賽門本來有關於你們的貼文要發表，還登了你們四個人的照片。另外，呃，這個消息已經被分享幾百次了。所以，」奧麗薇亞把她的手機遞給我，「現在全都曝光了，我猜想。」

15

奈特

十月八日，星期一，下午二點五十分

我是先聽到傳言，才看到那些新聞轉播車的。三輛廂型車停在校門口，一堆記者和攝影人員等著放學鈴聲響起。他們是不准進入校內的，但是他們已經盡可能靠近了。

灣景高中愛死這個了。上完最後一堂課後，查德．波斯納找到我，跟我說大家幾乎是在校門口排隊等著受訪。「他們正在打聽你，大哥，」他警告我，「你最好從後面離開。他們不能進入停車場，所以你可以騎摩托車穿過樹林。」

「謝了。」我趕緊出了教室，掃視著走廊想找布朗雯。我們在學校裡不太講話，以避免——就像她模仿她律師的口吻所說的——看起來像串通。但是我敢說眼前這個狀況會把她嚇壞。我看到她站在自己的儲物櫃前，旁邊有美芙和一個死黨，果然，她看起來就是一副快要吐出來的樣子。她看到我，立刻招手要我過去，完全不打算假裝跟我不熟。

「你聽說了嗎？」她問，我點點頭。「我不曉得該怎麼辦。」她一臉恍然大悟的驚恐表情。

「我想我們得開車經過他們面前，對吧？」

「我來開車。」美芙自告奮勇。「你可以，呃，躲在後座什麼的。」

「或者我們可以待在這裡，直到他們離開。」她的死黨建議道。「等他們走了再說。」

「我討厭這樣。」布朗雯說。或許現在不該去注意這種事，但我發現她每回有強烈感覺的時候，臉上就會發紅。這讓她看起來比大部分人有趣兩倍，再配上她的短裙和靴子，就更令人分心了。

「跟我走吧，」我說，「我要騎摩托車從後門出去到柏頓街。我會載你去購物中心。美芙可以稍後去那裡接你。」

布朗雯臉色一亮，同時美芙說，「這樣應該可以。我半個小時後跟你在美食區碰面吧。」

「你確定這樣好嗎？」另一個女孩說，狠狠看了我一眼。「如果被他們逮到你們兩個在一起，那狀況就要慘上十倍了。」

「他們不會逮到我們的。」我簡短地說。

我本來不確定布朗雯會願意，但她點點頭，跟美芙說稍後見，然後對她好友惱怒的眼神報以冷靜的微笑。我忽然有一種愚蠢的勝利感，好像她選擇了我，雖然她基本上是選擇不要登上五點新聞。但她緊跟著我，一路走出後門，來到停車場，似乎不在乎別人瞪著我們看。至少那些目光是我們逐漸熟悉的那種，沒加上麥克風和攝影機。

我把安全帽遞給她，等著她坐上後座，雙臂環住我。她這回又是抱得太緊，但是我不介意。一開始激發我策劃這場脫逃的主因，就是她死緊的擁抱，以及她短裙下的那雙美腿。

我們在校後狹窄的小徑騎沒多久，就出了樹林，進入一條比較寬的泥土路，路旁是一排緊臨校舍後方的房子。接下來我沿著幾條冷清的小路騎了大約三公里，終於抵達購物中心的停車場，然後在盡量遠離入口的地方找到一個車位停下來。布朗雯拿下安全帽遞給我，一手緊握著我的胳臂，然後她雙腿落在柏油路面上，兩頰發紅，頭髮蓬亂。「謝了，奈特。你真好心。」

*我做這件事不是出於好心。*我伸手抓住她的手腕，把她拉向我。然後我停下，不確定接下來要做什麼。這不是我擅長的遊戲。要是有人十分鐘前問我，我會說我根本沒打算玩什麼遊戲。但現在我忽然想到，我大概有打算，只是根本沒認真。

此時我還坐在車上，她則是站著，所以我們的高度幾乎一樣。她離我夠近，於是我注意到她的頭髮聞起來像青蘋果。我等著她後退時，不禁望著她的嘴唇。她沒後退，等到我抬起眼睛望著她的雙眼，感覺上好像我肺裡的空氣一下都被抽光了。

我腦袋裡冒出兩個想法。一、我想要吻她，勝過我對空氣的渴求。二、如果我吻了她，我一定會搞砸一切，她就再也不會那樣看著我了。

一輛廂型車發出煞車的尖響，停進我們隔壁的車位，我們兩個人都驚跳起來，準備要面對第七頻道新聞網的攝影小組。結果那只是一輛普通的足球媽媽廂型車，裡頭載滿了尖叫的小鬼。等到那些小鬼紛紛下車，布朗雯眨眨眼，走到一邊。「接下來呢？」她問。

*接下來就等到他們離開，你再回來這裡。*但是她已經走向購物中心的入口了。「為了報答我救你一次，買一個特大號蝴蝶餅給我吧。」我說。她笑了，我想著她是不是很慶幸剛剛被打斷。

我們走過兩側擺放著棕櫚盆栽的前入口，我看到一個看起來心力交瘁的媽媽推著一輛雙座位的推車，裡頭坐著兩個尖叫的學步小孩，於是拉開門讓他們先過。布朗雯朝她露出同情的微笑，但是我們一進入購物中心，她的笑容就消失了，同時低下頭。「每個人都在瞪著我看。你沒拍同學錄的照片真是聰明。《灣景刀鋒》上登的那張照片，看起來根本不像你。」

「沒人在瞪著你看啦。」我告訴她，但其實並非如此。我們經過愛芙趣服飾連鎖店時，裡頭正在摺毛衣的年輕女店員睜大了眼睛，掏出手機。「就算他們在看，你也只要拿掉眼鏡就好。現成的偽裝。」

我是開玩笑的，但是她真的摘下眼鏡，從包包裡拿出一個亮藍色的盒子，把眼鏡收進去。「好主意，只不過我沒戴眼鏡就什麼都看不見了。」我之前只看過一次布朗雯沒戴眼鏡的樣子，是在五年級的體育課，她的眼鏡被排球砸掉。那是我頭一次注意到她的眼珠不是我原先以為的藍色，而是一種清亮的灰。

「我會引導你的，」我告訴她，「前面有個噴泉，可別踩進去了。」

布朗雯想去蘋果專賣店，進去後她瞇起眼睛察看iPad Nano，說想幫她妹妹挑一個。「美芙現在也開始跑步了。她老是借我的去用，然後又忘了充電。」

「這是有錢人家女生的煩惱，其他人根本不在乎的，你知道吧？」

她咧嘴笑了，沒生氣。「我得幫她弄個音樂清單，好讓她有動機持續跑下去。你有什麼建議嗎？」

「我不認為我們喜歡同樣的音樂。」

「美芙和我的音樂品味也不一樣。你會很驚訝的。讓我看一下你的音樂資料庫。」我聳聳肩，解開我手機的鎖，然後她滑著iTunes看裡頭收錄的資料，眉頭皺得愈來愈緊。「這些是什麼啊？為什麼我一個都認不出來？」然後她看了我一眼。「你有〈卡農變奏曲〉？」

我拿回手機，放進口袋裡。我都忘了我有下載那首。「我比較喜歡你彈的版本。」我說，然後她彎起嘴唇笑了。

我們走向美食區，一路閒聊著一些愚蠢的小事，好像一對尋常的十來歲情侶。布朗雯堅持要買個蝴蝶餅給我，不過我還得幫她，因為她看不到眼前兩呎以外的東西。我們坐在噴泉旁的一張餐桌等美芙，布朗雯身體橫過桌面湊近我，好看著我的眼睛。「有件事我一直想跟你談。」我抬起眉毛，充滿興趣，直到她說，「我很擔心你沒有律師這件事。」

我嚥下一大口蝴蝶餅，迴避她的目光。「為什麼？」

「因為這整件事開始內爆了。我的律師認為新聞報導會在網路上瘋傳。她昨天逼我把所有社交媒體的帳號都改設成不公開。順便講一聲，你也應該這麼做才對，如果你有任何帳號的話。我反正哪裡都找不到你的。可是我不是跟蹤狂喔，只是好奇而已。」她甩了一下頭，好像要把自己的思緒拉回正軌。「總之，現在壓力愈來愈大，而你又是在緩刑期間，所以你……你需要有個好律師幫你設想。」

*你顯然是個局外人和替死鬼。*她的意思就是這個；只不過她太有禮貌，沒有明說而已。我把椅子後推傾斜，讓椅子翹起前兩腳。「如果他們把焦點放在我身上，那對你是好消息，不是嗎？」

「才不是！」她講得好大聲，隔壁桌的人都朝我們看，然後她壓低聲音。「不，那太可怕了。可是我在想，你聽說過『證明之前』（Until Proven）[4]嗎？」

「什麼？」

證明之前。是個公益性法律組織，在加州西部法學院創立的。你還記得嗎，之前他們讓那個已經謀殺定罪的遊民被釋放，因為真正兇手的DNA證據被處理不當？」

我不確定我沒聽錯。「你是把我跟一個被判死刑的遊民拿來比較嗎？」

「我只是舉例，找一個比較有名的案子。他們也接別的案子。我想或許值得去問一下。」

她和羅培茲保護官一定會很投緣。兩個人都認為只要找對了支持團體，你就能解決任何問題。「聽起來好像沒什麼意義啊。」

「如果我打電話給他們，你會介意嗎？」

我讓椅子的前兩腳砰一聲落回地上，脾氣上來了。「你不能把這個當成學生議會在運作，布朗雯。」

「那你不能什麼都不做，光是等著去坐冤獄！」她雙掌平放在桌上，身體前傾，雙眼灼亮。

耶穌啊，她真是個討厭鬼，我想不起自己幾分鐘前為什麼會那麼想吻她了。她大概把這事情變成她的某種計畫。「你少管閒事。」我說，口氣比我預料中嚴厲，但我是認真的。沒有布朗雯・羅哈斯來掌管我的人生，我也照樣快讀完高中了，我不需要她現在開始來管我。

她雙臂交抱瞪著我。「我是想幫你耶。」

此時我才發現美芙站在旁邊，目光輪流看著我們兩個，好像在看全世界最無聊的桌球賽。

「唔，現在時機不對嗎？」她問。

❹此為法律原則「無罪推定」（innocent until proven guilty）的簡化，意即每個人在證明有罪之前，都是無辜的。

「現在時機好極了。」我說。

布朗雯突然站起來，戴上她的眼鏡，背包甩到肩膀上。「謝謝你讓我搭便車。」她的聲音跟我一樣冷冰冰。

管他的。我沒回應，站起來就朝出口走去，覺得火大又不耐煩。我需要一件讓我分心的事情，但是現在我不賣藥物了，也不曉得該做什麼。或許我早晚還是會回去重操舊業吧。

我快走到外頭了，此時忽然有人拉我的夾克。我轉身，兩隻手臂繞住我的脖子，清爽的青蘋果氣味籠罩著我，同時布朗雯在我臉頰上吻了一下。「對不起。我不該多管閒事的。別生氣，好嗎？要是你不跟我講話了，我不曉得要怎麼撐過這一切。」

「我沒生氣。」我一時僵住了，正想伸手回抱她，免得自己像塊木頭似的站在那裡，但她已經轉頭離開，急著去追她妹妹了。

愛蒂

十月九日，星期二，上午八點四十五分

不曉得怎麼回事，總之布朗雯和奈特設法躲過了那些攝影機。庫柏和我就沒那麼幸運了。聖地牙哥幾大電視頻道的五點新聞都拍到了我們兩個：庫柏開著他的吉普車，我則是爬上艾希丹的車（我把剛買的那輛全新腳踏車留在學校，傳簡訊拜託她來載我）。結果七號頻道新聞網拍到我

頗為清楚的畫面，然後旁邊擺了一張我八歲時參加「東南聖地牙哥幼幼小姐」選美賽的老照片。當然，那次選美我得到第三名。

至少艾希丹次日早上送我到學校時，校門口沒有任何新聞轉播車了。「如果放學要我來接你，就打電話給我。」她說，然後我迅速抱住她脖子一下。我以為經過上個週末的痛哭之後，我應該可以比較自在地表達出姊妹之情，但結果依然很笨拙，手鏈還鉤住她的毛衣。「對不起。」我低聲說，她給了我一個苦笑。

「我們慢慢會進步的。」

我已經習慣有人瞪著我看了，所以昨天開始有更多人朝我看，我也不會被嚇倒。我歷史課上到一半時離開，是因為我覺得好像例假來了，而不是因為要躲去廁所哭。

但是我來到女生洗手間，發現裡頭已經有人了。悶住的聲音從最後一個隔間傳來，聽得出裡頭的人忍不住哭出聲。我進了另一間忙自己的事情，發現是虛驚一場，然後出來洗手，看著鏡中自己疲倦的雙眼和出奇有彈性的頭髮。無論我生活的其他部分有多糟糕，我的頭髮看起來還是很完美。

我正要離開，但猶豫了，然後走向洗手間尾端，彎腰往最後一間的門底下看，看到一雙磨損的黑色戰鬥靴。

「珍奈？」

沒人應。我指節輕輕敲門。「我是愛蒂。你需要什麼嗎？」

「耶穌啊，愛蒂，」珍奈哽咽著說，「不用。你走開啦。」

「好吧。」我說，可是沒離開。「你知道，之前老是在最後一間哭得死去活來的人是我。所以我有很多面紙，看你有沒有需要。另外還有眼藥水。」珍奈什麼都沒說。「賽門的事情我很遺憾。我想你聽說了很多，所以我講這些大概對你也沒什麼意義，但是……我對發生的事情很震驚。你一定很想念他。」

珍奈還是保持沉默，我在想自己是不是又不小心說錯話了。我以前一直以為珍奈愛上了賽門，只是他沒發現。或許她在他死前終於告白了，結果遭到拒絕。這會讓整件事對她打擊更大。

我正要離開時，珍奈忽然發出一聲長嘆。門打開了，她穿得一身黑，臉都哭花了。「眼藥水給我吧。」她說，擦著她的浣熊眼。

「面紙你也拿著。」我建議，兩樣都塞進她手裡。

她冷哼一聲，像是在笑。「尊貴的大小姐居然淪落到這地步，愛蒂。你以前從來沒跟我講過話。」

「你會因此不高興嗎？」我問，是真的很好奇。珍奈給我的印象，從來就不是會想加入我們那一掛的。不像賽門，老是徘徊在我們邊緣，伺機尋找機會擠進來。

珍奈在洗手台弄溼一張面紙，輕拍她的雙眼，從頭到尾都從鏡中打量我。「去你媽的，愛蒂。我說真的，這算哪門子問題？」

我沒像平常那樣覺得被冒犯。「不曉得。我想，是蠢問題吧？我最近才發現自己很不懂得社交上的察言觀色。」

珍奈擠了點眼藥水到兩邊眼睛裡，她的浣熊黑眼圈又出現了。我又遞給她一張面紙，好讓她再擦乾。「為什麼？」

「真正受歡迎的人是傑克，不是我。我以前只不過是搭便車而已。」

珍奈從鏡前後退一步。「我從來沒想到有一天會聽你這麼說。」

「『我胸懷廣大，我含納眾多。』」我告訴她，她睜大眼睛。「〈自我之歌〉，對吧？華特・惠特曼的作品。自從參加過賽門的葬禮後，我就一直在讀這首詩。其中大部分我都不懂，但就是有一種奇怪的撫慰。」

珍奈還一直在輕拍眼睛。「我也是這麼想。那是賽門最喜歡的詩。」

我想到艾希丹，還有她過去兩星期努力讓我保持理智。還想到庫柏，他在學校努力捍衛我，即使我們之間其實沒有什麼交情。「你有可以談的人嗎？」

「沒有。」珍奈低聲說，雙眼又盈滿淚水了。

我從經驗知道，她並不希望我繼續這場對話。我們早晚都得面對現實，回去上課。「好吧，如果你想跟我講話——我有很多時間。在自助餐廳也歡迎你來坐我旁邊。所以，你隨時可以來。總之，我對賽門的事情真的很遺憾。再見了。」

整體而言，我想這場相遇進行得相當不錯。總之，到最後她沒再對我口出惡言了。

我回去上歷史課，但已經快結束了，下課鈴響後就是午餐時間——一天裡我最不喜歡的時段。我已經叫庫柏不要再來跟我坐，因為我受不了看到其他人為難他，但是我又很不想一個人吃飯。我正打算跳掉午餐不吃，乾脆去圖書館，此時忽然有人拉我的袖子。

「嘿，」是布朗雯，穿著一件合身休閒外套和條紋平底鞋，看起來意外地時髦。她一頭閃亮的深色頭髮放下來，披在肩膀上，而且我很嫉妒地注意到她的皮膚多麼乾淨無瑕，我敢說她不會長出那種大號青春痘。我不記得看過布朗雯氣色這麼好，一時分心，差點沒聽到她接下來講的話。「你要跟我們一起去吃午餐嗎？」

「啊……」我朝她昂起頭。過去兩星期，我在學校裡跟布朗雯相處的時間，已經超過之前三年的總和了，但是那些相處不太算是社交。「你說真的？」

「真的啊，唔，我們現在有一些共同點了，所以……」布朗雯沒再說下去，別開眼睛，我很好奇，她有沒有懷疑過我可能就是這一切背後的藏鏡人。她一定想過，因為我有時就會這樣想她。不過是那種邪惡天才、卡通裡的壞人。現在她站在我面前，穿著那麼可愛的鞋子，一臉忐忑的笑容，感覺上實在太不可能了。

「好啊。」我說，然後跟著布朗雯到她那桌，同桌還有她妹妹、由美子，以及一個臭臉的高個子女生，我不認得。這樣總比不吃午餐、待在圖書館裡要好。

◆

放學後我走出前門，什麼都沒有——沒有新聞轉播車，沒有記者——於是我傳簡訊給艾希丹，請她不必來接我了，然後我趁這個機會把腳踏車騎回家。我在赫黎街的紅燈停下來等了好久，雙腳踩在柏油路上，看著右手邊那條商店街：便宜服飾、便宜珠寶、便宜手機，剪頭髮也很便宜。不像我平常去的聖地牙哥市中心髮廊，每六個星期去修一次分岔的髮尾，就得花上六十元。

我的頭髮在安全帽底下感覺又熱又重，把我壓得好累。我沒等到綠燈，就轉離馬路，越過人行道，進入那條購物街的停車場。我把腳踏車鎖在「超級剪髮店」外頭的欄杆上，摘下安全帽，走入店內。

「嗨！」收銀機後頭的那個女孩比我大不了幾歲，她穿著一件很薄的黑色背心，露出胳臂和肩膀上五顏六色的花卉刺青。「你要修髮尾嗎？」

「要剪短。」

「我們現在不忙，所以我馬上可以幫你弄。」

她帶著我來到一張廉價的黑椅子坐下，椅墊裡面的填塞物都快沒了。然後我們一起看著鏡中的我，同時她雙手梳過我的頭髮。「你頭髮好漂亮。」

我瞪著她手上發亮的一綹綹長髮。「我要剪掉。」

「兩吋嗎？」

我搖頭。「全都剪掉。」

她緊張地笑出聲。「或許剪到肩膀？」

「全都剪掉。」我又說了一次。

她警覺地睜大眼睛。「啊，你不會想那樣的。你的頭髮這麼美！」然後她往後走消失了，過了一會兒又帶著一個主管回來。他們站在那裡低聲商量了幾分鐘。髮廊裡有一半的人都看著我。

我很好奇他們其中有多少看過昨天晚上的聖地牙哥新聞，又有多少以為我只是個荷爾蒙分泌過剩的十來歲女生。

「有時候，某些人以為他們想要把長髮剪得很短，但那其實不是他們真正的想法。」那主管小心翼翼地說。

我沒讓她講完。我已經厭倦了其他人告訴我該怎麼做。「你們這裡到底是不是幫人剪頭髮的？或者我該換一家店？」

她拉起自己一綹漂染過的金髮。「我不希望你後悔。如果你想改變一下，可以試試看——」

我面前的台面上就放著一把剪刀，我拿起來。在任何人來得及阻止之前，我就抓起一大把頭髮，一刀剪到耳上。髮廊裡四處傳來倒抽一口氣的聲音，然後我看著鏡中那個刺青女孩震驚的雙眼。

「幫我弄好。」我告訴她。於是她照辦了。

16

布朗雯

十月十二日，星期五，晚上七點四十五分

我們上了本地新聞的四天後，整個事件登上了全國性的電視節目《米凱爾．鮑爾斯調查》。我事前已經知道會這樣了，因為米凱爾的製作人員一整個星期都想聯繫我們家的人。還好我們有基本常識，再加上羅蘋的法律建議，所以我們始終沒回應。奈特也沒理會，愛蒂則說她和庫柏都拒絕跟對方談。所以這個即將在十五分鐘後播出的報導，將不會有任何實際牽涉在內的人受訪。

除非我們其中一個人撒謊。這種事總是有可能的。

本地的報導就已經夠糟糕的了。或許是我的想像，但是我很確定，每回電視上提到我是「重要拉丁美洲裔企業領袖哈維爾．羅哈斯的女兒」，我爸就會皺一下臉。有回一個電視台把他講成智利人而非哥倫比亞人，還把他氣得離開客廳。整件事讓我恨不得當初化學拿個D就認了——從這事情開始以來，我已經這樣想過幾百次了。

美芙和我放鬆地倒在我床上，看著我的鬧鐘分秒過去，等待我登上全國性媒體的丟臉處女秀

即將開演。或者應該說，是我在看鬧鐘而已，她則是在忙著仔細查閱幾個4chan網址——就是她從賽門的管理者網頁所間接發現的那些。

「你看一下這個。」她說，把筆電轉向我。

那個很長的討論串，是在談今年春天發生在幾個郡外的一樁校園槍擊事件。一個高二男生在外套裡藏了一把手槍去上學，那天早上第一聲鈴響後，他就在走廊上開火。七名學生和一名老師死亡，最後那男生把槍口轉向自己，自殺身亡。那些討論串裡的少數評論，我還重複看到第二遍，才明白不是在譴責那個男孩，而是讚揚他。一群神經病竟然在為他的行為喝采。

「美芙，」我頭埋在雙臂裡，不想再看下去，「這是什麼鬼啊？」

「兩三個月前，賽門在這個論壇發了一堆文。」

我抬起頭瞪著她。「賽門在那裡貼文？你怎麼知道？」

「他在這個論壇的使用者名稱跟『關於那個』網站用的一樣，都是『無政府ＳＫ』。」美芙回答。

我瀏覽一下那個討論串，但是太長了，沒辦法找出單獨的名字。「你確定那是賽門？或許是其他人用同樣的名稱？」

「我一直在抽查各個貼文，絕對是賽門。」她說，「他常講到灣景的一些地方，談起他在學校參加的社團。有幾次還提到他開的車。」賽門開的是一輛一九七〇年代的福斯金龜車，他自豪得不得了。美芙倚在靠枕上，咬著下唇。「這些資料太多了，但是等我有空的時候，我會全部都看完。」

這麼令人反感的事情，換作我絕對不會想做。「為什麼？」

「參與這個討論串的人，很多都是懷著私心的怪人。」美芙說，「賽門可能在那裡樹敵了。總之，值得查一下。」她拿回她的筆電，又說，「前兩天我去圖書館弄到那個庫柏的加密檔案了，可是暫時沒辦法破解。」

「兩位，」我媽使勁朝樓上喊，「時間到了。」

沒錯，我們全家要一起看《米凱爾．鮑爾斯調查》。這一層地獄是連但丁也想像不出來的。

美芙關上筆電，同時我吃力地起身。我的床頭桌有個小小的嗡響傳來，我打開抽屜拿出奈特給我的那支手機。祝你收看愉快。他的簡訊這麼說。

不好笑。我回覆。

「把那個收起來啦，」美芙假裝嚴厲地說，「現在不是時候。」

我們下樓到客廳，我媽已經坐在一張扶手椅上，拿著一杯倒得特別滿的葡萄酒。我爸則是一副夜班主管的打扮，穿著他最喜歡的休閒刷絨背心，周圍是半打通訊裝置。電視螢幕上正在播放一則衛生紙廣告，我和美芙坐在長沙發上，等著《米凱爾．鮑爾斯調查》開始。

這個報導真實犯罪事件的節目非常聳動，但是比其他類似的節目都有可信度，因為米凱爾有做嚴肅新聞的背景。他曾在主流電視網當過幾年新聞主播，所以現在自己做節目也頗為嚴謹。

他總是用他低沉、權威的嗓音唸出開場白，同時螢幕上播放著粗粒子的警方照片。

一個年輕媽媽失蹤了。一組雙重生活曝光了。一年後，一次令人震驚的逮捕。正義終將得償嗎？

一對備受矚目的夫妻死亡。一個盡心盡力的女兒成為嫌疑犯。她的Facebook帳戶會是兇手身分的關鍵嗎？

我知道這個節目的公式，所以套用在我身上時，我一點也不該驚訝的。一個高中生的神祕死亡。四個同居同學都有不可告人的祕密。當警方一再碰到死胡同，接下來怎麼辦？

深深的憂慮開始擴散到我全身：我的胃發痛，我的肺緊縮，就連我的嘴巴裡都有一股可怕的怪味。將近兩個星期以來，我一直被問話、被調查、被人講閒話和批判。警方和老師們針對賽門的報導詢問我，我都必須拒絕回答，同時發現他們的眼神因此變得更嚴厲。我一直在等著還會有事情發生；等著那個Tumblr登出一段我竊取卡密諾老師檔案的影片，或是警方指控我罪名。但是當我看著自己同學錄上的照片出現在全國性電視台上米凱爾．鮑爾斯肩膀的上方，感覺更是空前地真實又難堪。

節目裡有米凱爾和他的團隊來到灣景的採訪影片，但他的報導大部分都是坐在洛杉磯攝影棚裡一張時髦的鍍鉻主播台後頭完成的。他有光滑的黑皮膚和頭髮，表情豐富的雙眼，還有我畢生所見搭配最完美的服裝。我毫不懷疑，如果他有辦法單獨堵到我，我一定會把所有不該說的事情都乖乖說出來。

「但是灣景四人組是什麼樣的人？」米凱爾專注看著鏡頭問。

「你們還有個稱號了。」美芙小聲說，但我媽還是聽見了。

「美芙，這件事情一點都不好笑。」她嚴肅地說，同時鏡頭轉到了我爸媽的辦公室。

啊，不。他們要從我開始報導。

榮譽學生布朗雯．羅哈斯來自一個高成就家庭，但家中的小女兒長年臥病。壓力是不是大到逼得她作弊，結果因此永遠告別耶魯大學？接下來是耶魯大學的發言人證實，說我其實還沒有申請入學。

我們四個全都被輪流介紹。米凱爾檢視愛蒂參加選美比賽的過往；找棒球專家分析高中選手使用類固醇的普遍狀況，以及對庫柏棒球生涯的潛在衝擊；又挖出了奈特因販賣藥物被逮捕以及被判緩刑的種種細節。

「真不公平，」美芙跟我咬耳朵，「他們都沒提到他父親是酒鬼、他媽死掉了。根本就沒有交代來龍去脈啊。」

「反正他也不會想被報導那些。」我也小聲回答。

我一路畏縮地看著節目，直到裡頭訪問了一個「證明之前」組織的律師。因為我們四個人的律師都拒絕受訪，於是米凱爾的團隊就去找「證明之前」擔任這個主題的專家。他們採訪的律師伊萊．柯賴費爾特看起來大我不可能超過十歲。一頭亂糟糟的捲髮、稀疏的山羊鬍，還有熱切的黑色眼珠。

「換了我是他們的律師，我就會這麼想——」他說，我忍不住傾身向前。「所有的注意力都集中在這四個小孩身上。他們被拖進這灘爛泥裡，但是警方調查了幾星期，根本沒有證據顯示他們犯了什麼罪。不過那天的教室裡還有第五個孩子，不是嗎？而且他好像是那種敵人不止四個的。所以你告訴我。其他還有誰有動機？還有什麼沒說出來的故事？我會從這些地方開始查。」

「一點也沒錯。」美芙說，每個音節都拉長了。

「而且你不能假設賽門是唯一可以進入『關於那個』管理者介面的人，」伊萊又繼續說，「在他死去之前，任何人都有可能進入那個介面，看過或改變過那些貼文。」

我看著美芙，但這回她什麼都沒說。只是盯著電視螢幕，嘴邊帶著半抹微笑。

接下來，我一整晚不禁一直想著伊萊的話。即使是在跟奈特講電話期間都在想，同時不太專心看著《大逃殺》，這部比一大堆奈特喜歡的電影都要好。我心思輪番想著《米凱爾．鮑爾斯調查》和我們星期一去購物中心所發生的事（我這幾天一有空，若不是擔心要去坐牢，就是不停想著那天在購物中心的種種），實在很難專心。太多其他思緒搶走了我腦袋裡的空間。

奈特當時就要吻我了，對吧？而且我也希望他吻我。所以為什麼我們沒接吻？

伊萊終於說出來了。為什麼警方都不去找其他嫌疑犯呢？

米凱爾．鮑爾斯的節目通常都是系列報導，所以往後只會更糟。

反正奈特和我在一起會很可怕，大概吧。

《時人》雜誌剛剛真的發電子郵件給我了？

「你那個大腦袋裡到底發生了什麼事，布朗雯？」奈特終於問我。

太多事了，而且大部分我大概都不該告訴他。「我想去找伊萊．柯賴費爾特談。」我說，「不是關於你，」我一聽奈特沒回應，就趕緊補充。「只是大致談一下這個案子。我很想知道他有什麼想法。」

「你已經有律師了。你覺得你的律師會希望你再去請教別人的意見嗎？」

我知道羅蘋不會希望的。她的作風就是克制和防衛。不要給任何人可以用來對付你的材料。

「我不是想找他代表我或什麼的。我只是想跟他談談。或許我下星期會試著打電話給他。」

「你就是不肯罷手，對吧？」聽起來不像是恭維。「對。」我承認，想著自己會不會就此毀掉了自己的某種詭異魅力，而奈特可能會從此對我失去興趣。

奈特沉默了，同時我們看著螢幕上的章吾假造秋也和典子的死亡。「這部電影不錯，」最後他終於說，「但是你還是欠我一次，要親自陪我看完《七夜怪談》才行。」

小小的電流火花在我血管裡竄流。所以我的魅力還沒完全死掉？或許是奄奄一息了。「我知道。不過那是後勤運作上的一大挑戰。尤其現在我們這麼惡名昭彰。」

「現在我家外頭沒有任何新聞轉播車了。」

這個我想過。打從他第一次要求我，我就不曉得想過幾百次了。而雖然我不太明白奈特和我之間是怎麼回事，但有一點我很清楚：接下來無論會有什麼發展，我都不會在三更半夜開車去他家。我正想跟他說各式各樣很合理的務實原因，比方那輛Volvo的引擎很大聲，會吵醒我爸媽，然後他說，「我可以過去接你。」

我嘆了一口氣，瞪著天花板。我不太擅長處理這類狀況，大概因為以前這類狀況只發生在我的腦袋裡。「奈特，我覺得半夜一點跑去你家好奇怪。那樣……不像是看電影。而且我對你還沒熟悉到，呃，跟你一起不專心看電影。」啊老天，這就是為什麼一個人不該等到高四才開始交男朋友。我滿臉燒燙等著他回應，同時很慶幸他看不到我。

「布朗雯，」奈特的聲音不是我原來預期的嘲弄，「我不是想要跟你不專心看電影。我的意思是，當然，如果你想要做那些，我不會拒絕。相信我。但是我邀請你半夜過來的主要原因，是因為我家這棟房子白天實在爛透了。首先，你會看得一清二楚，所以我很不建議你白天來。其次，我爸白天會在樓下，我寧可你不要……你知道，不小心被他絆倒。」

我的心跳一直慢半拍。「那些事我不在乎。」

「我在乎。」

「好吧。」我不太明白奈特運作自己世界的規則，但我決定破例不要多管閒事，也不要對他在乎或不在乎什麼事提出意見。「我們會想出其他辦法的。」

庫柏

十月十三日，星期六，下午四點三十五分

當你要跟某個人分手時，實在沒有適當的地點，但至少他們家的客廳夠有隱私，事後他們也不必還得出門。所以我就在柯麗家的客廳告訴她了。

不是因為奶奶跟我說的那些話。其實我已經考慮一陣子了。柯麗有太多優點，但是她不適合我。我明明知道，沒辦法就這樣拖著她陪我經歷這一切。

柯麗想要一個解釋，但是我想不出夠好的。「如果是因為調查的事情，我不在乎！」她淚眼

汪汪地說，「無論如何我都會支持你的。」

「不是因為那個。」我告訴她。總之，那不是唯一的原因。

「而且那個可怕的Tumblr，我一個字都不相信。」

「我知道，柯麗。我很感激，真的。」今天早上又有一篇新的貼文，談到媒體的報導：

《米凱爾．鮑爾斯調查》網站上有幾千則有關「灣景四人組」的留言（順帶一提，這個封號也太無趣了。原以為這麼一個受歡迎的電視新聞節目，會想出更好的）。有些人要求把他們關進牢裡，有些人抱怨現在的小孩都被寵壞了，這四個人就又是個例子。這是個很棒的報導題目：四個長相不錯、很受矚目的學生全都因為一樁謀殺而被調查。結果每個人的真面目，都不是表面的那樣。

灣景警察局，現在你們的壓力可大了。或許你們應該更仔細看一下賽門以前的貼文。可能會發現一些關於灣景四人組的有趣線索。

只是說一聲而已。

最後一部分讓我全身血液轉冷。賽門以前從來沒寫過我，但我不喜歡其中的暗示，也不喜歡那種沉重、反胃的感覺，好像有別的事情就要發生了，而且很快。

「那你為什麼要跟我分手？」柯麗頭埋在雙手裡，淚水滑下臉頰。她哭起來也很漂亮；不會哪裡發紅或哭花了妝，她淚盈盈的雙眼看著我。「是凡妮莎說了什麼嗎？」

「是——什麼？凡妮莎？她會說什麼？」

「她很不滿我還在跟愛蒂講話，就想跑去跟你說一件你根本不該在乎的事情，因為那是在我們交往之前發生的。」她期待地看著我，我茫然的表情似乎把她氣壞了。「或者你應該要在乎，那至少表示你在乎有關我的一件事情。你最近對傑克的反應一直那麼自命清高，庫柏，但至少他有情緒。他不是機器人。當你關心的女生跟其他人在一起，嫉妒是很正常的。」

「我知道。」

柯麗等了一拍，才發出諷刺的短促笑聲。「就這樣，嗯？你一點都不好奇。你根本不擔心我，也不想保護我。你只是根本無所謂。」

現在我說什麼都不對。「我很抱歉，柯麗。」

「我跟奈特勾搭過，」她突然說，雙眼緊盯著我。我必須承認，我很驚訝。「在高三最後一天的晚上，路易斯家的派對。賽門一整晚都黏著我不放，搞得我很煩。後來我看到奈特，心想，管他的。他很性感，對吧？即使他根本墮落得要命。」她朝我冷笑，臉上有一絲怨恨。「我們大部分就只是接吻，那天晚上。幾星期後，你開始跟我約會。」她又用那種熱切的眼神看著我，我不確定她是想表達什麼。

「所以你是同時跟我和奈特交往？」

「這樣你會不高興嗎？」

她這番話是想從我這邊得到一些東西。我真希望我能搞清那是什麼，給她就是了。因為我知道自己一直對她不公平。她的深色眼珠緊盯著我，雙頰發紅，嘴唇微張。她真的很美，如果我告訴她我不想分手了，她一定會接納我，我又可以繼續成為灣景高中最受羨慕的男生。「我想我不會高興吧——」我開口，但她半笑半哭地打斷我。

「老天，庫柏。你的臉。你真的一點都不在乎。好吧，我只是要強調，你一跟我約會，我就再也沒跟奈特來往了。」她又哭了，害我覺得自己像是全世界最可惡的大混蛋。「你知道，賽門願意付出一切，只求我能選擇他。但是你根本不曉得我還有別的選擇。人們總是挑上你，對吧？我也總是被挑上的。直到你出現，讓我覺得自己好渺小。」

「柯麗，我從來不是有意——」

她再也不想聽我講了。「你從來不在乎我，對吧？你只是希望有個正確的配件，去參加棒球測試季。」

「你這麼說不公平——」

「這一切只是個大謊言，是嗎，庫柏？我、你的快速球——」

「我從來沒用過類固醇。」我打斷她，忽然火大起來。

柯麗又發出一個哽咽的笑聲。「唔，至少有件事能勾起你的熱情。」

「我要離開了。」我忽然站起來，覺得腎上腺素大量分泌，於是趕緊大步走出她家，免得我說出什麼不該說的話。賽門的指控曝光後，我就接受了藥檢，證明我沒有服用禁藥。而且夏天時我參加了聖地牙哥加州大學運動醫療中心的密集體能訓練營，在設計出我的訓練計畫之前，也必須先接受一次藥檢。但就只是這樣而已，因為類固醇幾個星期就會排出人體，所以我無法完全擺脫這個指控的污點。我一直跟拉弗洛教練說那個指控完全沒有憑據，到目前為止，還沒有任何大學來問他。不過我們現在成為新聞焦點了，所以應該安靜不了太久。

而且柯麗說得沒錯——比起對我們的感情關係，我遠遠更關心使用禁藥的指控。剛剛我的表現太不及格了，我應該給她一個更好的道歉才對。但是我不曉得該怎麼做。

17

愛蒂

十月十五日，星期一，中午十二點十五分

在真實犯罪報導中，處處充斥著性別歧視，因為在一般公眾眼中，布朗雯和我遠遠不如庫柏和奈特那麼受歡迎。尤其是奈特。所有十歲到十二歲的小女生，只要在社交媒體上貼文談論我們的，全都愛死他了。因為他有那雙漂亮的眼睛，所以那些小女生就根本不在乎他曾經因為販賣藥物被定罪。

在學校的狀況也是一樣。布朗雯和我是賤民，除了她的死黨、她妹妹、珍奈，很少有人理我們，大家只是在我們背後交頭接耳。但庫柏還是學校裡的金童。而奈特——唔，反正奈特也從來沒有受歡迎過。而且他從以前好像就從不在乎別人怎麼想，現在也是一樣。

「說真的，愛蒂，別再一直秀那些玩意兒了，我不想看到。」

布朗雯朝我翻白眼，但她看起來不像真的在生氣。我猜想我們現在幾乎算是好友了，或者夠友善，因為你無法百分之百確定另一個人沒有誣陷你謀殺。

不過對於我著魔似的追蹤有關我們的新聞報導，她不肯配合。而且我沒有把我看到的一切都

秀給她看，尤其是那些針對他們家的種族歧視惡意評論。這種爛事她不必承受。於是，我讓珍奈看八卦網站*BuzzFeed*上另一則比較正面的文章。「你看，這上頭最多人分享的文章，就是庫柏上完體育課的報導。」

珍奈氣色糟透了。自從我在洗手間第一次碰到她以來，她又瘦了，而且比往常更緊張不安。我搞不懂她吃午餐時為什麼要跟我們坐在一起，因為大部分時間她根本都不講話。不過這會兒她勇敢地看了一眼我的手機。「我想，他這張照片拍得不錯吧。」

凱特嚴厲地看了我一眼。「你能不能把手機收起來？」我照辦了，但從頭到尾都在腦袋裡朝她比中指。由美子還好，但是凱特幾乎害我想念起凡妮莎了。

不，這是徹頭徹尾的謊言。我恨凡妮莎。恨她靠使壞成為我們以前那掛的核心，恨她黏著傑克還擺出女朋友的姿態。雖然我看不出傑克對她有什麼興趣。對我來說，剪掉頭髮就像是放棄傑克，因為如果不是因為我的頭髮，三年前他根本不可能注意到我。但只因為我放棄復合的希望，並不表示我會停止注意他。

午餐之後，我去上地球科學課。我坐在一張長椅上，隔壁的實驗同伴幾乎沒朝我看上一眼。「不要太安逸了，」瑪拉老師警告我們，「我們今天要打亂一下。你們已經跟現在的同伴合作一陣子了，所以來換一下吧。」她下一堆複雜的指示——有些人往左挪，有些人往右挪，其他人則待在原地不動——過程中我都沒怎麼注意，直到最後才發現旁邊的同伴成了提傑。

他的鼻子看起來好多了，但是我猜想永遠都不可能恢復挺直。他難為情地給了我半抹微笑，然後把我們面前那個裝著岩石的托盤拉近些。「對不起。這大概是你最可怕的夢魘了吧？」

少臭美了，提傑。我心想。我的夢魘裡還輪不到他出現。因為在他家的海灘屋跟他上床，搞得我焦慮又內疚了好幾個月，但現在感覺上就像是上一輩子的事情了。「還好啦。」

我們沉默地把岩石分類了好一會兒，然後提傑說，「我喜歡你的新髮型。」

我嗤之以鼻。「是喔。」除了艾希丹之外（她有偏見，不算數），沒有人喜歡我的新髮型。我媽嚇壞了，我以前的死黨在剪髮次日看到我都公然大笑。就連柯麗都在偷笑。她現在去追路易斯了，彷彿如果她得不到庫柏，那至少也要跟他的搭檔捕手在一起。路易斯立刻為了她甩掉奧麗薇亞，但是大家對這件事好像都無所謂。

「我是說真的。你的臉終於整個露出來了，你看起就像金髮的艾瑪・華森。」

這是胡說八道。但是他這樣講很好心。我大拇指和食指捏住一塊岩石，瞇眼看著。「你覺得呢？火成岩還是沉積岩？」

提傑聳聳肩。「我看不出差別。」

我用猜的，把那塊石頭放到火成岩那堆。「提傑，如果我都有辦法專心在這些岩石上，那麼我很確定，你應該也可以多用心一點。」

他驚訝地朝我眨眨眼，然後咧嘴笑了。「這才對嘛。」

「什麼？」

教室裡其他人似乎都專注在他們的岩石上，但他還是壓低了聲音。「你當時真的很搞笑，就是我們——呃，第一次在一起的時候。在海灘上。但是之後我每次看到你，你都好……好順從。傑克說什麼話，你都同意。」

我瞪著眼前的那盤岩石。「這樣說很沒禮貌。」

提傑的聲音很柔和。「對不起。但是我一直不懂，為什麼你會那樣當個沒有聲音的人。你那天晚上太好玩了。」他看到我瞪他，於是匆忙補充，「不是那種好玩，或者，唔，就是那種好玩，但也同時……你知道嗎，算了。我要閉上嘴巴了。」

「好主意。」我低聲說，撈起一把石頭，放在他面前。「麻煩你把這些分類吧。」

提傑「沒有聲音的人」的評論並沒有刺傷我，我知道他說得沒錯。讓我不明白的，是他講的其他那些。從來沒有人說過我好玩，或有趣。我一直以為提傑還肯理我，是因為他不介意再跟我上床。我從來沒想到，在白天的日常生活裡，他居然真的樂意跟我相處。

這堂課剩下來的時間，我們幾乎都保持沉默，只針對岩石分類同意與否而講話。等到下課鈴響時，我就抓起背包，頭也不回地進入走廊。

直到身後那個聲音讓我停下，我像是撞上了一道隱形的牆。「愛蒂。」

我肩膀緊繃地轉身。自從傑克在自己的儲物櫃前堅決表明跟我分手後，我就沒再試著去找他講話了，眼前我很擔心他會跟我說什麼。

「你最近怎麼樣？」他問。

我差點笑出來。「啊，你知道的。不好。」

我無法解讀傑克的表情。他看起來不生氣，但是也沒笑。他不曉得哪裡不一樣了。更老了？不太算是，但是……或許少了些稚氣吧。過去將近兩星期來，他都把我當空氣似的，我不懂現在他為什麼又忽然看得到我了。「你們壓力一定愈來愈大。」他說，「庫柏都完全不講話了。你想——」他猶豫著，把背包換到另一邊肩膀。「你想找時間聊一聊嗎？」

我覺得喉嚨發痛。我想嗎？傑克等著我回答，我回過神振作起來。我當然想。從這件事情發生以來，這就是我最想的。「好啊。」

「好吧，或許今天下午？我再傳簡訊給你。」他看著我的雙眼，還是不笑，然後補充，「老天，我真不習慣你的髮型。搞得根本都不像你了。」

我正想說我知道，忽然想起提傑的話。你都好……好順從。傑克說什麼話，你都同意。「唔，我還是我啊。」我說，然後在他先別開目光之前，我趕緊離開，沿著走廊繼續往前。

奈特

十月十五日，星期一，下午三點十五分

布朗雯坐在我旁邊的岩石上，撫平膝蓋上的裙子，往下看著前方的樹頂。「我以前從沒來過馬歇爾峰。」她說。

我並不驚訝。馬歇爾峰（其實不是山峰，比較像是一片地勢稍高的露頭岩脈，俯瞰著學校後方的那片樹林）是灣景所謂的風景區。也同時是喝酒、嗑藥、情侶親熱的熱門地點，但不是在星期一的下午三點。我很確定布朗雯不曉得這裡週末時會是什麼樣子。「希望你覺得這片風景不負盛名。」我說。

她微笑。「總比被米凱爾．鮑爾斯的採訪小組逮到要好。」今天新聞攝影機又出現在校門口了，於是我們又從後門溜掉。我有點驚訝他們竟然都沒變聰明，不曉得要去樹林裡埋伏。騎到購物中心似乎不是個好主意，因為過去這星期我們的新聞曝光率太高了，於是我們就跑來這兒。

布朗雯現在低著頭，看著一列螞蟻搬著一片樹葉爬過我們旁邊的岩石。她舔了舔嘴唇，好像很緊張，我朝她挪近了些。之前我跟她相處的時間大部分都是在電話裡，當面反而看不出她在想什麼。

「我打電話給伊萊．柯賴費爾特了，」她說，「『證明之前』的那個律師。」

啊，原來她在想這個。我又挪遠了些。「好吧。」

「那是一段非常有趣的談話，」她說，「他接到我電話，態度非常和氣，好像一點都不驚訝。我打電話給他的事情，他保證絕對不會說出去。」

儘管布朗雯很聰明，但有時她實在很像個小孩子。「他的話能信嗎？」我問，「他又不是你的律師。如果他想增加曝光率，隨時都可能跑去跟米凱爾．鮑爾斯談你的事。」

「他不會的。」布朗雯冷靜地說，好像她完全想過了。「總之，我什麼都沒告訴他。我們完全沒談到我。我只是問他，到目前為止，他覺得警方調查得怎麼樣。」

「然後呢？」

「唔，他重複了一些在電視上說過的話。說他很驚訝大家沒去多調查賽門。伊萊認為，像賽門經營那樣的app那麼久，一定有很多敵人，而且這些敵人會很樂意利用我們四個當替死鬼。他說換了他，就會去查一下賽門最具殺傷力的報導，以及被寫到的那些學生。另外也會查一下賽門。就像美芙在查的那些4chan討論串。」

「攻擊是最好的防守?」我問。

「沒錯。他還說,警方認為其他人都不可能在賽門的水裡搞鬼,他認為這個推理有問題,我們的律師應該更努力去挑其中的毛病才對。首先就是艾佛瑞老師。」她的聲音裡開始有一絲自豪。「伊萊說了跟我一樣的話,說艾佛瑞老師是最有機會栽贓手機、在杯子裡放花生油的人。但是警方只是找他問了幾次話,就放過他了。」

我聳聳肩。「他的動機是什麼?」

「科技恐懼症。」布朗雯說,然後看我大笑,她就瞪著我。「真的有這種病的。總之,這只是一個想法而已。伊萊也提到那起車禍發生時,每個人都被吸引過去,某個人可以趁機溜進教室裡。」

我朝她皺起眉頭。「我們沒在窗邊待那麼久。而且要是有人打開教室門,我們應該會聽到的。」

「是嗎?或許不會。他要說的重點是,那是有可能的。而且他還說了一件很有趣的事情。」布朗雯拿起一塊小石頭,思索地在手上拋接。「他說換了他就會去查那起車禍。那個時間點很可疑。」

「意思是什麼?」

「唔,這又回到他之前的論點,可能有人趁我們在看那兩輛相撞的車子時,開門溜進教室裡。這個人事先知道那起車禍會發生。」

「他認為那起車禍是事先計畫好的？」我瞪著她，她避開我的目光，把石頭丟向下頭的樹林。「所以你是暗示，有個人策劃了停車場裡的一樁小車禍，好把我們引到窗邊，然後這個人溜進教室，把花生油加進賽門的杯子裡？但是如果這個人不在教室裡的話，怎麼會曉得賽門已經倒了一杯水？事後又為什麼要留下那個杯子？因為這個人很笨？」

「不，因為這個人想陷害我們。」布朗雯指出。「但如果是我們四個的其中之一加了花生油，就不會笨到把杯子留在那裡。我們應該會想辦法把那個杯子帶走才對。因為當時剛出事，應該沒人想到要給我們搜身。」

「這還是無法解釋，教室外頭的人怎麼知道賽門倒了一杯水。」

「唔，就像那篇Tumblr的貼文提到過的。賽門向來只喝水，不是嗎？兇手可能在教室外頭，隔著窗子觀察裡面。總之，伊萊是這麼說的。」

「啊，好極了，只要伊萊這麼說就行了。」我不確定為什麼布朗雯把這個傢伙當成法律之神。他不可能超過二十五歲。「聽起來他根本是滿口屁話。」

我已經準備好要辯論一番，但布朗雯沒上鉤。「或許吧，」她說，手指劃著我們之間的岩石表面。「但是這事情我最近想了很多，然後……我不認為是教室裡面的任何一個人做的，奈特。我真的不認為。這個星期我跟愛蒂稍微混得熟一點，」——她看到我懷疑的表情，就朝我抬起一隻手掌——「我並不認為我忽然變得很了解她什麼的，但是我真的無法想像她會對賽門怎麼樣。」

「那庫柏呢？那傢伙一定是在隱瞞什麼事。」

「庫柏不會殺人的。」布朗雯的口氣很肯定，不知怎地，這讓我很不爽。

「你怎麼知道？因為你們很熟嗎？面對事實吧，布朗雯，我們四個根本互相不了解。要命，這事情可能是你幹的。你夠聰明，有辦法策劃出這種事情，然後還能脫身。」

我是在開玩笑，但是布朗雯全身僵住。「你怎麼可以這麼說？」她臉頰發紅，而那個臉紅的模樣老是讓我心神不寧。有一天她會漂亮得讓你驚訝。我媽以前老是這麼說布朗雯。

但是我媽錯了。這根本沒什麼好驚訝的。

「任何事都有可能，伊萊自己也這麼說過，不是嗎？」我說，「或許你帶我來這裡，是想把我推下山，讓我摔斷脖子。」

「是你帶我來這裡的。」布朗雯指出。她的眼睛睜好大，我笑了起來。

「啊，拜託。你不會真以為——布朗雯，這裡頂多只能算是斜坡而已。把我從這塊石頭推下去，實在不是什麼邪惡計畫，因為你頂多只會害我扭傷腳踝而已。」

「這不好笑。」布朗雯說，但她嘴唇彎了起來。夕陽照得她整個人發亮，為她的深色頭髮鬆上一層金光，一時之間，我幾乎無法呼吸。

耶穌啊，這個女生。

我站起來，朝她伸出一手。她懷疑地看著我，但還是握住，讓我拉著她站起身。我舉起另一隻手。「布朗雯．羅哈斯，我鄭重發誓，我不會謀殺你，無論是今天，或是未來的任何時間。說定了？」

「你太誇張了。」她喃喃說，臉更紅了。

「你不肯承諾你不會謀殺我，這樣害我很擔心喔。」

她翻了個白眼。「你對你帶來這裡的每個女生都這樣講嗎？」

唔。或許她畢竟知道馬歇爾峰的聲譽。

我湊近她，直到我們之間只剩兩吋。「你還沒回答我的問題。」

布朗雯身子往前，嘴唇湊到我耳邊。她好近，近得她耳語時，我都可以感覺到她的心跳。

「我保證不會謀殺你。」她說。

「好熱。」我是要開玩笑的，但我說出口的聲音發啞。她嘴唇張開還沒來得及笑，我就吻了她。我雙手捧住她的臉，手指握住她的雙頰和下巴，一陣電流竄遍我全身。一定是腎上腺素的關係，搞得我心跳好快。或許是因為其他人都無法了解的那種共同遭遇，或許是因為她柔軟的嘴唇和青蘋果氣味的頭髮，還加上她雙手圈住我的脖子，好像沒辦法放開。無論是哪個，總之我一直吻下去，無法停止。等到她往後抽身，我還想把她拉回來，因為我還沒吻夠。

「奈特，我的手機在響，」她說，這時我才注意到有個持續的、刺耳的簡訊鈴聲。「是我妹。」

「讓她等吧。」我說，一手陷在她的頭髮中，沿著她的下巴吻到脖子。她緊貼著我顫抖，喉嚨發出一個小小的聲音。我好愛。

「只是……」她手指撫著我的頸背。「如果不是有重要的事，她不會一直傳簡訊的。」

美芙是我們的藉口——她和布朗雯本來應該一起去由美子家的——於是我很不情願地放開布朗雯，好讓她掏出背包裡的手機。她看了一下螢幕，猛地吸了口氣。「啊老天。我媽也想聯絡我。羅蘋說警方要求我到警察局，簡訊上說，去問幾個後續的問題。」

「大概都還是那些老套吧。」我設法讓自己口氣保持冷靜，但我其實一點也不冷靜。

「他們有找你去嗎？」她問，看起來像是希望我也一樣，但又很氣自己這麼想。

我沒聽到我手機的鈴響聲，但還是從口袋裡掏出來看。「沒有。」

她點點頭，開始要回覆簡訊。「我應該請美芙來這裡接我嗎？」

「我家就在這裡和警察局的中間，叫她去那裡接你吧。」我一說出口就有點後悔了——我還是不希望布朗雯在白天時接近我們家——但是約在那裡最方便。而且反正我不必讓她進去屋裡。

布朗雯咬著嘴唇。「如果有記者在那裡呢？」

「不會的。他們會以為那房子根本沒人住。」她還是一臉擔心，所以我又說，「別擔心，我們可以先停在我鄰居家的門外，然後走過去。要是有記者在那邊，我就帶你去別的地方。不過相信我，不會有事的。」

布朗雯把我家地址傳給美芙，然後我們走到樹林邊緣我停放機車的地方。我幫她戴上安全帽，接著我發動引擎，她跨坐在我身後，雙臂緊抱住我的腰。

我緩緩沿著狹窄、彎曲的偏僻街道，一路騎到我家那條街。我鄰居那輛生鏽的雪佛蘭停在她車道上，已經有五年沒動了。我把摩托車停在旁邊，等著布朗雯下車，然後牽著她的手穿過鄰居的院子到我家。我們走近時，我用布朗雯的眼光看著我們家房子，真恨不得自己去年花點時間割過草。

她走到一半忽然停下，放開我的手，可是她眼睛沒看著那些長到膝蓋高的雜草。「奈特，你們家門口有個人。」

我也停下腳步，掃視著街道想找新聞轉播車。結果沒有，只有一輛很舊的Kia停在我們屋前。或許是那些記者偽裝得更厲害了。「你待在這裡。」我告訴布朗雯，但她還是緊跟著。我走近我們家車道，想看門口到底是誰。

不是記者。

我的喉嚨發乾，腦袋開始抽痛。那個正在按電鈴的女人轉身，看到我時微微張開嘴巴。布朗雯在我旁邊站住了，握住我的手又鬆開。我繼續獨自往前走。

我開口，很驚訝自己的聲音聽起來那麼正常。「近來如何啊，媽？」

18

布朗雯

十月十五日，星期一，下午四點十分

麥考利太太轉身後幾秒鐘，美芙的車駛入車道。我整個人僵硬地站在那邊，垂下的雙手握成拳，心臟猛跳，瞪著那個我以為早已經死去的女人。

「布朗雯？」美芙降下車窗，從車裡探出頭來。「你準備好了嗎？媽和羅蘋已經在警察局等了。爸也想趕過去，但是他公司裡有個董事會議要參加。你剛剛都沒接手機，我得幫你解釋。你就說你胃不舒服，好嗎？」

「講得還真準。」我咕噥說。奈特背對著我。他母親正在講話，渴望的眼神看著他，但是我完全聽不到她說些什麼。

「啊？」美芙循著我的目光看。「那是誰啊？」

「路上再跟你說。」我說，終於把目光從奈特身上轉開。「我們走吧。」

我爬上我們家那輛Volvo車的乘客座，暖氣好強，因為美芙很怕冷。她以那種新手上路、小心翼翼的方式倒出車道，從頭到尾都在講話。「媽媽又那個老樣子了，假裝沒抓狂，但完全就是

抓狂了。」她說，但是我沒認真聽。「我想警方沒多說什麼，我們甚至不曉得他們有沒有找其他人。奈特會不會去，你知道嗎？」

我回過神來。「不會。」我破例慶幸美芙開車時喜歡讓車裡熱得像個烤箱，讓我脊椎的寒意沒有擴散。「警方沒找他去。」

美芙駛近一個停車標誌，猛地踩下煞車，然後看了我一眼。「怎麼回事？」

我閉上眼睛往後靠在座位上。「那個是奈特的母親。」

「哪個？」

「就剛剛站在門邊的女人。在奈特家屋子外頭。那是他母親。」

「可是……」美芙講到一半，我從指示燈的聲音聽得出她正要轉彎，必須專心。等到轉過去之後，她說，「可是她死了啊。」

「顯然並沒有。」

「我不——但那是——」美芙結巴了幾秒鐘。我還是閉著眼睛。「所以……這怎麼回事？他不曉得她還活著？或者之前他一直在撒謊？」美芙問。

「現在沒空討論這個了。」我說。

但是這個問題我們都想知道答案。回想起三年前，我是經由傳聞得知奈特的母親車禍身亡。當時我舅舅也因車禍過世，所以我格外同情奈特，但是從沒跟他問起。過去幾個星期我問了。奈特不喜歡談，只說自從她承諾要帶他去奧勒岡州之後，他就再也沒有她的消息，直到她過世的訊息傳來。他從來沒提過葬禮，其實根本就很少談她。

「好吧，」美芙的口氣很樂觀，「或許那是某種奇蹟。比方一切都是個可怕的誤解，每個人都以為她死了，但其實她是……得了失憶症。或者之前一直在昏迷。」

「是喔，」我嗤之以鼻，「或許奈特有個邪惡的雙胞胎兄弟，是他在背後操控一切。因為我們都活在電視連續劇裡面。」我想起奈特看到他母親時的表情。他似乎並不震驚，也不開心。他看起來很……堅忍。讓我想到美芙每次血癌復發時，我父親的態度。奈特的表情就像是他一直擔心的某種病又回來了，而他反正現在得去面對了。

「我們到了。」美芙說，小心翼翼停下車，我睜開眼睛。

「你停在殘障車位。」我告訴她。

「只是暫停一下，讓你下車而已。祝你好運了。」她伸手過來緊握我一下。「我相信一切都會沒事的。」

我慢吞吞走進警局，向大廳裡玻璃隔板內的女人報上我的名字，她叫我沿著走廊到一間會議室。我進去時，我媽、羅蘋、蒙多薩警探已經圍坐在一張小圓桌旁。我發現愛蒂和庫柏沒來，又看到蒙多薩警探面前有一台筆電，於是一顆心直往下沉。

我媽擔心地看著我。「你的胃怎麼了，親愛的？」

「不太舒服。」我誠實地說，坐進她旁邊那張椅子，把我的背包放在地板上。

「布朗雯身體不舒服，」羅蘋說，冷靜地看著蒙多薩警探。她今天穿著時髦的海軍藍套裝，戴著一條多股項鍊。「今天應該由我們兩個討論就行，瑞克。有必要時我再通知布朗雯和她父母。」

蒙多薩警探按了筆電上的一個鍵。「這個不會耽誤你太多時間。以我的想法，當面談總是比較好。布朗雯，你知道賽門以前有個『關於那個』的附屬網站，在那邊會發表比較長的貼文？」

羅蘋在我開口前就先搶話。「瑞克，你得先告訴我，你為什麼找布朗雯來，否則我不會讓她回答任何問題。如果你有什麼話要說，或是有什麼要給我們看，那就先解決掉這部分吧。」

「的確是有。」蒙多薩警探說，把筆電螢幕轉過來面對我。「你的一個同學通知我們有一篇十八個月之前的貼文，布朗雯。你覺得看起來熟悉嗎？」

我媽湊近我看著螢幕，同時羅蘋則在我肩後看。我眼睛盯著螢幕，但已經知道會看到什麼了。我擔心了好幾個星期，就怕這事情會曝光。

所以或許我早該說些什麼的，但現在已經太遲了。

新聞快訊：講清楚了，LV家的年終派對不是慈善宴會。但是誤以為是慈善宴會的人也情有可原，因為來參加派對的高一生總是從頭興奮到尾。

老讀者們（如果你不是，那你到底有什麼毛病？）都知道我會盡量對年輕小孩寬容些。兒童是我們的未來什麼的。但是我就姑且做點公益宣導，給我們一位社交圈新人（而且我猜時間很短暫的）：MR，她好像不明白SC跟她不是同一個層次的。

他不是新鮮人能高攀的，小鬼。別再黏著他不放了，那很可悲的。

另外，各位，別跟我講那套小可憐得過癌症的屁話。M的病好了，她可以跟其他人一樣穿上大女孩的內褲，學習幾個基本規則：

一、有啦啦隊女友的籃球校隊選手是死會。這事情我本來不必解釋的，但顯然還是要。
二、如果你體重輕，兩瓶啤酒就太多了，因為這會導致：
三、我這輩子所見過最糟糕又尷尬的餐桌豔舞。我說真的，M，別再犯了。
四、如果那瓶啤酒害你嘔吐，也不要吐在主人的洗衣機裡，那樣很沒禮貌的。

我在椅子上僵住不動，設法保持面無表情。這篇貼文我還記得很清楚，一切都好像昨天才發生：美芙因為生平第一次有暗戀對象，又生平第一次參加派對，即使兩者的發展都不如她預期，但她回來還是興奮得頭昏眼花。結果看到賽門那篇貼文之後，她就開始封閉自己，再也不肯出來。我還記得當時我感覺到那種無能為力的憤怒，很氣賽門那種不當回事的殘忍，只因為他高興，因為他有一群樂意閱讀的讀者。

而我因此恨他。

我不敢看我媽，她對這件事完全不知情，所以我看著羅蘋。她完全沒有露出任何驚訝或擔心。「好吧。我看過了。告訴我，你覺得這篇貼文有什麼重要性，瑞克。」

「我想聽布朗雯說說看。」

「不行。」羅蘋的聲音像一根天鵝絨鞭子在揮動，柔軟但毫不讓步。「請解釋你為什麼找我們來這裡。」

「這篇貼文顯然是在寫布朗雯的妹妹美芙。」

「你為什麼會這樣想？」羅蘋問。

我母親發出憤怒、不敢置信的笑聲，我終於偷看了她一眼。她的臉色漲紅，目光炯炯。她開口時聲音顫抖著。「你是認真的嗎？你叫我們來這裡，給我們看這篇可怕的貼文，作者是一個——我必須說，是一個顯然有毛病的男孩——為了什麼？你到底希望達到什麼目的？」

蒙多薩警探朝我的方向昂起頭。「羅哈斯太太，我相信讀這篇貼文對你來說很難受。但是賽門寫的這位高一生名字縮寫ＭＲ，又曾經罹患癌症，顯然是你的小女兒。灣景高中無論現在或過去，都從來沒有其他學生符合這些條件的。」他轉向我。「布朗雯，你妹妹一定覺得很屈辱。而且我們最近訪問了學校裡的其他學生，知道她此後就再也不參加社交活動了。你因此痛恨賽門嗎？」

我媽張嘴要說話，但羅蘋一手按著她胳膊搶著先說，「布朗雯沒有評論。」

蒙多薩警探雙眼發亮，看起來好像勉強忍著不要咧嘴笑出來。「啊，但是她有評論的。或者總之，曾經有過。賽門一年多前關閉了那個部落格，但是所有的貼文和評語都還存在網路後端。」他把筆電拉回去，按了幾個鍵，然後轉向我們，裡頭開了一個新的視窗。「當時必須登記電子郵件網址，才能留言。這是你的，對吧，布朗雯？」

「任何人都可以用別人的電子郵件網址登記。」羅蘋迅速說。然後她又湊到我肩膀後頭，閱讀我在高二下學期末所寫的話。

滾一邊去死吧，賽門。

愛蒂

十月十五日，星期一，下午四點十五分

從我家到傑克家的這段路騎起來很順，直到我轉入克萊倫登街。這是個大型十字路口，我得在沒有單車道的狀況下轉到斜對角。兩星期前我剛開始重新騎單車時，老是得改走人行道，等著紅綠燈過去，但現在我就像個職業自行車手，迅速掠過三條車道的車陣。

我一路騎入傑克家的車道，下車後把支架放下來，摘下安全帽，掛在把手上。我走向屋子時一手撫過頭髮，這個手勢其實沒有意義。我已經逐漸習慣短髮，有時甚至還很喜歡，不過既然沒辦法在一夜之間讓頭髮長度增加一呎半，那麼無論我做什麼，在傑克眼中都不可能有所改善了。

我按了門鈴，往後退，整個人籠罩在不確定之中。我不明白自己為什麼跑來這裡，也不曉得自己該期待什麼。

門發出喀啦聲，傑克拉開門。他看起來還是跟以往一樣——弄亂的頭髮和藍色的眼珠，穿著緊身的T恤，展現出他美式足球季練習的良好成果。「嘿。進來吧。」

我本能地要往地下室走，但傑克沒走向那邊，而是帶我進入了正式的客廳，自從三年多前我和傑克交往以來，我在這客廳待過的時間總共不超過一小時。我坐在他父母的皮革沙發上，還在流汗的雙腿幾乎立刻黏在上頭。是誰決定皮革家具是個好主意的？

他在我對面也坐下，嘴巴抿成一條直線，於是我知道這不會是一場和解的談話。我等著自己

會大失所望，結果沒有。

「所以你現在都騎單車了？」他問。

我們有那麼多事情可以談，我不明白為什麼他要從這個開始。「我沒汽車啊。」我提醒他。而且以前到哪裡都是你載我的。

他身子往前湊，雙肘撐在膝蓋上——這個姿勢太熟悉了，我簡直期待他會像一個月前那樣，開始聊起美式足球季。「警方的調查現在進行得怎麼樣了？庫柏都不談了。你們還是承受很大的壓力吧？」

我不想談調查的事情。過去這個星期，警方又找我去問過兩次話，總是能找出新方式問起保健室失蹤的艾筆腎上腺素。我的律師告訴我，重複問同樣的問題就表示調查沒有進展，而且顯示我不是他們的主嫌犯。不過這些都不關傑克的事，於是我瞎掰了一個蠢故事，告訴他我們四個看到惠勒警探在偵訊室吃掉一整盤甜甜圈。

我講完後，傑克翻了個白眼。「所以基本上，他們沒有什麼進度。」

「布朗雯的妹妹認為大家應該多注意一下賽門。」我說。

「為什麼？拜託，他都死了。」

「因為或許可以查出一些警方還沒想到的嫌犯。其他人可能有理由想除掉賽門。」

傑克心煩地吐出一口氣，一隻手臂搭在他的椅背上。「你的意思是，都怪給被害人？賽門所發生的事情不是他的錯。要是大家不搞那些見不得人的爛事，『關於那個』根本就不會存在。」

「但是他也並不因此就是什麼大好人。」我反駁，帶著一種連我自己都驚訝的頑固。「『關於那個』傷害了很多人。我不明白為什麼他經營了那麼久。他喜歡別人怕他嗎？我的意思是，你是跟他一起長大的朋友，對吧？他從小就是這樣嗎？這就是為什麼你們後來會疏遠嗎？」

「你現在是在幫布朗雯做調查工作？」他是在嘲諷我嗎？「我跟她一樣好奇。賽門現在已經算是我生活裡的核心人物了。」

他冷哼一聲。「我不是邀請你過來跟我吵架的。」

我瞪著他，想從他臉上找出一些熟悉的痕跡。「我不是在吵架。我們是在談話。」我說，一邊試圖回想我們以前談話時，哪一次我沒有百分之百同意他說的？結果一次也想不起來。我伸手玩著我的耳環背面，抓著往下拉，直到差點扯掉了，才又鬆手放回去。這是最近養成的緊張習慣，因為現在沒有長髮讓我繞著手指了。「那你為什麼邀請我過來？」

他的嘴唇皺起，別開目光。「殘存的關心吧，我想。何況，我有資格知道現在的狀況。我一直接到記者打來的電話，實在厭倦透了。」

他講得好像是在等著我道歉，但我之前已經道歉夠了。「我也是。」他什麼都沒說，然後我們兩人都保持沉默。此時我清楚感覺到他們家壁爐上那個時鐘有多響。我數到六十三，然後開口問，「你會有原諒我的那一天嗎？」

我已經不確定我想要什麼樣的原諒了。我難以想像自己回去當傑克的女朋友。但如果他不再恨我，那應該很不錯。

他的鼻孔擴張，嘴巴忿恨地往下撇。「我怎麼有辦法？你背著我偷吃，還撒謊瞞著我，愛蒂。你根本不是我原先想的那樣。」

我現在開始想著這是好事。「我不打算找藉口，傑克。我搞砸了，不是因為我不在乎你。我猜想，我始終覺得自己配不上你吧。然後我就自己證明了這樣想沒有錯。」

他冷酷的眼神毫不動搖。「別打可憐牌，愛蒂。你很清楚你做了什麼。」

「好吧。」忽然間，我想要像惠勒警探第一次偵訊我那樣：我不必跟你談。傑克或許可以從翻舊帳裡頭得到滿足感，但是我並不。我站起來，黏著皮革沙發的皮膚發出一個模糊的剝離聲。我很確定我留下了兩個大腿形狀的溼印子。好噁，但反正我不在乎了。「那麼，我們就下回見了。」

我自己開門出去，爬上我的單車，戴上安全帽，扣好之後，我踢起腳架。然後我使勁踩著踏板，離開傑克家的車道。我的心臟逐漸找到一個舒適的跳動節奏，同時我回想起自己向傑克招供我偷吃那回，這顆心臟簡直要跳出胸口。我這輩子從來沒那麼覺得走投無路過。我本來以為今天在他家客廳，又會體驗到同樣的感受，等著他再一次讓我覺得自己不夠好。

但結果沒有，以後也不會了。好久以來第一次，我覺得自由了。

庫柏

十月十五日，星期一，下午四點二十分

我的人生再也不是我的了，現在已經被媒體馬戲團所接管。我們家門口不見得每天都有記

者，但是夠常出現，搞得我每次快到家都會開始胃痛。

除非有必要，我都盡量不上網。我以前總是夢想自己的名字會成為Google上的熱門搜尋關鍵字，但想的是因為我在世界大賽投出無安打比賽，而不是因為涉嫌用花生油殺人。

每個人都說，保持低姿態就是了。我一直在努力嘗試，但一旦你被放在顯微鏡底下，就一舉一動都逃不過別人的眼睛。上個星期五在學校，我下車時，愛蒂也剛下了她姊姊的車，微風吹亂了她的短髮。我們都戴著太陽眼鏡，徒勞地嘗試要融入人群，然後朝彼此露出尋常那種抿緊嘴唇、「我還是不敢相信這種事會發生」的微笑。我們才走沒幾步路，就看到奈特大步走到布朗雯的車旁打開車門，一副誇張的禮貌狀。布朗雯下車時，奈特得意地笑著，然後她看他的那個表情，讓愛蒂和我彼此隔著墨鏡交換神色。最後我們四個人幾乎是排成一列，走向校舍後方的入口。

整件事只花了一分鐘——剛好夠讓某位同學錄下一段手機影片，後來登上了當天晚上的TMZ八卦新聞網站。他們把這段影片慢動作播放，背景配上MGMT樂團的名曲〈孩子〉，好像我們是什麼趕時髦的高中謀殺俱樂部，無憂無慮。這段影片一天之內就在網路上爆紅。

這大概是整個情況中最詭異的一件事了。很多人恨我們，希望我們去坐牢；但也有同樣多人——甚至更多——愛我們。忽然間，我有了個Facebook粉絲團，還有超過五萬個人按讚。大部分都是女生，我弟是這麼說的。

這些關注有時會緩和，但是從來不曾停止。今天晚上我離家要去健身房跟路易斯會合時，還以為自己可以避開。但是我一抵達健身房，一個深色頭髮、化了濃妝的漂亮女人就匆忙朝我走來。我整顆心往下一沉，因為我很熟悉那種類型的。我又被盯上了。

「庫柏，可以給我幾分鐘嗎？我是七號頻道新聞網的麗茲．羅森。我想請你談談對整件事的看法。很多人支持你！」

我沒回答，掠過她旁邊進入健身房的入口。她的高跟鞋在我身後喀噠響，後頭還跟著一個攝影師，但是櫃檯的那個職員把他們兩人攔下來。我加入這個健身房好幾年了，他們對這類事情向來處理得很好。我沿著走廊往前，同時聽到那職員跟她爭執說不行，她不能當場交錢加入會員。

路易斯和我做了一陣子仰臥推舉，做完之後，我一直心不在焉，想著外頭會有什麼等著我。我們平常不談這些的，但是後來在更衣室，路易斯說，「把你的襯衫和鑰匙給我。」

「什麼？」

「我會假扮成你，戴你的帽子和墨鏡走出這裡。他們看不出差別的。你開我的車離開吧。回家，或去哪裡，隨便你。我們明天到學校再把車子換回來。」

我本來想跟他說這樣行不通的。他的頭髮顏色比我深得多，而且他的皮膚顏色也比我至少黑兩個色號。不過話說回來，穿著長袖襯衫、戴上棒球帽之後，這些可能都不重要了。總之，值得一試。

於是我在走廊上踱步，看著路易斯穿著我的衣服大步走出前門，迎向攝影機的明亮燈光。我的棒球帽在他頭上壓得很低，他一手擋著臉，爬上我的吉普車。然後他開車駛出停車場，兩輛新聞轉播車跟在後頭。

我戴上路易斯的帽子和太陽眼鏡，出去上了他的本田汽車，把我的運動袋放在旁邊的座位上。我試了幾次才發動引擎成功，接著駛出停車場，一路挑偏僻的街道走，直到上了通往聖地牙哥的高速公路。到了聖地牙哥市中心後，我繞了半小時，還是懷疑有人跟著我。最後我來到北方公園這一帶，停在一棟去年才由舊工廠翻新的公寓大廈前。

這一帶很時髦，人行道上充滿了比我稍微年長、衣著入時的年輕人。一個穿著花卉圖案洋裝的漂亮女郎聽了旁邊那個青年講的話，笑得幾乎彎腰。她緊挽著他的手臂經過路易斯的車旁，沒朝我看上一眼，我有一種深刻入骨的失落感。幾個星期之前，我也跟他們一樣，而現在我卻……不是那樣了。

我不該來這裡的。要是有人認出我來呢？

我從我的運動包裡拿出一把鑰匙，等著人行道的人群稍微散去，然後迅速下車，來到公寓大廈門前，快得應該沒有人看到我。我鑽進電梯，搭到頂樓，電梯一路都沒停，讓我鬆了口氣。空蕩的走廊一片寂靜，所有住在這邊的時髦文青應該都出門了。

只除了一個，我希望。

我敲門時，只半期待著會有回應。我沒打電話或傳簡訊說我要來。但門打開了，一雙吃驚的綠眼珠望著我。

「嘿。」克里斯退到一邊讓我進去。「你跑來這裡做什麼？」

「我得離開我家才行。」我進去後關上門，脫掉帽子和墨鏡，扔在玄關桌上。我覺得自己好蠢，像個小孩被逮到在扮演間諜。但是最近的確常有人在跟蹤我，只不過這一刻沒有。「而且，我想我們應該談談這整件賽門的事情，嗯？」

「晚一點再談吧。」克里斯只遲疑了幾分之一秒，然後吻上了我的唇。我閉起眼睛，周圍的世界退去，一如以往，然後我雙手滑入他的頭髮中回吻他。

第三部　真心話大冒險

19

奈特
十月十五日，星期一，下午四點三十分

我媽在樓上，設法想跟我爸談話。祝她好運了。我坐在我們家沙發上，手裡拿著拋棄式手機，想著要傳簡訊跟布朗雯說些什麼，她才不會恨我。我不確定對不起我撒謊說我媽死了可以過關。

我並不是希望她死掉。只不過我以為她大概已經死了，或者快了。而這樣不會想了就難受，也比說出實情要容易。她吸古柯鹼上癮，跑去奧勒岡的一個公社，從此再也沒有聯絡。所以當人們開始問起我媽在哪裡時，我就撒謊。等到後來我發現這個回答有多麼糟糕，要收回已經太遲了。

反正從來沒有人在乎。我認識的大部分人都不在意我說什麼、做什麼，只要我持續供應藥物就好。例外的只有羅培茲保護官，現在又有了布朗雯。

在我們深夜的電話中，有幾次我考慮要告訴她實話，卻一直想不出該如何開口，到現在還是不曉得。

我收起手機。

樓梯發出咿呀聲，我媽下樓了，雙手在長褲正面擦了擦。「你爸現在完全沒辦法談話。」

「不意外。」

她看起來比以前老了些，也同時年輕了些。她的頭髮比以前灰得多，也短得多；但是她的臉不像以前那麼憔悴老邁了。她胖了些，我想是好事。總之表示她有吃東西。她走到史丹的玻璃箱前，朝我露出緊張的微笑。「很高興看到史丹還在。」

「打從上回看到你以來，我們的改變並不多。」我說，雙腳放在面前的茶几上。「同樣無趣的蜥蜴，同樣喝醉的老爸。只不過我現在因為謀殺案被調查。或許你聽說了？」

「奈森尼爾。」我媽坐在扶手椅上，雙手在面前緊握。她的指甲跟以前一樣咬得短短的。「我——我都不曉得該從何說起。我已經戒毒將近三個月了，每一秒鐘都想跟你聯絡。但是我好怕自己還不夠堅強，怕我又讓你失望。然後我看到新聞。我前幾天就回來了，但是你都不在家。」

我指了一圈裂開的牆壁和下陷的天花板。「換了你會待在家嗎？」

她的臉皺起來。「對不起，奈森尼爾。我本來希望……希望你父親會負起責任的。」你希望。好可靠的教養計畫啊。「至少他還在。」這招很卑鄙，而且沒什麼說服力，因為我爸根本很少動，不過我覺得我有資格這麼講。

我媽斷續點著頭，同時把指節按響。老天，我都忘了她有這個習慣。他媽的好煩。「我知道，我沒有資格批評。我不指望你能原諒我，也不奢求你相信我以後會做得更好。但是我現在吃的藥有用，而且不會搞得我很焦慮。這是我這回能戒毒成功的唯一原因。我在奧勒岡州有一整個團隊的醫師幫我康復。」

「那一定很不錯，有一整個團隊。」

「超過我應得的，我知道。」她低垂的眼睛和低聲下氣的口吻讓我不爽。但我很確定眼前她做什麼都會讓我不爽。

我站起來。「這樣太好了，但是我還有事要出去。你可以自己離開，對吧？除非你想陪老爸。他有時候大約十點會醒來。」

啊要命，現在她哭了。「對不起，奈森尼爾。你有資格擁有比我們好得多的父母。老天，看看你——我不敢相信你變得這麼英俊。而且你比你父母兩個加起來還要聰明。從以前就是這樣。你應該住在灣景山莊的那種大房子裡，而不是自己一個人照顧這個垃圾堆。」

「隨便啦，媽。一切都很好，很高興看到你。有空從奧勒岡寄張明信片來吧。」

「奈森尼爾，拜託。」她站起來拉著我的胳臂。她的手看起來比她其他部分要老二十歲——柔軟而發皺，上頭覆蓋著棕色斑點和疤痕。「我想做點什麼幫你。任何事都行。我會住在海灣路的六號汽車旅館。明天我可以帶你出去吃晚餐嗎？這樣你可以有點時間消化這一切？」

消化這一切。基督啊。她講的這是哪門子的戒毒式語法？「不曉得。留下電話號碼，或許我會打給你吧。」

「好吧。」她點著頭，又像個木偶似的了，而如果我不趕緊離開她，我就會發瘋了。「奈森尼爾，稍早我看到的那位是布朗雯·羅哈斯嗎？」

「對。」我說，然後她笑了。「笑什麼？」我問。

「只不過……唔，如果你現在跟她在一起，那麼我們不可能把你搞得太糟糕吧。」

「我沒跟布朗雯在一起。別忘了，我們都是謀殺嫌疑犯。」我說，然後出去時用力甩上門。

這真的是自找麻煩，因為等到門從鉸鏈上再度脫落，我又得自己想辦法修好。

出門後，我不曉得要去哪裡。我上了摩托車，朝聖地牙哥市中心騎去，接著改變心意，上了十五號州際高速公路往北。然後一路騎，一個小時後停下來加油。加油時我掏出拋棄式手機察看訊息。結果沒有。我應該打給布朗雯的，看她去警察局狀況如何。不過她應該沒事。她有那個昂貴的律師，還有父母像看門狗似的，不讓那些想傷害她的人接近。何況到頭來，我又該跟她講什麼？

我又把手機收起來。

我騎了將近三個小時，直到馬路兩旁都是荒漠，點綴著零星的灌木。即使時間頗晚了，接近莫哈韋沙漠的這裡還是很熱，我停下來脫掉夾克，然後慢吞吞騎向約書亞樹國家公園。我跟我爸媽唯一出門度假的一次，就是九歲那年來這裡露營。我從頭到尾都等著會有壞事發生：等著我們的老爺車故障，等著我媽開始尖叫或大哭，等著我爸受不了我們時就會開始沉默不動。

結果那回近乎正常。他們彼此的相處氣氛還是如常緊繃，但是設法把爭執降到最低。我媽很乖，或許因為她特別喜歡那些低矮的、扭曲的約書亞樹。「約書亞樹一生的前七年，都只是一根垂直的莖，沒有分枝。」我們健行時她告訴我，「樹要很多年後才會開花。然後每根分枝的莖開花之後就停止生長。所以一棵樹上頭就會有死亡區和新生區所組成的複雜系統。」

以前我有時會想到這段話，很納悶她的哪個部分還活著。

◆

等我回到灣景，已經過了半夜十二點。我原先考慮過要沿著十五號高速公路往北一直騎，直到我筋疲力盡倒下。讓我爸媽自己去演他們的團圓戲。灣景警察局如果想再找我談，就讓他們自己來找我。但這種事是我媽會做的。所以到最後我還是回到灣景，檢查我的手機，然後按著我唯一收到的活動簡訊：查德．波斯納家的一個派對。

我到的時候，完全沒看到波斯納。最後我跑到廚房，喝著一瓶啤酒，聽著兩個女生不斷討論著一個我從沒看過的電視節目。那些談話很無聊，我的腦子還是一直想著我媽的出現，還有布朗雯被警察找去的事情。

其中一個女生開始咯咯笑。「我認識你，」她說，戳著我的腰側。她笑得更厲害，然後伸出手掌來摸我的腹部。「你上了《米凱爾．鮑爾斯調查》，對吧？就是可能殺了那個男生的其中一個同學？」她喝得半醉，搖晃著湊得離我更近。她看起來就像我在波斯納家派對上常看到的那種女孩：漂亮，但是過目即忘。

「啊老天，梅樂瑞，」她的朋友說，「你太沒禮貌了。」

「不是我，」我說，「我只是長得像他而已。」

「騙人。」梅樂瑞又想戳我，但是我閃到旁邊去。「唔，我不認為人是你殺的，布里安娜也不認為。對吧，布里安娜？」她的朋友點點頭。「我們認為是那個戴眼鏡的女孩。她看起來就是個很跩的賤貨。」

我握緊手上的啤酒瓶。「我跟你說過了，那不是我。所以你們可以不必再說了。」

「對不起，」梅樂瑞口齒不清地說，歪著頭把遮著眼睛的瀏海往後甩。「別這麼愛生氣嘛。我敢說我可以讓你高興點。」她一手伸進口袋，掏出一個皺巴巴的小塑膠袋，裡面裝滿了小小的結晶顆粒。「要不要跟我們上樓爽一下？」

我猶豫了。眼前我幾乎願意做任何事，好讓腦袋不要再想了。這是麥考利家的傳統。而且每個人都已經認定我就是這種人。

幾乎每個人。「沒辦法。」我說。掏出我的拋棄式手機，開始擠出人群。我還沒走到外頭，手機就開始發出嗡響。我看了螢幕，發現是布朗雯的號碼——其實她是唯一會打來這個手機的人——我大感解脫。好像自己快凍僵了，然後有個人用一條毯子包住我。

我接起電話。「嘿，」布朗雯說。她的聲音好遙遠，好小。「我們可以談談嗎？」

布朗雯

十月十六日，星期二，晚上十二點三十分

對於要把奈特偷渡進屋子裡來，我覺得惶恐不安。我爸媽已經很生氣我沒告訴他們關於賽門

的部落格貼文——當時沒說，現在也沒說。不過我們沒遇到什麼麻煩就離開了警察局。羅蘋只是講了一段很傲慢的話，別再拿一堆沒有意義的推測來浪費我們的時間了，你們根本無法證明，而且就算你們能證明，也根本無法起訴。

我猜想她說得沒錯，因為我回到家了。雖然我被無限期禁足，我媽說，要直到我不再「因為隱瞞事情而危害我的未來」。

「你在賽門那個網站的時候，就不能駭進他的舊部落格裡嗎？」我在美芙去睡覺前唸叨。她一臉真誠的懊惱。「他老早就關閉了！我根本沒想到那些文章還會存在。而且我從來不曉得你寫了那則評論。當初根本沒登出來。」她一副惱怒又疼愛的表情朝我搖搖頭。「那件事你一直比我更生氣，布朗雯。」

或許她說得沒錯。當我躺在自己黑暗的房間裡，掙扎著是否該打電話給奈特時，我忽然想到，多年來我一直把美芙想得太脆弱了，實際上她比我以為的堅強得多。

現在我人在樓下的娛樂室，一收到奈特的簡訊說他到了，我就打開地下室的門，探出頭去。「在這裡。」我輕聲喊，一個暗影繞過我們家擋土牆旁邊的轉角，我後退進屋裡，門開著讓奈特跟進來。

他穿著皮夾克，裡面是又皺又舊的T恤，剛摘掉安全帽的頭髮低垂汗溼。我什麼都沒說，直到帶著他進入娛樂室並關上門。我爸媽在二樓睡覺，而且娛樂室有隔音設備，但是現在是深夜，不能高估隔音的效果。

「好吧。」我坐在沙發的一角，膝蓋彎起，雙手抱著兩腿像個屏障。奈特脫掉夾克扔在地板上，然後坐在沙發另一頭。他看著我時，那對眼睛有那麼多痛苦，搞得我差點忘了要生氣了。

「你在警察局狀況怎麼樣？」他問。

「還好，但這不是我想跟你談的。」

他垂下眼睛。「我知道。」然後我們沉默了一會兒，我有好多問題要問他，但是沒開口。

「你一定以為我是個混蛋，」最後他終於說，還是看著地上，「而且是個騙子。」

「你為什麼都沒告訴我？」

奈特緩緩吐出一口氣，搖搖頭。「我想過，很想告訴你，但是不曉得該從何說起。主要原因是——我當初會講這個謊言，是因為它比真相要簡單。而且因為我總之也半相信這個謊言。我不認為她會回家了。然後一旦你撒了這種謊，要怎麼收回？如果要承認撒謊，你就像個他媽的神經病了。」他抬起眼睛，忽然熱切地看著我。「但是我不是神經病。我其他的事情都沒跟你撒謊。我現在沒賣藥物了，而且我沒對賽門做任何事。如果你不相信，我也不怪你，但是我對上帝發誓，我講的是實話。」

我試圖收攏思緒，接下來又是好長一段沉默。我大概應該更生氣的。我應該要求他拿出證據，以證明自己值得信賴，即使我不知道所謂的證據應該是什麼。我應該問一大堆尖銳的問題，好過濾出他還跟我說了其他什麼謊言。

不過問題是，我真的相信他。我不會假裝我光憑這幾個星期就完全了解奈特，但我知道那是什麼樣：你太常一再告訴自己某個謊言、到最後就成真了。我做過這種事，而且我還不必像他那樣，幾乎完全只靠自己一個人，辛苦過日子。

而且我從不認為他會殺人。

「告訴我關於你媽的事情吧。要講真話，好嗎？」我要求。於是他說了。我們談了一個多小時，但過了前十五分鐘左右，主要就是一些以前講過的。我因為坐太久而開始覺得僵硬，於是往上伸直手臂伸展。

「累了嗎？」奈特問，湊近了我。

我在想他是不是注意到我過去十分鐘一直盯著他的嘴。「還好。」

他伸手把我的兩腿拉到他膝上，大拇指在我的左膝蓋上畫圈圈。我雙腿顫抖，於是緊貼在一起想讓顫抖停止。他抬起雙眼看著我，然後又垂下。「我媽以為你是我女朋友。」

或許如果我的雙手做點什麼，就可以讓顫抖停止。我伸手摸著他頸背的頭髮，把柔軟的波浪撫平在溫暖的皮膚上。「唔，我的意思是，難道不可以嗎？」

啊老天。我真的說出來了。如果他說不可以呢？

奈特的手沿著我的腿往下，幾乎是心不在焉。好像他不曉得他正在把我的整個身體變成果凍。「你想要一個販賣藥物、撒謊說他媽媽死掉的謀殺嫌犯當你的男朋友？」

「*曾經*販賣藥物，」我糾正他，「而且我沒有資格批評別人。」

他帶著半抹微笑往上看，但是眼神很警惕。「我不曉得要怎麼跟你這樣的人在一起，布朗雯。」他一定是看到我的失望表情，因為他很快就補充，「我不是不想，而是我認為自己會搞砸。這種事情，我只有過……你知道，不當真玩玩而已。」

我不知道。我收回雙手，交握放在膝上，看著手腕上的脈搏在薄薄的皮膚下跳動。「那你現在，有在跟別人不當真玩玩嗎？」

「沒有，」奈特說，「原先有，就是我們第一次開始講電話的時候。但從那之後就沒有了。」

「好吧。」我沉默了幾秒鐘，衡量著自己是不是即將鑄下大錯。大概吧，但我還是決定勇往直前。「我想試試看，如果你也願意的話。不是因為我們都陷入這個詭異的情況，也不是因為我覺得你很性感，雖然我的確是這樣想。而是因為你很聰明、很有趣，而且你做了很多正確的事情，超過你對自己的評價。我喜歡你對電影的可怕品味，也喜歡你從來不會美化任何事物，還喜歡你真的有隻蜥蜴。我會很榮幸當你的女朋友，即使還不能公開，因為你知道，現在我們都還因為謀殺案被調查中。更何況，我老是忍不了幾分鐘就想著要吻你，所以——就是這樣了。」

奈特一開始沒回答，害我很擔心自己搞砸了。或許我一口氣講太多了。但他的手還是沿著我的腿摸，最後才終於說，「那你比我好多了。我無時無刻都想著要吻你，無法停止。」

他摘掉我的眼鏡，折起來放在沙發旁的小几上。他一手輕輕放在我臉上，然後湊近過來把我拉過去。我們的嘴唇相觸時，我憋住了氣，那柔軟的壓力傳送出一種溫暖的酸麻到我全身血管裡。這個吻甜蜜又溫柔，不同於在馬歇爾峰那個火辣、渴求的吻，但還是令我暈眩。我全身顫抖，雙手按著他的胸膛，想讓自己恢復控制，結果摸到他隔著薄襯衫底下一片堅實的肌肉。一點幫助都沒有。

我張開嘴唇吐出嘆息，此時奈特舌尖探入尋找著我的，於是我的嘆息轉為低聲呻吟。我們的吻變得更深也更激烈，兩人身體緊密交纏，我已經無法分辨哪部分是自己、哪部分是他的。我覺得自己在墜落、在漂浮、在飛起。同時發生。我們吻到我的嘴唇發痛，皮膚熱燙得像是被導火線點燃了。

奈特的雙手保持在輔導級的界限內。他大量碰觸我的頭髮和臉，最後終於一手滑入我的襯衫內，撫摸著我的後背，然後老天，我可能嗚咽了一聲。他的手指探入我短褲的腰帶，我全身打了個冷顫，但是他就停在那裡。我很沒安全感的那一面納悶著：或許我對他的吸引力不如他對我的吸引力，也或許我不如其他女生那麼有魅力。只不過……我緊貼著他半個小時，我知道不是這樣的。

他往後退開看著我，濃密的深色睫毛垂下。老天，那雙眼睛，漂亮得太離譜了。「我一直想著你爸走進來的畫面，」他低聲說，「他上回有點把我嚇壞了。」我嘆了口氣，因為老實說，我心底也一直在擔心。即使只有百分之五的機率，也還是太高了。

奈特一根手指撫過我的嘴唇。「你的嘴巴好紅。我們應該休息一下，免得造成永久性的傷害。何況，我得，呃，冷靜一下。」他吻了我的臉頰，然後伸手去拿地板上的夾克。

我的心往下一沉。「你要走了？」

「沒有。」他從口袋拿出手機，打開Netflex，然後把我的眼鏡遞過來。「我們終於可以看完《七夜怪談》了。」

「該死。我還以為你忘了。」不過我這回的失望是裝的。

「拜託，這樣很完美的。」奈特躺在沙發上，我蜷縮在他旁邊，頭倚著他的肩膀，同時他把iPhone放在他的肘彎裡。「我們不是用你們家牆上那台六十吋的大怪物，而是用我的手機看。這麼小的螢幕，演什麼都不會被嚇到的。」

老實說，我才不在乎我們做什麼。我只想待在他懷裡愈久愈好，努力不要睡著，同時忘了其他一切。

20

庫柏

十月十六日，星期二，下午五點四十五分

「麻煩把牛奶傳過來好嗎，庫柏鎮？」晚餐時老爸朝我昂起下巴，雙眼飄向我們客廳裡關成靜音的電視機，螢幕下方的跑馬燈有大學美式足球賽的比數。「所以你昨天晚上做了什麼？」他覺得路易斯離開健身房時假扮成我很好笑。

我把牛奶紙盒遞給他，想像著自己誠實回答他的問題。跟克里斯在一起，就是我愛上的那個男人。對，老爸，我說是個男人。不，老爸，我不是開玩笑。他是聖地牙哥加大的醫學院預科生新鮮人，兼差在當模特兒。超級迷人。你會喜歡他的。

然後老爸的腦袋爆炸。我的想像中總是如此收場。

「只是開車到處轉。」結果我說。

我並不以克里斯為恥。真的不是。但是事情很複雜。

事實上，在遇到他之前，我原先不曉得我對男人會有這樣的感覺。我的意思是，沒錯，我懷疑過。大概是從十一歲開始吧。但是我把那些想法埋在內心最深處，因為我是南方出身的運動健

將，想爭取進入大聯盟，而這樣的人就不應該是同性戀者。

我大半輩子都相信是這樣。我一直有女朋友，但是以我從小長大的環境，堅持結婚前不上床的原則並不困難。只不過我最近才明白，那其實是藉口的成分居多，而不是根深蒂固的道德觀。

我跟柯麗撒謊了好幾個月，但是有關克里斯的事情，我告訴她的是實話。我的確是因為打棒球而認識他的，不過他不打棒球。他是我參加測試賽所認識另外一個球員的朋友，我們在那球員的生日派對時認識。而且克里斯的確是德國人。

我只是沒說我愛上他了。

我還無法跟任何人承認這件事。無法承認這不是一個階段，或實驗，或壓力太大的出口。奶奶說得沒錯。克里斯打電話或傳簡訊來的時候，我都會心底一緊。沒有一次例外。而且跟他在一起的時候，我才覺得自己像個真正的人，而不是柯麗所說的機器人：內建程式就是要表現得事事一如預期。

但「庫柏與克里斯」只存在於他公寓裡面的那個安全室。搬到其他任何地方都會把我嚇死。首先，即使你是異性戀男子，要成為職棒選手都已經夠困難了。大聯盟球隊系統裡公開出櫃的同性戀男子只有一個，而且他還在小聯盟裡。

其次：老爸。我一想像他的反應，整個腦袋就會停擺。他是那種老派好人，會喊同性戀「死玻璃」，而且認為棒球圈裡只能有直男。我們有回看到一則關於那個同性戀棒球員的新聞報導，他厭惡地冷哼一聲說，正常男人在更衣室不應該要碰到那種屁事。

要是我把克里斯和我的事情告訴他，當了十七年完美兒子的狀態就會在彈指間灰飛煙滅。他再也不可能用同樣的態度看待我了。他現在看待我的態度，即使我是個被指控使用類固醇的謀殺嫌疑犯，這個他就可以應付。

「明天有藥檢。」他提醒我。現在我每個星期都得接受藥檢了。同時我還繼續投球，而且不，我的快速球完全沒有降速。因為我沒撒謊。我沒作弊。我只是策略性地進步很多而已。

那是老爸的主意。他希望我高三那年稍微保留一點，不要使出全力投，這樣碰到高四的測試季節時，就會更令人驚豔。於是我就照辦了，也讓賈許．蘭里這類人注意到我。但現在，當然，看起來就很可疑了。謝了，老爸。

至少他對這件事覺得很內疚。

上個月警方讓我看「關於那個」的預定發表貼文時，我本來很確定會看到裡頭寫有關我和克里斯的。我跟賽門根本不熟，一對一交談沒幾次。但每回接近他，我就擔心他會挖出我的祕密。今年春天在高三舞會上，他喝得爛醉，我在洗手間裡碰到他，他一手攬著我，把我拉得好近，我幾乎恐慌症發作。我當時很確定賽門——據我所知從來沒交過女朋友——知道我是同性戀，正要對我採取行動。

我實在嚇壞了，於是要凡妮莎取消邀請賽門去參加她的舞會後派對。而凡妮莎從來不會放棄任何一個封殺別人的機會，於是很樂意照辦。甚至後來我看到賽門對柯麗展開攻勢，那種熱切程度不可能是裝的，我都沒有改變想法。

自從賽門死後，我就不願意去想這件事；不願意想到我最後一次跟他講話，我的表現像個混蛋，只因為我無法面對自己是個什麼樣的人。

而最糟糕的是，即使經歷了這一切——我還是無法面對。

奈特

十月十六日，星期二，下午六點

我抵達葛連小館時，離我跟我媽約定的時間已經過了半小時，我看到她的Kia車停在店門口。洗心革面的新版老媽得一分。她如果沒出現，我應該也完全不會驚訝。

我想過也要學她爽約，想了很多次。但是假裝她不存在的效果至今不太理想。

我把摩托車停在離她車幾個車位外，進餐廳前剛好開始下雨。帶位女侍抬頭朝我露出有禮而詢問的表情。「我約了人。麥考利太太。」我說。

她點頭，指著角落的卡座。「就在那裡。」

我看得出我媽已經來了好一會兒。她那杯汽水快喝光了，還把吸管包裝紙撕成碎片。我一坐進她對面的位子，就拿起菜單仔細打量，以迴避她的眼睛。「你點了嗎？」

「啊，還沒。我在等你。」我可以感覺到她期望我能抬起頭來，而我恨不得自己不在這裡。

「你要漢堡嗎，奈森尼爾？你以前很喜歡葛連小館的漢堡。」我媽說。

沒錯，至今還是很喜歡。但是現在我只想點其他別的。「叫我奈特，好嗎？」

我啪地闔上菜單，瞪著窗外降下的灰色細雨。「現在沒有人喊我全名了。」

「奈特。」她說，但這名字從她嘴裡講出來就是好怪。就像那種你一講再講的話，最後失去了意義。一個女侍過來，我點了一瓶可樂和一個我其實不想吃的總匯三明治。我的拋棄式手機在口袋裡震動，我掏出來，看到布朗雯傳來的簡訊。希望一切進行順利。我忽然感覺到一股溫暖，但是沒回覆就又把手機放回口袋。跟一個鬼魂吃午餐該怎麼描述？我想不出來。

「奈特。」我媽喊了我的名字，清了清嗓子。聽起來還是很不對勁。「你……你在學校狀況怎麼樣？你還是喜歡科學課嗎？」

基督啊。你還是喜歡科學課嗎？我從九年級開始就得上補救課程了，但她怎麼會知道呢？給家長的學生進展報告寄到家裡，我就偽造我爸的簽名，然後交回學校去。根本沒有人問起過。「這個你可以付錢嗎？」我問，朝桌子比劃了一下，維持我過去五分鐘那個挑釁混蛋的作風。「因為我付不出來。所以如果你希望我付，上菜之前你要先講。」

她的臉垮下來，我有一股無謂的勝利感。「奈森——奈特。我絕對不會……好吧。你憑什麼應該相信我？」她掏出一個皮夾，拿出兩張二十元放在桌上，然後我感覺壞透了，直到我想起家裡老是付不出來的那些帳單。現在我沒收入了，我爸的殘障社會福利金支票只勉強夠付房貸、水電，和他的酒錢。

「你戒毒了好幾個月，怎麼會有錢？」

女侍端著一杯可樂過來給我，我媽等到她離開才回答。「松谷——就是我待的戒毒中心——那邊的一位醫師把我介紹給一家醫療產品公司。我可以在任何地方工作，而且非常穩定。」她摸摸我的頭髮，我往後躲開。「我可以幫上你和你父親的，奈特。我想問你——你有律師應付警方的調查嗎？我們可以去找一個。」

我設法忍住沒大笑。無論她賺多少錢，都雇不起律師的。「我現在很好。」

她一直嘗試，問起學校、賽門、緩刑、我爸。我差點要相信她了，因為她跟我記憶中不一樣。比較冷靜，甚至是性情平和。但是接著她問，「這一切布朗雯應付得怎麼樣？」

不行。每次我想到布朗雯，整個身體的反應就好像又回到她家娛樂室的那張沙發上——心臟猛跳，血液奔騰，皮膚刺麻。我才不要把這團爛泥裡面唯一的好事拿出來談，成為我跟我媽之間另一段尷尬的對話。這就表示我們沒有其他話題可以談了。感謝老天，食物送來了，所以我們可以停止假裝過去三年沒有發生過。即使我的三明治吃起來毫無滋味，像泥土，都比陪她講話要好。

我媽沒搞懂這個暗示。她還是一直提起奧勒岡和她的醫師們和《米凱爾．鮑爾斯調查》，直到我覺得自己就要噎住了。我拉了一下我的T恤領口，好像那樣能幫我呼吸，但結果沒有。我沒辦法坐在這裡聽她承諾，還期望一切都能行得通。期望她能保持戒毒，保持有工作，保持理智。或者只要保持留下就好。

「我要走了。」我突然說，把我吃了一半的三明治扔在盤子上。膝蓋狠狠撞到桌角，痛得臉都皺起來，然後我沒再看她一眼就走出去。我知道她不會追出來，她不是那種作風的人。

到了外頭，我一開始很困惑，因為我看不到我的摩托車。車子夾在兩輛之前沒出現的Range Rovers大車之間。我走向摩托車，然後忽然間一個男人走到我面前，一臉眩目的微笑，衣著考究得跟葛連小館不配。我立刻認出他是誰，但是把他當空氣，視而不見。

「奈特．麥考利？我是米凱爾．鮑爾斯。你很難找，很高興能認識你。我們正在針對賽門．凱勒命案調查，進行我們的後續報導。我能不能請你進去喝杯咖啡，跟你談幾分鐘？」

我跨上我的摩托車，戴上安全帽，像是沒聽到他說話。我準備要退後，但幾個製作人員模樣的人擋住了我的路。「請你的人挪一下吧？」

他還是一臉微笑。「我不是你的敵人，奈特。像這樣的案子，公眾的意見是很重要的。我們把公眾爭取到你們這一邊來，你覺得如何？」

我媽也出現在停車場，她看到站在我旁邊的人，驚訝地張開嘴巴。我跨騎在車上緩緩後退，直到擋路的那兩個人移開，我終於可以出去了。如果她想幫我，她可以跟他們談。

21

布朗雯

十月十七日，星期三，中午十二點二十五分

星期三的午餐時間，愛蒂正在跟我聊指甲油。她是這個主題的權威。「像你的指甲這麼短，應該擦淺色的、幾乎裸色的。」她說，用一種專業的姿態看著我的雙手。「不過，要非常亮。」

「我其實平常不搽指甲油的。」我告訴她。

「唔，你最近變得比較會打扮了，不是嗎？無論原因是什麼。」她抬起一邊眉毛，看著我小心翼翼吹好的髮型，我臉頰燒燙起來，美芙笑了。「你或許可以試試看。」

今天我們的談話實際又無害，不像昨天午餐時，我們彼此交換情報：我去警察局、奈特的母親，以及愛蒂也被單獨找去警察局，再度去回答有關艾筆腎上腺素的問題。昨天我們是私生活複雜的謀殺嫌疑犯，但今天，我們只是一群女生而已。

聊到一半，隔了幾桌有個刺耳的聲音傳來。「就像我告訴他們的，」凡妮莎．梅瑞蒙說，「哪個人的謠言一定是真的？哪個人在賽門死後就完全崩潰了？那個人就是謀殺兇手。」

「她在講什麼啊？」愛蒂喃喃道，像隻松鼠似的啃著一塊超大的麵包丁。

跟我們同桌時向來不太講話的珍奈看了愛蒂一眼，「你還沒聽說？米凱爾．鮑爾斯的拍攝小組在校門口。幾個學生正在接受訪問。」

我的胃往下沉。愛蒂推開了她的托盤。「啊，好極了。這就是我需要的，凡妮莎上電視瞎扯我是有罪的。」

「沒人真的認為你有罪，」珍奈說，朝我點了個頭，「或是你。或是……」她看著庫柏，他一手拿著托盤朝凡妮莎那桌走去，然後看到我們又轉彎，坐在我們這桌的一角。他有時候會這樣；午餐時先跟愛蒂坐個幾分鐘。久得足以表明他不像她其他朋友那樣拋棄她，但也沒久到會讓傑克不爽。我無法決定他是善良還是懦弱。

「各位還好嗎？」庫柏問，拿起一個柳橙開始剝皮。他穿著淺灰綠色的扣領襯衫，襯托出他淺綠褐的眼珠，而且他有那種在太陽底下戴著棒球帽、顴骨曬得比其他地方黑的不均勻膚色。不知怎地，這樣反倒成了他的個人特色。

我以前總認為庫柏是全校最英俊的男生。現在或許還是，但最近他有種幾乎像是芭比娃娃男友肯尼的特質——有點虛偽，有點傳統。也或者是我自己的品味改變了。「你接受米凱爾．鮑爾斯的採訪了嗎？」我開玩笑問。

他還沒來得及回答，我背後就傳來一個聲音。「你應該接受的。去扮演大家公認的謀殺俱樂部成員，讓灣景高中脫離這個白痴狀態。」莉亞．傑克森坐在庫柏旁邊那張桌子。她沒注意到珍奈滿臉漲紅，整個人僵住了。

「哈囉，莉亞。」庫柏耐心地說。好像這種話他以前聽過了——我猜想他有可能真的聽過，就在賽門的悼念會之前。

莉亞看了我們這桌一圈，目光定在我身上。「你原先有打算承認你作弊嗎？」她的口氣很輕鬆，表情近乎友善，但我還是整個人愣住了。

「太虛偽了，莉亞。」美芙的聲音很響亮，讓我嚇了一跳。我轉頭，發現她目光炯炯。「前一分鐘還在抱怨賽門，然後下一分鐘就在重複他的謠言。」

莉亞朝美芙比了個敬禮的手勢，「說得好，羅哈斯妹妹。」

但美芙才剛暖身而已，「我受夠了大家的話題從來不變。為什麼沒人談談『關於那個』把這個學校搞得有多可怕？」她直瞪著莉亞，一副挑戰的眼神。「你為什麼不談？他們就在外頭，你知道。渴望有個新角度。你可以給他們新的說法。」

莉亞瑟縮了。「我才不要跟媒體講這些。」

「為什麼不？」美芙問。我從來沒見過她這樣；簡直是兇狠，瞪得莉亞別開眼睛。「你沒做錯任何事。是賽門做錯了。他還做了好幾年，而現在每個人都把他當個聖人似的。你難道沒有意見嗎？」

莉亞的目光又轉回來瞪著美芙，我看不出她臉上那個表情是什麼意思。那簡直是……得意？「我當然有意見。」

「那你就去做點事情啊。」美芙說。

莉亞突然站起來，把頭髮撥到肩膀後頭。那個動作讓她的袖子往下滑，露出手腕上一個新月形的疤痕。「或許我會的。」她大步走出餐廳。

庫柏眨眨眼望著她的背影。「要命，美芙。提醒我不要當你的敵人啊。」美芙皺起鼻子，然後我想到那個有庫柏名字的檔案，美芙一直沒辦法破解密碼。

「莉亞不是我的敵人。」她咕噥道，在她的手機上猛打字。

我簡直不敢問，「你在做什麼？」

「把賽門的4chan討論串寄給《米凱爾．鮑爾斯調查》，」她說，「他們是記者，對吧？他們應該去深入查一下這個。」

「什麼？」珍奈突然喊道，「你在講什麼？」

「賽門熱烈參與的這些討論串裡，有一大堆可怕的人在為校園槍擊事件和類似的事情喝采，」美芙說，「我已經看了好幾天。話題是其他人開頭的，但是賽門立刻加入，講了各式各樣可怕的事情。橘郡那個男生在學校裡開槍時，賽門根本就不在乎死了那麼多人。」她繼續打字，珍奈忽然伸手緊扣住她的手腕，差點害她手機掉出去。

「你怎麼會知道這個的？」她嘶聲問，美芙才終於回過神來，發現自己可能說太多了。

「放開她。」我說。但是珍奈沒放手，我於是伸手過去，把她冰冷的手指硬從美芙的手腕上摳開。珍奈椅子猛地往後推，發出響亮的刮擦聲，她起身時，全身顫抖著。

「你們沒有一個人了解他。」她用一種哽咽的聲音說，然後像莉亞一樣大步離去。只不過她大概不是要去接受米凱爾．鮑爾斯的採訪。美芙和我交換一個眼色，同時我手指迅速敲著桌子。我搞不懂珍奈。大部分日子裡，我不明白她為什麼要跟我們坐在一起，因為我們這些人肯定會讓她想到賽門。

除非她是想聽到像剛剛那番對話。

「我要走了。」庫柏忽然說，好像他已經用完了他的非傑克時間。他端起托盤，上頭的食物完全沒碰過，然後他流暢地走向他平常的那桌。

所以我們這票又全部是女生了，而且一直持續到午餐結束。另一個願意跟我們一起坐的男生從來不出現在自助餐廳裡。但是之後我在走廊裡碰到奈特，當他朝我露出那個一閃即逝的微笑時，我滿腦子有關賽門、莉亞、珍奈的疑問就全部不見了。

因為老天，那個男生笑起來真好看。

愛蒂

十月十九日，星期五，上午十一點十二分

跑道上好熱，我不該跑得太努力才對。畢竟這只是體育課。但我的雙臂和雙腿出奇地活力充沛，我的肺臟收縮又擴張，彷彿我最近騎單車所累積的能量必須釋放。我的前額冒出汗珠，同時我的Ｔ恤黏在後背上。

我超過路易斯（當然，他根本沒有認真跑）和奧麗薇亞（她是田徑校隊）之時，覺得好得意。傑克在我前頭，想要追上他似乎很荒謬，因為顯然他速度比我快很多，而且他也比我高大、比我壯，我不可能逼近他的，只不過我真的逼近了。他再也不是遠遠的一個小黑點，而是愈來愈

接近。要是我轉換跑道，同時保持這個速度，我幾乎、大概、絕對——

我的雙腿忽然飛起來。鮮血的銅腥味充滿我嘴裡，因為我咬破了自己的嘴唇，同時雙掌狠狠擊中地面。小石頭劃破我的皮膚，嵌進皮肉裡，刮出幾十道小傷口。我的兩邊膝蓋痛得要命，還沒看就曉得破了皮，大滴鮮血落在地上。

「啊，不！」凡妮莎假裝擔憂地說，「可憐！她的腿軟了。」

才不是。我剛剛雙眼盯著傑克時，有人用腳鉤住我的腳踝，害我跌倒。我大概知道是誰，但是沒辦法說話，因為我正忙著要吸氣。

「愛蒂，你還好嗎？」凡妮莎跪在我旁邊時，還是保持那個假裝的口氣，直到她湊在我的耳邊低聲說，「你活該，蕩婦。」

我很想回嘴，但此時我還是喘不過氣來。

體育老師來到我身邊，凡妮莎隨即後退，而等到我終於吸夠氣可以講話時，她已經離開了。體育老師檢查了我的膝蓋，轉動一下我的雙手察看，嘴裡發出嘖嘖聲。「你得去保健室。把這些傷口清洗乾淨，吃點抗生素。」她看了周圍的人群一圈，喊道，「珍奈．瓦格司！你來幫她。」

我想我應該慶幸來幫我的不是凡妮莎或傑克。但是自從兩天前布朗雯的妹妹控訴賽門之後，我就幾乎沒看過珍奈了。我一拐一拐走向校舍，珍奈幾乎沒看我，直到我們快到入口時。「發生了什麼事？」她問，同時幫我把門打開。

此時我已經呼吸順暢，還笑得出來。「凡妮莎要教訓蕩婦。」我沒走向右邊的樓梯，而是左轉走向更衣室。

「你應該去保健室的。」珍奈說，我朝她搖搖手。我已經好幾個星期沒去過保健室了，反正傷口雖然很痛，但都只是皮肉傷。我真正需要的，就是洗個澡。我走進一個淋浴間，脫掉衣服，站在溫暖的水花下，看著褐色和紅色的水流進排水孔裡。我一直站在蓮蓬頭下，直到水變得清澈。等到我踏出淋浴間時，一條大毛巾裹住我，同時珍奈站在那裡，拿著一包OK繃。

「我幫你拿了這些。你的膝蓋應該要貼一下。」

「謝了。」我坐在一張長凳上，把肉色的OK繃貼在我的膝蓋上，結果很快就被血染溼了。我的手掌刺痛，被刮成粉紅色的，還破了點皮，但是貼了OK繃也不會有差別。

珍奈在長凳上離我最遠的一端坐下。我在左膝蓋貼了三片OK繃，右膝蓋貼了兩片。「凡妮莎是個賤貨。」她低聲說。

「是啊。」我贊同，站起來試著走了一步，確認雙腿還撐得住，於是我走到我的儲物櫃，拿出衣服。「但是我活該，不是嗎？大家都是這樣想的。我猜賽門應該就是希望這樣吧。每個人都攤開來，讓大家批判。沒有祕密。」

「賽門……」珍奈的聲音裡又有那種哽咽。「他不是……他不像大家說的那樣。我的意思是，沒錯，他對『關於那個』太投入了，而且寫了一些可怕的事情。但是過去兩年對他來說很辛苦。他一直努力想參與一些群體，但是始終沒能如願。我不認為……」她詞窮了，「賽門沒有變樣時，他不會希望你發生這種事的。」

她的口氣真的很難過，但是我現在沒空關心賽門了。我穿好衣服，看著時鐘。體育課還有二十分鐘才下課，我不想待在這裡等著凡妮莎和她的跟班進來。「謝謝你幫我拿OK繃。告訴他們我還在保健室，好嗎？我要去圖書館，等下一堂課開始。」

「好。」珍奈說。她垮坐在長凳上，看起來筋疲力盡，整個人像是被掏空似的，我朝門走去，她忽然喊我，「你今天下午要不要一起打發時間？」

我驚訝地轉向她，沒想過我們已經熟到這個地步。我覺得我們只是認識而已，並不算是好友。「嗯，好啊。沒問題。」

「我媽今天在家裡辦讀書會，所以……或許我可以去你家？」

「好啊。」我說，想像著我媽的反應——她早已習慣滿屋子漂亮活潑的柯麗和奧麗薇亞那類女生。這個想法讓我振奮起來，我們於是講好放學後珍奈到我家去。我一時衝動又傳簡訊給布朗雯，但我忘記她被禁足了。而且她下午有鋼琴課。要臨時取消既定的計畫，實在不是她的作風。

◆

放學後，我才剛到家，把單車在門廊上放好，珍奈就揹著她那個超大的背包出現，像是要來找我做功課的模樣。我們忍著陪我媽閒聊一會兒，她的眼睛一直打量著珍奈身上的穿孔和她磨損的戰鬥靴。然後我帶她上樓看電視。

「你喜歡Netflix的那個新節目嗎？」我問，拿遙控器對著電視，自己坐在床上，讓珍奈可以坐扶手椅。「就是有超級英雄的那個？」

她小心翼翼地坐下來，好像怕那張粉紅格子紋的椅子會把她給吞沒。「呃，好啊。」她說，把包包放在她旁邊，看著牆上那些裱框的照片。「你真的很喜歡花，對吧？」

「也不算是。我姊買了新相機，我就借來用，而且……我最近把很多舊照片拿下來了。」現在都塞在我櫃子裡的鞋盒下頭：十來張我和傑克過去三年的合照，另外我跟其他好友的合照也幾乎同樣多。有一張我本來很猶豫，是我、柯麗、奧麗薇亞、凡妮莎去年在海灘，戴著大大的遮陽帽，朝著鏡頭咧嘴傻笑，背後是一片亮藍的天空。那是少數一次開心的女生出遊，但經過今天的事情之後，我很慶幸自己把凡妮莎愚蠢的傻笑關在櫃子裡了。

珍奈撫弄著她背包的背帶。「你一定很想念以前的日子。」她低聲說。

我雙眼還是看著螢幕，同時思索著她的話。「是也不是，」我最後終於說，「我想念以前在學校總是那麼不費力。但我猜想，我那些好朋友其實根本都不是真正關心我的，對吧？否則事情不會變成現在這樣。」我在床上不安地挪動著，然後又說，「但是跟你碰到的狀況不能比。你一定很難受，這樣失去賽門。」

珍奈臉紅了，沒有回答，我真希望我沒說那句話。我不曉得要怎麼跟她互動。我們算好朋友嗎？或者只是因為我們都沒有其他更好的選擇？我們沉默瞪著電視一陣子，然後珍奈清了清嗓子說，「有沒有什麼可以喝的？」

「當然。」能逃出我們之間的這片沉默，簡直是一大解脫，不幸我在廚房碰到我媽，只好陪著她聊了十分鐘有關你現在交的那種朋友。最後我終於回到樓上，手裡拿著兩杯檸檬水，卻看到珍奈揹著她的背包，正要走出房門。

「我忽然覺得不太舒服。」她咕噥著說。

好極了。就連這個不適合的朋友，都不想跟我玩了。

我挫折地傳簡訊給布朗雯，不期待她會回應，因為她大概正在忙著彈蕭邦或什麼的。所以我很驚訝看到她立刻回覆，更驚訝的是她寫的內容：

要小心。我不信任她。

22

庫柏

十月二十一日，星期日，下午五點二十五分

我們快吃完晚餐時，老爸的手機響了起來。他看了一下號碼，立刻接起來。「我是凱文。是。什麼，今天晚上？真的有必要嗎？」他等了片刻。「好吧，我們會過去的。」他掛斷電話，不耐地嘆了口氣。「我們半個小時後要去警察局跟你的律師碰面。張警探又要找你談了。」他看我張嘴，立刻舉起一手。「我不曉得要談什麼事。」

我艱難地吞嚥著。我已經有一陣子沒被找去問話了，還一直期望整件事情就這樣逐漸停擺。我想傳簡訊給愛蒂，看她是不是也被找去問話，但是我收到過嚴格的指令，不能把任何有關調查的事情寫下來。打電話給愛蒂也不是個好主意。於是我沉默地吃完晚餐，就跟老爸開車去警察局。

我們進去時，我的律師瑪麗已經在跟張警探談了。他招手示意我們走進偵訊室，裡頭一點也不像電視上那樣。沒有一面大大的鏡面玻璃。只不過是一個單調乏味的小房間，裡頭擺著一張會議桌和幾把折疊椅。「庫柏、克雷先生，兩位好。謝謝你們趕過來。」我正想掠過他身邊進去，

他一手放在我胳臂上。「你確定要你父親在場？」

我正想問為什麼不要？但我還沒來得及開口，老爸就開始氣沖沖地數落，說警方問話時他在場是天經地義的權利。這番話他之前已經琢磨得很完美，這會兒逮到機會，非得講完不可。

「當然了，」張警探禮貌地說，「這主要是顧慮庫柏的隱私。」

他講的態度搞得我緊張起來，於是看著瑪麗求助。「一開始有我陪著應該就可以了，凱文，」她說，「如果有需要，我再請你進來。」瑪麗還不錯。她五十來歲，講話直截了當，而且有辦法應付警方和我爸。於是最後就是我、張警探、瑪麗進去，圍著會議桌坐下。

張警探拿出一台筆記型電腦時，我的心臟已經跳得很厲害了。「庫柏，你一直都說賽門的指控不是事實。而且你的棒球表現並沒有退步。這不符合賽門那個app的聲譽——它並不是以謊言聞名的。」

雖然我一直在想同樣一個問題，但還是設法保持面無表情。張警探第一次給我看賽門的網頁時，我是放鬆勝過生氣，因為謊言總比實情好。但為什麼賽門要對我的狀況撒謊？

「於是我們又挖得更深一點。結果發現我們對賽門那些檔案的初步分析有所遺漏。裡頭還有另一個關於你的檔案，加上了密碼保護，然後改貼上那則類固醇指控的報導。我們花了點時間，才破解了那個檔案的密碼，但是總之，原始的貼文在這裡。」

每個人都在覬覦灣景左撇子CC，而他也終於受到誘惑。他背叛了大美人KS，搭上一個火辣的德國內衣模特兒。哪個男人不會，對吧？只不過這位新歡展示的是男士四角內褲或三角

內褲，而不是女士的胸罩和丁字褲。抱歉啦，K，但是你所屬的陣營是打不贏這場仗的。

我全身每個部分都凍結了，只除了眼睛不停地眨著。這就是幾個星期前我擔心自己會看到的。

「庫柏。」瑪麗的聲音很平穩。「你不必回應這個。張警探，你有什麼問題要問嗎？」

「有的。賽門本來計畫要發表的這一則傳言是真的嗎，庫柏？」

瑪麗搶在我前面先說話。「這個指控裡沒有提到任何犯罪行為。庫柏不必談這件事。」

「瑪麗，你知道不是這樣的。我們現在碰到了一個有趣的狀況。四個學生有四則他們各自想隱瞞的八卦。其中一則刪掉了，被換成假的。你知道這看起來像什麼嗎？」

「惡劣的造謠？」瑪麗問。

「看起來像是有人可以拿到賽門的檔案，把這一則拿掉了。而且確保賽門不會又回來修改。」

「我要私下跟我的當事人談幾分鐘。」瑪麗說。

我覺得好想吐。我想像過把我和克里斯的事告訴我父母，想過幾十種不同的方式，但是沒有一個像眼前這麼可怕。

「當然了。你應該曉得，我們會申請搜索票去進一步搜克雷家，不光是庫柏的電腦和手機紀錄而已。有了這個新資訊，他的嫌疑就比之前更重了。」

瑪麗一手按著我的胳臂。她不希望我說話。其實她不必擔心。因為我就算想講，也講不出來。

◆

揭露他人性傾向的資訊，就違反了憲法所保障的隱私權。瑪麗是這麼告訴我的，而且她威脅張警探，說如果警方公布賽門的那篇貼文，她就要去找美國公民自由聯盟。但是到了那個時候，一切就已經太遲了。

張警探針對這點一直解釋。他們無意侵犯我的隱私。但是他們必須調查。如果我把所有事告訴他們，就會很有幫助的。我們對所有事的定義不一樣。他們的定義包括我招認自己殺了賽門、刪除了那則「關於那個」要發表的八卦，用另一篇使用類固醇的假八卦取代。

這實在說不通。如果是我動了手腳，不是應該會把自己的貼文完全刪除嗎？或者取代的假八卦應該比較不會威脅到我棒球生涯的？比方說我劈腿是跟另一個女生。這樣應該還能一石兩鳥呢。

「這改變不了什麼，」瑪麗一直說，「你根本沒有證據，能證明庫柏去動過賽門的網站。你們休想以調查的名義，對外公開敏感的資訊。」

不過問題是，警方是否對外公開都沒差別了。一定會傳出去的。這個案子從一開始就充滿洩密的裂縫。而且我在這裡被偵訊了一個小時後，沒辦法理直氣壯地告訴我爸說一切都沒有改變。

張警探離開時，表明他們接下來幾天會更深入挖掘我的生活。他們想要克里斯的電話號碼。

瑪麗告訴我不必給，但是張警探提醒她說，他們反正會拿到搜索票，早晚會拿到克里斯的電話。他們也想跟柯麗談。瑪麗一直威脅要去找美國公民自由聯盟，張警探也一直很溫和地告訴她，他們必須了解我在謀殺之前那幾個星期的行蹤。

但是我們都曉得眼前是什麼狀況。他們會搞得我的生活很悲慘，直到我屈服在他們的壓力之下。

張警探離開後，我跟瑪麗坐在偵訊室裡，我很慶幸我雙手掩面時，沒有鏡面玻璃對著我看。我所熟知的生活結束了，很快地，每個人都會用不一樣的眼光看我了。我本來就打算最終要說出來的，但是——或許再過兩三年？等到我成為明星投手、地位無法動搖了。不是現在，不是眼前這樣。

「庫柏。」瑪麗一手放在我肩膀上。「你父親會很好奇我們為什麼還在裡頭。你得跟他談。」

「我沒辦法。」我出自本能地說，還帶著南方腔。

「你父親很愛你。」她低聲說。

我差點笑出來。老爸愛的是庫柏鎮。他很愛我用三個三振投完半局，讓那些打扮體面的球探對我特別注意，也愛我的名字在ESPN螢幕底部的跑馬燈裡出現。但是我呢？

他甚至不了解我。

我還沒來得及回答瑪麗，門上就傳來輕敲聲。老爸探頭進來彈了下手指。「你們這裡結束了吧？我想趕快回家。」

「都談完了。」我說。

「這一切到底是怎麼回事啊？」他問瑪麗。

「你跟庫柏得談一談。」她說。老爸下巴咬緊。臉上表明：那我們付錢給你是要做什麼的？

「之後我們可以再討論往下的步驟。」瑪麗告訴他。

「好極了。」老爸嘟囔著。我站起來，側身擠過會議桌和牆壁間那道狹窄縫隙，低著頭經過瑪麗面前，進入走廊。我們沉默走著，呈一直列魚貫前進，直到我們出了警局的雙扇玻璃門，瑪麗低聲說了再見。「晚安。」老爸說，就帶頭走向停車場另一頭我們的車子。

我上了吉普車，坐在老爸旁邊，扣上安全帶。此時我心中的一切都緊縮又扭曲。我要從何說起？要說什麼？我要現在告訴他，還是等到我們回家，可以同時告訴媽媽和奶奶，還有……啊老天。盧卡斯？

「你們剛剛是怎麼回事？」老爸問，「怎麼拖了那麼久？」

「警方有了新證據。」我木然地說。

「是嗎？什麼新證據？」

我做不到。我做不到。現在只有我們兩個人在車上，我沒辦法。「等我們到家再說吧。」

「這麼嚴重，庫柏？」老爸看了我一眼，同時超車越過一輛福斯車。「你惹上麻煩了嗎？」

我的手掌開始冒汗。「等回家再說吧。」我又說了一次。

我得把這個狀況告訴克里斯，但是我不敢傳簡訊給他。我應該到他的公寓，當面跟他解釋才對。這番對話又會消滅掉某部分的我。克里斯初中就出櫃了。他父母都是藝術家，所以從來不覺得有什麼大不了。他們的態度大概就是：是啊，我們早知道了。你怎麼拖這麼久才講？他從來沒逼過我，但他也不想偷偷摸摸地過日子。

我凝視著窗外，剩下的車程都一路用手指輕敲著門把。老爸駛入車道，我們家的房子聳立眼前：結實、熟悉，卻是我眼前最不想去的地方。

我們走進屋，老爸把鑰匙扔在玄關桌，看到我媽在客廳。她和奶奶並肩坐在沙發上，好像正在等我們。「盧卡斯人呢？」我問，跟著老爸進入客廳。

「在樓下玩Xbox。」媽媽把電視關成靜音，奶奶頭歪向一邊盯著我。「一切都還好嗎？」

「庫柏一直神祕兮兮的。」老爸半是狡猾、半是不當回事地瞥了我一眼。他看得出我顯然嚇壞了，不曉得是不是該當真。「你告訴我們吧，庫柏鎮。這麼小題大作是為了什麼？他們這回有了什麼實際的證據嗎？」

「他們認為有。」我清了清嗓子，雙手插進卡其褲口袋裡。「我的意思是，他們的確是有新的資訊。」

每個人都沉默了，消化著我所說的，直到他們發現我好像不急著繼續講下去。「什麼樣的新資訊？」我媽催我。

「賽門的網站上有一則關於我的文章，警方發現時是加了密碼。我猜想那是他原來想發表的。跟類固醇完全沒有關係。」我的口音又出現了。

老爸始終沒擺脫他的南方口音，也向來不會注意到我時有時無。「我就知道！」他得意地說，「所以你就沒有嫌疑了，對吧？」

我沉默著，腦袋一片空白。奶奶身子前傾，雙手抓著她的骷髏頭拐杖。「庫柏，那賽門本來要貼的那篇，是寫了你什麼？」

「唔。」只要再講幾個字，就會把我的人生一刀劃下，分為「之前」和「之後」。我覺得肺裡的空氣被搾光。我不敢看我媽，更不敢看我爸。於是我就盯著奶奶。「賽門。總之。發現。」老天，我把贅字完全用光了。奶奶的拐杖在地板上頓了兩下，好像想幫我。「我是同性戀。」我說。

老爸大笑，真心大笑，是那種鬆了一大口氣的狂笑，然後用力拍我的肩膀。「耶穌啊，庫柏。一時之間還真的騙倒我了。說真的，到底怎麼了？」

「凱文，」奶奶咬牙說著，「庫柏沒有開玩笑。」

「他當然是在開玩笑。」老爸說，還在笑。我看著他的臉，因為我很確定這是他最後一次用以往慣常的眼光看著我了。「對吧？」他的目光轉過來，輕鬆又自信，但等到他看到我的臉，他的笑容逐漸消失。來了。「對吧？庫柏？」

「不對。」我告訴他。

23

愛蒂

十月二十二日，星期一，上午八點四十五分

灣景高中大門前又停著一排警車。庫柏跌跌撞撞地穿過走廊，像是好幾天都沒睡。我還沒想到這兩者可能會有關係，直到他在第一次鈴響前把我拉到一旁。「可以談一下嗎？」

我仔細打量他，心底不安起來。我以前從來沒看過庫柏的眼睛充血。「好啊，當然可以。」我以為他的意思是在走廊上談，沒想到他帶著我走出後樓梯，來到停車場，然後我們靠牆站在門邊。我想，這表示我點名會遲到了，不過反正我的出席紀錄已經很爛，再加一次遲到也沒差。

「怎麼了？」

庫柏一手不斷撫著他淺褐色的頭髮，到最後那些頭髮都豎立起來，我以前從沒想到庫柏的頭髮可以變成這樣。「我想警察來這裡是因為我。要問有關我的問題。我——只是想在一切都完蛋之前，找個人說出為什麼。」

「好吧。」我一手放在他胳臂，發現他在發抖，害我驚訝得緊張起來。

「所以事情就是……」他暫停，艱難地吞嚥。

他看起來就像是要招認什麼了。那一刻賽門閃過我的腦海：他在課後留校教室昏倒，漲紅的臉張嘴要吸氣。我忍不住瑟縮。然後我看著庫柏的雙眼——蒙上一層淚光，但仍一如往常那樣友善——然後我就知道不可能。「事情是怎樣，庫柏？沒事的，你可以告訴我。」

庫柏凝視著我，把一切看在眼裡——我沒花時間吹整而蓬鬆亂翹的頭髮、因為種種壓力而狀況不怎麼樣的皮膚，還有我身上那件T恤上印著某個艾希丹以前很愛的樂團，因為我們拖好久都沒洗衣服——然後才回答，「我是同性戀。」

「喔。」我一開始沒聽進去，然後才懂了。「喔——」為什麼他不迷戀柯麗的事情忽然間合理了。感覺上我好像應該說些什麼，於是我又說，「酷啊。」真是不恰當的回應，我心想，不過我是誠心誠意的。因為庫柏人很棒，只不過他老是有點冷漠。這就能解釋很多事了。

「賽門發現我在跟某個人交往。一個男生。他正要在『關於那個』上頭把這件事連同你們三個人的八卦貼出來。但是後來我那則被抽換了，用了一則我使用類固醇的假謠言取代。不是我換的，」他又趕緊補充，「但是警方認為是我。所以他們現在要使勁查我，這表示全校很快就會知道了。我猜想，我只是想要……親口告訴某個人。」

「庫柏，沒有人會在乎——」我開口，但他搖搖頭。

「他們會在乎的。你明知道他們會的。」他說。我垂下眼睛，因為我無法否認。「整個調查期間，這件事我一直不願意面對，」他繼續說，嗓音嘶啞，「我原先一直希望他們會把整個命案歸為意外，因為他們根本沒有任何確切的證據。現在我一直在想美芙前幾天說過賽門的——他做了那麼多詭異的事情。你想跟那些會有關嗎？」

「布朗雯認為有。」我說，「她希望我們四個聚在一起交換情報。她說奈特會參加。」庫柏心不在焉地點點頭，我忽然想到，既然他大部分時間都還是跟傑克那一票在一起，所以他大概不清楚最新的情勢。「順便問一下，你有聽說奈特的母親嗎？她，呃，其實沒死？」

我原以為庫柏的臉不可能更蒼白了，沒想到我錯了。「什麼？」

「說來話長，但是——沒錯。結果她有毒癮，住在某個公社裡，但她現在回來了。而且據說戒了毒。啊，還有，布朗雯被找去警局問話，因為賽門高二時貼了一篇有關她妹妹的可怕文章，接著布朗雯在留言欄裡頭叫他去死，所以……你知道，現在看起來就很不妙了。」

「搞什麼啊？」從庫柏臉上那個無法置信的表情，我想我設法讓他從自己的問題上頭分心了。然後鈴聲響起，他的肩膀垮下。「我們最好去上課了。不過，好啊，如果你們要聚會，我參加。」

◆

灣景警察局在一間會議室裡設立工作站，又找來了一個學校聯絡人，然後開始一個接一個找學生去問話。一開始沒什麼動靜，我們一整天都沒聽到什麼流言，我就開始希望庫柏是錯的，希望他的祕密不會曝光。但是到了星期二的上午過半，耳語開始了。我不曉得是因為警方那些問題的性質，還是因為他們找去談的人，也或許就是老套的消息外洩，但是午餐之前，我以前的死黨奧麗薇亞——自從傑克揍了提傑之後，她就沒再跟我講過話——跑來我的置物櫃，抓住我的手臂，一臉欣喜若狂的表情。

「啊老天，你聽說了庫柏的事情嗎？」她興奮得眼睛外凸，然後壓低聲音成為一種刺耳的氣音。「每個人都在說他是同性戀。」

我後退。如果奧麗薇亞以為我會樂意加入八卦工廠，那她就錯了。「誰在乎啊？」我冷冷地說。

「唔，柯麗在乎啊。」奧麗薇亞咯咯笑，頭髮往後一甩。「難怪他不肯跟她上床！你現在要去吃午餐嗎？」

「是啊，跟布朗雯。回頭見了。」我轟然關上我的儲物櫃門，腳跟一轉，在她還沒來得及說什麼之前就走人。

到了自助餐廳，我拿了食物，走向平常那一桌。布朗雯穿了針織洋裝和靴子，頭髮放下來垂在肩膀上。臉頰粉嫩到讓我懷疑她是不是難得化了妝，但就算有，也非常自然。她一直看著餐廳門。

「在等誰嗎？」我問。

她臉變得更紅了。「或許吧。」

我大概猜得到她在等誰。應該不是庫柏，不過餐廳裡其他的人似乎都在等他。等到他踏入餐廳，全場都安靜下來，降為一種低低的耳語嗡響。

「庫柏‧克雷是同志！」有個人用捏高的假嗓喊道，庫柏僵立在門口，同時有個東西飛過空中，擊中他胸口。我立刻認出那個藍色的包裝：戰神牌保險套。傑克用的牌子。我猜想半個學校也都是用這牌子。不過的確是從傑克那桌的方向飛過來的。

「搖晃你的屁股，嘿，美女。」另外一個人唱道，然後笑聲傳遍整個餐廳。有些人是刻薄的笑，但很多人是震驚而緊張的笑。大部分人看起來都不知所措，我也一時被嚇傻了，因為庫柏的臉色難看到無以復加，我真希望這一切沒有發生。

「啊，他媽的好心點。」是奈特，他出現在門口，站在庫柏旁邊。我很驚訝，因為我以前從沒在自助餐廳看過他。其他人也同樣嚇了一跳，安靜得讓他輕蔑的聲音可以壓過耳語，同時他審視著眼前的場面。「你們這些魯蛇還真的在乎這個？去找點正經事做吧。」

一個女生的聲音假裝咳嗽，同時喊道：「男朋友！」凡妮莎得意地偷笑，同時她周圍的人都哄笑了起來，那種笑過去一個月都是衝著我來的：半內疚、半欣喜，還有感謝老天這事情發生在你身上而不是我。僅有的例外是柯麗，她咬著嘴唇凝視地板，還有路易斯，他雙手撐著桌子半站起身。有個午餐的服務女士走到廚房通往餐廳的門口，似乎無法決定要讓事情繼續發生，還是找個老師來介入。

奈特瞪著凡妮莎那張得意、毫無不安的臉。「真的？你有話要說嗎？我連你的名字都不知道，可是上回我們參加派對時，你還想把手伸到我褲子裡面。」更多笑聲了，但這回不是笑庫柏。「其實呢，如果灣景高中有哪個男生還沒被她染指過的，我很想認識你。」

凡妮莎的嘴巴張開，同時餐廳中央一隻手舉起來。「我。」一個坐在電腦宅男那桌的男生說。他的朋友們全都緊張地大笑，同時全餐廳的注意力——真的，那就像是一道海浪撞上這個目標、又移到下一個——聚集在他們身上。奈特朝他舉起兩根大拇指，然後目光又回到凡妮莎身上。

「來，這個就交給你了，然後閉上你的爛嘴。」他走到我們這桌，把包包扔在布朗雯旁邊。然後布朗雯站起來，雙臂圈住他脖子，旁若無人地吻他，同時整個餐廳爆出一陣吸氣和噓聲。我跟其他人一樣瞪著看。我的意思是，我之前有點猜到，但這樣也太公開了。我不確定布朗雯是想把大家的注意力從庫柏身上轉開，還是她就是情不自禁。或許兩者都有。

無論如何，總之庫柏就被大家忘記了。他還是僵立在門口，直到我抓住他的胳臂。「過來坐吧，謀殺俱樂部全員到齊，坐在同一桌。他們可以一起看個夠。」

庫柏跟著我過來，沒費事去拿任何食物。我們坐在桌前，尷尬地沉默半天，直到另一個人走過來：路易斯一手拿著他的托盤，坐在我們這桌最後一個空位。

「剛剛那樣真的很扯。」他氣呼呼說，看著庫柏面前空蕩的桌面。「你不吃東西嗎？」

「我不餓。」庫柏簡短地說。

「你該吃點東西的。」路易斯抓起他托盤裡唯一沒動過的食物，朝庫柏遞出去。「來，吃根香蕉。」

我們所有人都愣了一秒鐘：然後全都同時爆笑出來。包括庫柏，他一掌撐著下巴，另一手揉著太陽穴。

「我就不吃了。」他說。

我從沒看過路易斯的臉這麼紅。「今天為什麼不是供應蘋果？」他咕噥著，然後庫柏給了他一個疲倦的微笑。

像這種事發生時，你會發現誰才是你真正的朋友。結果我一個都沒有，但我很高興庫柏有。

24

奈特

十月二十五日，星期四，晚上十二點二十分

我減速騎入灣景莊園盡頭的死巷，關掉引擎後靜止不動，看是否有其他人在附近的蛛絲馬跡。四下一片安靜，於是我下了車，朝布朗雯伸出一手，幫著她也下了車。

這一帶還只是半完工，沒有路燈，所以布朗雯和我在黑暗中走向五號那棟房子。到了之後，我試了前門，鎖上了。我們繞到屋子背面，我拉了每一扇窗戶，終於找到一扇沒鎖上的。窗子離地面夠低，我可以輕易爬上去。「你回去前頭，我開門讓你進來。」我低聲說。

「我覺得我也可以爬進去。」布朗雯說，準備要撐起身子。不過她的臂力不夠，我得前傾到窗外幫她一把。那個窗子沒大到夠兩個人同時通過，我鬆手後退給她空間時，她就七手八腳攀爬上來，然後砰地一聲摔在地板上。

「真優雅啊。」我說，此時她站起來拍拍自己的牛仔褲。

「閉嘴啦。」她咕噥說，四下看著。「我們應該打開前門，好讓愛蒂和庫柏進來嗎？」

現在已經過了午夜十二點，我們來到一棟還沒完工的空房子裡，準備展開灣景四人組的聚

會。這就像一部很爛的間諜電影，但若是換了別的地方，我們四個都一定會吸引太多注意。就連我那些向來毫不聞問的鄰居，現在因為米凱爾．鮑爾斯的團隊老是開車在我們那條街道繞來繞去，也都突然開始關心起我的事情來。

何況，布朗雯現在還在禁足期間。

「好。」我說，然後我們摸索著經過一個半完工的廚房，進入客廳，裡頭有一扇大凸窗。明亮的月光照進來，我把門上的嵌鎖轉開。「你跟他們說幾點？」

「十二點半。」她說，按了她Apple Watch上的一個鈕。

「那現在是幾點？」

「十二點二十五。」

「很好。我們還有五分鐘。」我一手扶著她臉側，讓她往後靠在牆上，吻上她的唇。她倚著我，雙臂環住我脖子，輕嘆一聲張開嘴。我雙手沿著她腰際的曲線往下移，撫摸著她裙角下方一小片裸露的皮膚。布朗雯一身保守的衣服底下，沒想到偷偷藏著這麼一具美妙的身體，不過我其實沒什麼機會看到。

「奈特，」她過了兩分鐘後說，那種喘不過氣來的聲音逼得我發狂。「你要告訴我你和你媽之間進行得怎麼樣了。」

是啊，我想是吧。我今天下午又跟我媽碰面了，結果……還好。她準時出現，非常清醒。她沒再一直問問題，又給了我一些錢付帳單。不過我從頭到尾都在心裡跟自己打賭她這回會待多久。目前的機率是兩星期。

但是我還沒來得及回答，門就發出咿呀聲，有人來了。一個小小的人影溜進來，把門帶上。月光夠亮，我可以清楚看到愛蒂，包括她頭髮上那些預期之外的深色條痕。「啊，好極了，我不是第一個。」她低聲說，然後雙手扠腰瞪著布朗雯和我。「你們兩個在親熱？還真的？」

「你染頭髮了？」布朗雯問，從我懷裡退開。「什麼顏色？」她伸手摸摸愛蒂的瀏海。「紫色嗎？我喜歡。為什麼想染？」

「短頭髮整理好費事，我沒辦法應付，」愛蒂咕噥說，把單車安全帽放在地上。「有挑染的話，看起來就沒那麼糟糕了。」她朝我昂起頭說，「順便講一聲，如果你不同意的話，我不需要聽你的評論。」

我舉起雙手。「我本來就沒打算要說什麼，愛蒂。」

「你居然曉得我的名字。」她還是板著臉。

我咧嘴笑了。「自從你失去長頭髮，也失去男朋友之後，你脾氣就變得很暴躁喔。」

她翻了個白眼。「我們要在哪裡談？客廳嗎？」

「對，不過要在靠後頭的角落。離窗戶遠一點。」布朗雯說，小心翼翼走過一堆施工材料，然後盤腿坐在石砌壁爐前。我在她旁邊也坐下，等著愛蒂跟上，但她還是站在門邊。

「我想我聽到了聲音。」她說，隔著門上的窺視孔往外看，然後她把門打開，自己往旁邊站，讓庫柏進來。愛蒂帶著他朝壁爐走，但是絆到了一條延長線，差點跌倒。「哎呀！該死，太大聲了。對不起。」她在布朗雯旁邊坐下來，庫柏則坐在她旁邊。

「你狀況怎麼樣？」布朗雯問庫柏。

他一手抹過臉。「啊，你知道的。活在惡夢裡。我爸不肯跟我講話，我在網路上被修理得很慘，原先對我有興趣的那些球隊沒有一個肯回拉弗洛教練的電話。除此之外，我好得很。」

「我很遺憾。」布朗雯說，愛蒂則抓了他一隻手，用自己的雙手握住。

他嘆了一口氣，但是沒有抽回手。「反正就是這樣，也沒辦法了。我們就開始進行我們來這裡的目的吧，嗯？」

布朗雯清了清喉嚨。「好吧。我們來這裡主要是……交換情報？伊萊一直說要尋找模式和關聯，我覺得很有道理。我想，或許我們可以仔細研究一些我們知道、或不知道的事情。」她皺起眉頭，開始用指頭數。「賽門正要貼出有關我們四個的大新聞。有個人設法用栽贓的手機，讓我們四個都進入那間教室。我們在裡頭時，賽門被花生油毒死了。除了我們四個之外，有很多人有理由恨賽門。他參與了4chan上頭一堆令人毛骨悚然的討論。誰曉得他還激怒過什麼人。」

「珍奈說賽門痛恨當個局外人。而且沒能跟柯麗更進一步，真的讓他很生氣。」愛蒂說，看著庫柏。「你還記得這事情嗎？他是在高三舞會時開始追她的，兩個星期後，她屈服了，跟他勾搭了大概五分鐘吧。他原以為他們兩個真的能有發展的。」

庫柏弓著肩膀，好像想起一些他不願意回想的事情。「對了，嗯。我猜想那是個模式。或是個關聯吧，或者隨便什麼。我的意思是，跟我和奈特有關。」

我不明白。「什麼？」

他看著我的眼睛。「我跟柯麗分手時，她跟我說她在一個派對上為了擺脫賽門，曾經跟你勾搭過。兩個星期後，我才開始約她。」

「你和柯麗？」愛蒂瞪著我。「她從來沒提過！」

「只有兩次而已。」老實說，我完全忘了。

「而你是柯麗的死黨。或者曾經是。」布朗雯對著愛蒂說，她聽到柯麗和我在一起似乎並不驚慌，我不得不佩服她的專注。「可是我跟她一點瓜葛都沒有啊。所以……不曉得。這表示什麼、或不表示什麼嗎？」

「我看不出能有什麼關聯。」庫柏說，「除了賽門之外，根本沒人在乎他和柯麗之間發生過什麼。」

「柯麗可能會在乎。」布朗雯指出。

庫柏忍住一聲笑。「你不會以為柯麗跟這件事有任何關係吧！」

「我們現在先不要設限，」布朗雯說，身子前傾，一手撐著下巴。「她是共同的連結。」

「對，但是柯麗根本沒有動機。我們不是應該去討論那些恨賽門的人嗎？除了你之外。」庫柏補充一句，布朗雯全身僵硬。「我的意思是，因為他在部落格貼了有關你妹妹的那篇。愛蒂跟我說了。他那樣很卑鄙，真的很卑鄙。第一次登出來時我沒看到，否則我會說話的。」

「唔，反正我沒有因此殺了他。」布朗雯緊張地說。

「我的意思不是——」庫柏說，但是被愛蒂打斷了。

「我們就別離題了吧。那莉亞呢？或甚至艾登・吳？可別告訴我他們不想報仇。」

布朗雯吞嚥著，垂下眼睛。「我也在想莉亞。她一直……唔，我跟她有個關聯，一直沒跟你們說過。她跟我以前搭檔參加過一個模擬聯合國比賽，我們跟賽門講錯了報名截止日期，害他因此沒能參加。從此以後，他就開始在『關於那個』上頭修理莉亞。」

其實布朗雯告訴過我。這事情困擾她好一陣子了。但是庫柏和愛蒂沒聽過，愛蒂聽了開始點頭。「所以莉亞有理由恨賽門，而且有理由生你的氣。」然後她皺起眉頭。「那我們其他三個人呢？幹嘛把我們三個拖下水？」

我聳聳肩。「或許賽門剛好手上有我們的祕密。我們只是附帶性的損害。」

布朗雯嘆氣。「不曉得。莉亞很莽撞，但她不是那種會耍陰的人。我倒是對珍奈比較困惑。」她轉向愛蒂。「有關Tumblr最奇怪的地方之一，就是很多細節都寫得完全正確。簡直就是我們其中之一才會曉得——或者是花了很多時間跟我們在一起。你不覺得這樣很詭異嗎？我們被指控殺了珍奈最要好的朋友，她卻老跟我們混在一起。」

「唔，說句公道話，是我邀她來的。」愛蒂說，「不過她最近神經兮兮的。而且你們有沒有發現，就在賽門死前，他們其實沒那麼常在一起？我一直在想，他們兩個之間是不是發生了什麼事。」她往後靠，咬著下唇。「我想，如果有個人事先知道賽門打算公布什麼祕密、也知道如何利用這些祕密，那就是珍奈了。我只是……不曉得你們怎麼想。但是我不覺得珍奈會做出這種事。」

「或許賽門拒絕了她，而她……殺了他？」庫柏還沒講完就一臉不相信。「不過我不明白她要怎麼辦到。當時她根本不在場。」

布朗雯聳聳肩。「這一點我們不確定。我跟伊萊談的時候，他一直提到：說不定某個人事先安排了那場車禍讓我們分心，然後自己溜進教室裡。如果有這個可能，那麼任何人都可以溜進教室的。」

布朗雯第一次提出這個理論時，我還取笑她，但是——不曉得。我真希望那天的事情我能記得更多，就可以很有把握地說出這個理論是否可能。但是整件事的記憶實在是一片模糊。

「其中一輛車是紅色的雪佛蘭Camaro，」庫柏回憶，「看起來很舊。我不記得之前在停車場看過那輛車，後來也沒看過。仔細回想起來，這點的確很怪。」

「喔，拜託，」愛蒂譏嘲道，「那也太牽強了。聽起來就像個律師明知道當事人有罪，於是不放過任何微小的機會。那大概只是有個人臨時被找來接一個學生而已。」

「或許吧，」庫柏說，「不曉得。路易斯的哥哥在市中心一家修車廠工作。或許我去問一下，看有沒有這麼一輛車送修過，或者看他能不能幫忙打聽其他的修車廠。」他朝愛蒂揚起眉毛舉起一手。「嘿，警方現在最喜歡的嫌疑犯可不是你，好嗎？我現在是走投無路了。」

這回的談話沒有任何結論。但是我認真聽他們談，有兩件事讓我印象深刻。第一、我沒想到我會這麼喜歡他們三個。布朗雯當然是最大的驚喜，而且不光是喜歡而已。但愛蒂現在變得很兇悍，而庫柏也不像我原先以為的那麼膚淺。

第二、我不認為他們任何一個殺了賽門。

布朗雯

十月二十六日，星期五，晚上八點

星期五晚上，我們全家坐在客廳裡看《米凱爾．鮑爾斯調查》。我比平常還要擔心，除了準備好會看到賽門寫美芙的那篇部落格文章，又擔心我和奈特的事情會被報導出來。我真不該在學校公然吻他。可是他那一刻真是迷人到不行。

總之，我們都很緊張。美芙蜷縮在我旁邊，看著米凱爾的主題音樂播放，同時灣景高中的照片掠過螢幕。

一樁謀殺調查變成了獵巫行動。當警方以蒐集證據的名義而洩漏個人資訊，他們是不是做得太過分了？

慢著，什麼？

攝影機鏡頭移近米凱爾，他很憤怒。我坐直身子，看他對著鏡頭說，「這個星期，加州灣景這邊的狀況變得很醜惡。一名受到調查的學生在警方問話之後被迫出櫃，引發了媒體風暴，這是我們每個在乎隱私權的美國人都該關心的。」

然後我想到了，米凱爾．鮑爾斯是同性戀者。他是在我初中時出櫃的，當時非常轟動，因為之前他親吻一名男子的照片在網路上瘋傳，逼得他不得不出櫃。而從他現在報導的方式來看，他還恨意未消。

因為忽然間，灣景的警方成了壞蛋。他們沒有證據，肆意破壞了我們的生活，而且侵犯了庫柏的憲法權利。一個警方發言人聲稱他們在問話時非常小心，消息不是從警局洩漏的。但是美國公民自由聯盟現在想要介入了。「證明之前」組織的伊萊．柯賴費爾特也再度接受訪問，說這個案子警方從一開始就處理得很糟糕，只想拿我們四個人當替死鬼，根本不管其他有什麼人會希望賽門．凱勒死掉。

「每個人都忘了那位老師了嗎？」伊萊問，坐在一張爆滿的辦公桌後頭，身體前傾。「他是那個房間裡唯一被當成證人、而不是嫌犯的，即使他比誰都有更多機會。我們不能忽略這一點。」

美芙湊到我耳邊說，「你應該去幫『證明之前』工作，布朗雯。」

然後節目轉到下一個片段：你知道賽門．凱勒的真面目嗎？賽門的同學錄照片掠過螢幕，同時人們回憶他的好成績、良好的家庭和他參加的各種社團。然後莉亞．傑克森出現在螢幕上，站在灣景高中大門前的草坪，我瞪大眼睛轉向美芙，她也同樣震驚。

「她去了，」她喃喃道，「她真的去受訪了。」

莉亞的訪談之後，接著是其他曾被賽門的八卦所傷害的人現身說法，包括艾登．吳，還有一個女生在賽門揭露她懷孕後，被父母趕出家門。美芙握住我的手，看著米凱爾丟出他最後一個爆炸性消息——4chan討論串的螢幕截圖，賽門在裡頭評論橘郡校園槍擊案，其中最惡劣的文字用螢光筆畫了線。

聽我說，理論上我支持暴力破壞學校的概念，但是這個學生顯然太缺乏想像力了。我的意思是，他達到了目的，所以算是過關。但是那個手法實在太平庸了。這種事我們到現在看了有一百遍了吧？一個學生去學校開槍，然後飲彈自盡，登上新聞頭條。老天在上，何不提高賭注，有點創意嘛。

或許一顆手榴彈。或是武士刀？你要把一票混蛋旅鼠給幹掉的同時，也給我們一點驚喜吧。我只要求這個。

我想到那天午餐時美芙在打簡訊，把珍奈氣得半死。「所以你真的把那個傳給電視台了？」我低聲問。

「真的啊。」她也低聲回答。「不過我不曉得他們會用。後來根本沒有人跟我聯絡過。」

等到節目播完，灣景警察局成了真正的壞蛋，緊追在後的是賽門。而愛蒂、奈特、我都只是無辜受牽連的旁觀者，庫柏則是個聖人。這真是驚人的大翻盤。

◆

我不確定這算不算是正規的新聞業，但是《米凱爾．鮑爾斯調查》在接下來幾天的確影響很大。有人開了個專屬網站請願，要求停止調查，結果收集到將近兩萬個署名。大聯盟和本地大學都被各方質問他們是不是歧視同性戀球員。媒體報導的風向改變了，他們關注的焦點不再是我們，而是警方處理這個案子有什麼問題。等到我星期一去上學，大家又肯跟我講話了。就連之前表現得根本不認識我的艾文．尼曼，都在放學鈴聲響起時走向我，問我要不要去參加數學競賽者練習。

或許我的生活永遠不會恢復正常，但是到了這個週末，我開始希望至少可以少沾上一點犯罪。

星期五夜裡，我一如往常在跟奈特講電話，我把最新的一則Tumblr貼文唸給他聽。雖然看起來，這個貼文的人就要放棄了。

被指控謀殺轉變成一齣超級經典的無趣拖戲。我的意思是，當然，電視報導很有趣。而且我放的煙幕彈奏效了，感覺也很好——但是大家還是不曉得是誰殺了賽門。

唸完第一段之後，奈特打斷我。「對不起，但是我們有更重要的事情要討論。你老實回答我這個問題：如果我不再是謀殺嫌疑犯，你還會覺得我有吸引力嗎？」

「你還是因為販賣藥物在緩刑期間啊。」我指出。「那樣很性感耶。」

「啊，但是只到十二月為止。」奈特回答。「到了明年，我就可能會變成模範公民。你爸媽說不定還會讓我帶你出去，來一場真正的約會。如果你願意的話。」

如果我願意的話。「奈特，我從五年級開始就等著要跟你約會了。」我告訴他。我很高興他會去想目前這個詭異的狀況結束後、我們之間會變得怎麼樣。如果我們兩個都會想這件事，那麼或許我們就能慢慢找出辦法。

他告訴我他最近一次跟他母親碰面的經過，說她真的很努力。我們一起看了一部電影——很不幸，這回由他挑——我在他批評攝影有多爛時睡著了。星期六早上醒來時，我發現我手機的通話時間只剩幾分鐘。我得叫他再給我一支新的，也就是第四支了。

或許很快地，我們就可以用我們自己的手機通話了。

我多賴了一下床，拖到最後不得不起來，準備跟美芙去進行我們週六例行的跑步／圖書館活動。我才剛綁好運動鞋的鞋帶，在我的梳妝台抽屜裡找iPad Nano，此時臥室門傳來一個試探的敲門聲。

「請進，」我說，從一堆髮箍帶裡抓出那個藍色的iPad Nano。「是你嗎，美芙？是你把這個用到只剩百分之十電力嗎？」我轉身看到我妹妹臉色蒼白、全身顫抖，害我手上的Nano差點掉地。每次只要看到美芙一臉病容，我就會被她血癌復發的恐懼給攫住。「你覺得還好嗎？」我焦慮地問。

「我沒事。」她講得喘不過氣來。「但是有個東西你得看一下。到樓下去，好嗎？」

「怎麼了？」

「你……來看就是了。」美芙的聲音好刺耳，搞得我心臟猛跳。她一路扶著欄杆下樓。我正要問她是不是媽媽或爸爸出了什麼事，她就帶我來到客廳，無言指著電視。

螢幕上是奈特被上了手銬，警方帶著他走出他家，下方的字幕寫著賽門・凱勒謀殺案現已逮捕嫌犯。

25

布朗雯

十一月三日，星期六，上午十點十七分

這回我的Nano真的掉了。

它從我手上滑出去，落在地毯上，發出一個小小的砰聲，同時我看著奈特旁邊的兩名警員之一打開巡邏車的車門，粗手粗腳地把他推進後座。然後鏡頭轉到站在門外的女記者，她拂開被強風吹到臉上的深色亂髮。「灣景警察局拒絕評論，只說新的證據讓他們有合理根據，以謀殺賽門．凱勒的罪名控告奈特．麥考利，也就是灣景四人組裡唯一有犯罪紀錄的學生。我們會持續關注，隨時提供最新消息。七號頻道新聞網的麗茲．羅森報導。」

美芙站在我旁邊，手裡拿著遙控器。我扯著她的袖子。「能不能倒回去一開始，拜託？」

她照辦了，我審視著螢幕上奈特的臉。他的表情木然，近乎無聊，好像被說服去參加一場他不感興趣的派對。

我認得那種表情。跟那回在購物中心我提起「證明之前」時一樣。那表示他把自己封閉起來，進入防守狀態。從那張臉上，絲毫沒有我在電話裡、在搭摩托車、在我家媒體室裡所認識那

個男孩的痕跡。也完全不像我記憶裡小學時代的那個男孩，制服領帶歪到一邊，襯衫沒塞進褲子裡，帶著他啜泣的母親沿著走廊往前，一臉兇狠模樣，看我們誰敢笑。

我還是相信奈特是我的真命天子。無論警方怎麼想、發現了什麼，都無法改變這一點。

我爸媽不在家，我抓了手機打給我的律師羅蘋，結果她沒接。我給她的留言又長又沒重點，講到一半就被切斷，我掛上電話時覺得好無助。羅蘋是我取得資訊的唯一希望，但是她不會認為這件事很緊急。這是奈特未來律師的問題，不是她的。

想到這裡，我更恐慌了。一個從沒見過奈特、過勞的公設辯護人能做什麼？我的雙眼迅速看了一圈客廳，遇上了美芙憂慮的雙眼。

「你認為他有可能——」

「不，」我堅定地說，「拜託，美芙，你也看到這整個調查有多扯。警方有一陣子還以為是我幹的呢。他們搞錯了。我很確定他們搞錯了。」

「可是我們不曉得警方發現了什麼，」美芙說，「這星期他們被媒體修理得那麼慘，照理說，這回他們應該會很小心才對。」

我沒回答。人生中難得一次，我不曉得該怎麼辦。我的腦袋一片空白，只剩下一片翻騰的焦慮。七號頻道已經放棄假裝他們知道什麼新資訊了，只是重複播出這個調查至今的種種消息，還有出自《米凱爾．鮑爾斯調查》的影片。愛蒂頂著她小妖精似的短髮，對著任何拍她的人昂然豎起中指。灣景警察局的發言人。伊萊．柯賴費爾特。

對，就是他。

我抓起手機，搜尋伊萊的名字。上回我們講話時，他把手機號碼給了我，說我隨時可以打去。希望他說話算話。

鈴響第一聲他就接了。「伊萊．柯賴費爾特。」

「伊萊？我是布朗雯．羅哈斯，就是——」

「我知道。嗨，布朗雯。我想你正在看新聞吧。你有什麼想法？」

「他們搞錯了。」我盯著電視，同時美芙盯著我。憂慮悄悄在我體內蔓延，有如一條生長快速的藤蔓，緊纏著我的心臟和肺臟，令我難以呼吸。「伊萊，那種隨便指派的公設辯護人太不可靠了，奈特需要一個更好的律師。他需要一個夠關心也夠專業的人。我想，唔，呃——基本上我想他需要你。你能考慮接下他的案子嗎？」

伊萊沒有立刻回答，而且開口時口氣很謹慎。「布朗雯，你知道我對這個案子是有興趣的，而且我很同情你們四個。你們之前碰到很不公平的狀況，我很確定這次逮捕也是一樣。但是我的工作量已經多到不行——」

「拜託。」我打斷他，然後就急忙講了起來。我告訴他奈特父母的狀況，說從五年級開始，他幾乎就是自己撫養自己長大的。我告訴他奈特曾跟我說過的、或是我目睹的、或是我猜想的每個令人心痛的可怕故事。奈特一定很氣我說出來，但是我從來沒有這麼相信一件事：奈特需要伊萊，才不會去坐牢。

「好吧，好吧，」伊萊最後終於說，「我懂了。我真的懂。他的父母有哪個有辦法談嗎？我會撥出時間來幫他們評估，建議他們可以找什麼資源。我能做的就是這樣了。」

這樣不夠，但是好過沒有。「有的！」我裝出一副信心十足的口氣。奈特兩天前才跟他母親見過面，她當時還表現得很正常，但是我不曉得今天的新聞對她可能會有什麼影響。「我會去找奈特的媽媽。我們什麼時候可以碰面？」

「明天早上十點，來我辦公室吧。」

我掛斷時，美芙還盯著我看。「布朗雯，你在做什麼？」

我從廚房的中島抓起Volvo車的鑰匙。「我得去找麥考利太太。」

美芙咬著嘴唇。「布朗雯，你不能——」

把這個當成學生議會在運作？她說得沒錯，我需要幫助。「你能不能一起來？拜託？」

她猶豫了半分鐘，琥珀色的眼珠定定看著我。「好吧。」

我們走出去要開車時，我的手機差點從我汗溼的手掌裡滑出去。我剛剛在跟伊萊通話時，接到了起碼一打電話和簡訊。我爸媽、我死黨，還有幾個我不認得的號碼，大概是記者的。有四則愛蒂發來的簡訊，全都是類似你看到沒？和搞屁啊？的不同變化。

「這事情我們要告訴媽媽和爸爸嗎？」美芙問，此時我正要倒出車道。

「『這事情』是什麼？奈特被逮捕？」

「那個我很確定他們已經曉得了。我指的是你正在做的這個……法律協調。」

「你不贊成嗎？」

「不是不贊成，不完全算是。但是你根本還不曉得警方發現了什麼，就開始胡亂出招。事情有可能已成定局的。我知道你真的很喜歡他，但是……有沒有可能真的是他做的呢？」

「不，」我簡單地說，「另外是的，我會告訴媽媽和爸爸。我沒做什麼不對的事。只是想設法去救一個朋友。」我堅定地說出最後一個詞，接著我們沉默地開到六號汽車旅館。

聽到櫃檯職員說麥考利太太還住在這裡，我鬆了一口氣，不過她沒接她房裡的電話。這是好跡象——希望她跟奈特在一起。我留下一張字條，寫著我的電話號碼，設法不要寫太多強調的大寫字母或劃太多底線。回家的路上，美芙負責開車，我則趁機打電話給愛蒂。

「怎麼回事啊？」她一接起來就說，聽到她那種不敢置信的聲音，鉗住我胸口的那股壓力鬆了一點。「他們先是認為我們四個聯手幹的。接著就玩大風吹，我想他們最後終於決定就是奈特了。」愛蒂說。

「有什麼新消息嗎？」我問。「我這半個小時在外頭，沒看電視。」

但是沒有任何新消息。警方守口如瓶，不肯透露他們發現了什麼。愛蒂的律師完全不曉得發生了什麼事。「你今天晚上要不要來我們家？」她問。「你一定快瘋了。我媽和她男朋友要出門，所以艾希丹和我要做披薩。帶美芙過來吧，我們過個姊妹之夜。」

「或許吧。如果事情沒有太失控的話。」我感激地說。

美芙轉入我們家那條街道，我看到我家外頭一排白色新聞轉播車，心就往下沉。看起來全美西班牙語的兩大電視網——環球視野和世界電視——都加入了競爭行列，我爸一定會很火大。他從來就沒辦法讓這兩家電視網正面報導他的公司，但現在他們卻為了這件事而出現了。

我們開進車道，停在我爸媽的兩輛車後頭。我一打開車門，就有半打麥克風湊到我面前。我擠過去，跟美芙在車子前頭會合，然後我抓住她的手，穿過一片攝影機和閃光燈。大部分記者都喊著諸如「布朗雯，你認為奈特殺了賽門嗎」之類的，但有一個喊道，「布朗雯，聽說你和奈特在談戀愛，是真的嗎？」

我非常希望我爸媽不會有同樣的疑問。

美芙和我進屋後甩上門。彎腰經過窗前，進入廚房。我媽坐在中島旁，雙手拿著一杯咖啡，滿臉憂慮。我爸的聲音從他關上的工作間裡頭傳出來，正在激烈地跟某人講話。

「布朗雯，我們得談談。」我媽說，然後美芙溜到樓上去。

我隔著廚房中島坐在我媽對面，看著她疲倦的雙眼，我忽然覺得好難過。都是我的錯。「顯然你看到新聞了，」她說，「你父親正在跟羅蘋談，看這事情對你會有什麼影響。同時，我們剛剛經過外頭那個動物園，被問了很多問題。有些是關於你和奈特的。」我看得出她很努力要讓自己的聲音不帶情緒。「我們可能害你很難開口提起你跟其他孩子的任何……感情關係。因為從我們的觀點，要保護你的最好方式，就是隔離你。所以或許你不認為你可以跟我們傾訴祕密，但是現在奈特被逮捕了，我要你誠實告訴我們。有什麼我該知道的嗎？」

一開始我唯一想到的就是我要怎麼提供最少的訊息，同時還能讓你了解我必須幫奈特？但接著她伸手過來握住我的手，我忽然覺得好內疚，想著我以前從來不會瞞著她什麼，直到我化學考試作弊。結果看看下場是什麼。

於是我幾乎把一切都告訴她。但是沒講我半夜偷讓奈特進我們家，或是在灣景莊園跟他碰面的事情，因為我很確定要是說出來，往下的談話就會往錯誤的方向發展。不過我解釋了那些深夜的電話、搭他摩托車逃離學校，還有我們接吻了。

我媽很努力不要抓狂。這點真的很了不起。

「所以你……對他是認真的？」她幾乎講不出話來。

她其實不想聽真正的答案。羅蘋的「回答另一個問題，而不去談你想迴避的那個」策略現在應該行得通。「媽，我知道這個狀況很怪異，我也並不是完全了解奈特。但是我不相信他會傷害賽門。而且他完全沒有人照顧。他需要一個好律師，所以我就想幫他找一個。」此時我的手機發出嗡響，秀出一個我不認得的號碼，我皺起臉，想到我必須接這個電話，因為有可能是麥考利太太打來的。「嗨，我是布朗雯。」

「布朗雯，很高興你接了電話！我是《洛杉磯時報》的麗莎·賈可比——」

我掛斷電話，再度面對著我媽。「很抱歉，你們為我做了那麼多，我卻一直沒跟你們坦白。但是拜託讓我幫麥考利太太和伊萊牽線，好嗎？」

我媽揉著太陽穴。「布朗雯，你或許不知道自己有多麼搞不清狀況。你沒把羅蘋的建議當回事，沒害到自己就已經很幸運了。其實現在還是有可能害到自己。但是……不，我不會阻止你去跟奈特的母親談。這個案子的發展實在是太糟糕了，任何捲入的人都需要一位好律師。」

我伸出雙臂抱住她，老天，光是擁抱我媽一分鐘，我就感覺好棒。

我放手後，她嘆了口氣。「讓我跟你父親談吧。我不認為眼前讓你們兩個談，能有什麼建設性。」

這點我再同意不過了。我正要上樓時，手機又響了，我看到區域號碼是五〇三——奧勒岡州的——心臟猛跳起來。我接起時，無法掩飾自己滿懷希望的聲音。「嗨，我是布朗雯。」

「布朗雯，你好。」那聲音低沉而緊張，但是很清晰。「我是艾倫・麥考利，奈特的母親。你留了一張字條給我。」

啊，感謝老天感謝老天感謝老天。她沒因為嗑藥昏茫而跑回奧勒岡州去。「是的，是的，沒錯。」

庫柏

十一月三日，星期六，下午三點十五分

現在我很難評估自己在測試賽的表現了，但是整體來說，我這一場表現得相當好。我的球速達到九十四哩，投半局有兩次三振，只有少數幾個男人在看台上叫囂。不過他們穿著芭蕾舞短裙，頭戴棒球帽，所以比一般的反同性戀人士更顯眼，很快就被警衛請出去了。

有兩個大學球探出現，其中那個聖地牙哥州大的，還在我投完後過來找我談了一下。拉弗洛教練又開始接到大聯盟球隊的電話了，但我感覺他們不是真的對我有興趣，而是公關手腕而已。只有聖地牙哥州大還願意提供獎學金，即使我現在投得比以前都好。我猜想，身為出櫃的謀殺嫌犯，就是會有這樣的待遇。老爸再也不會在更衣室外頭等我了。每回一看我投完球，他就直接到車上發動引擎，這樣我們就可以趕緊離開。

記者們就是另外一種態度了。他們拚命想採訪我。我離開更衣室時，一部攝影機亮起燈，我

等著那個拿著麥克風的女人又會問平常的那半打問題。結果她出乎我的預料。

「庫柏，你對奈特．麥考利被逮捕有什麼看法？」

「啊？」我突然停下，驚訝得無法掠過她面前離開，後頭的路易斯差點撞上我。

「你還沒聽說？」那記者咧嘴笑了，彷彿我遞給她一張中獎的樂透彩券。「奈特．麥考利已經因為謀殺賽門．凱勒被逮捕了，灣景警察局說你已經不再是嫌疑人。能不能談一下你有什麼感覺？」

「唔……」不，我沒辦法。或者不想。差不多。「借過一下。」

「怎麼回事？」我們一經過那些攝影機，路易斯就咕噥著。他掏出手機猛滑，同時我看到我爸的車。「該死，她沒撒謊。大哥。」他睜大眼睛瞪著我。「你脫身了。」

很怪，我一直沒想到這一點，直到他講出來。

我們要先送路易斯回家，這是好事，因為可以減少我和老爸獨處的時間。路易斯和我把袋子放在後座，我爬上前乘客座，路易斯則上了後座。老爸轉著收音機，想找新聞台。「警方逮捕了那個麥考利小子，」他嚴肅而滿足地說，「告訴你，等這件事完畢了，會有一大堆官司等著他們。我第一個就要告他們。」

我坐上車時，老爸的眼睛望向我左邊。這是老爸的新習慣：他會看著靠近我的一個點。自從我告訴他克里斯的事情後，他就不再正眼看我了。

「唔，你不得不認為是奈特幹的。」路易斯冷靜地說，立刻跟奈特劃清界線，還虧他過去一個星期都跟奈特坐在同一桌吃午餐。

我不知道該怎麼想。這一切剛開始的時候，如果非要我指出一個人，那麼我會說是奈特。即使賽門剛倒地時，奈特看起來是拚命在找那些艾筆腎上腺素。他是其他三個人裡頭我最不了解的，而且他已經有犯罪紀錄，所以……我覺得還算理所當然。

但是當灣景高中整個自助餐廳裡的人就像一群鬣狗，準備要撲過來把我生吞活剝之時，奈特是唯一站出來說話的人。我從來沒謝過他，但是我之後想了很多，想著如果他只是走過我身邊袖手不管，讓整個狀況愈演愈烈，那麼我在學校裡的處境會糟糕到什麼地步。

我的手機裡充滿了簡訊，但我唯一在乎的就是一連串克里斯傳來的。過去兩個星期，除了匆忙過去他公寓一趟，警告他有關警方的事情，並為即將到來的媒體攻擊而道歉之外，我都沒跟他見面。即使現在大家都知道我們的事情了，但是我們還沒有機會體驗普通人的日常。

我還是不確定我們的日常會是什麼樣。但願我有機會知道。

啊老天看到新聞了

這是好事對吧？

有機會打給我

我傳簡訊回覆他，同時不太專心聽著老爸和路易斯聊天。路易斯下車後，我們父子之間就籠罩著一片沉默，濃密得像霧。我先打破了沉默。「所以我表現得怎麼樣？」

「不錯，看起來不錯。」他的回答盡量省話，最近都這樣。

我又試了一次。「我剛剛跟聖地牙哥州大的那個球探談了一下。」

他嗤之以鼻。「聖地牙哥州大。連全國前十大都排不上。」

「是啊。」我承認。

進入我們家那條街道，開到一半，我們就看到那些新聞轉播車了。「該死，」老爸咕噥道，「又來了。希望這樣值得。」

「怎樣值得？」

他繞過一輛新聞轉播車，把排檔打到停車檔，拔出車鑰匙。「你的選擇。」

我怒火中燒——氣他講的話，也氣他咬牙啐出那些話、連看我一眼都不肯。「這一切都不是我能選擇的。」我說，但是此時他打開車門，我的話被外頭的嘈雜聲淹沒了。

湧上來的記者比平常少，所以我猜想大部分人都跑去布朗雯家了。我跟著老爸進屋，他立刻走進客廳打開電視。現在我應該進行賽後伸展活動的，但我爸這陣子都懶得提醒我做這些例行訓練了。

奶奶在廚房，正在烤奶油吐司，上頭撒了紅糖。「比賽進行得怎麼樣，親愛的？」

「非常好，」我大聲說，垮坐在一張椅子上。我拿起放在桌上的一枚兩毛五硬幣旋轉，在餐桌上繞出一道模糊的銀色影子。「我投得很好，但是沒人在乎。」

「別急，別急。」她拿著吐司坐在我對面，朝我遞了一片，但是我推回去給她。「先等一陣子吧。你還記得我在醫院裡告訴過你的嗎？」奶奶問，我搖搖頭。「事情會先一路惡化，然後才開始好轉的。好吧，之前的確是一路惡化，現在沒辦法再壞下去了，所以再過來只會好轉。」她咬了一口吐司，我繼續轉著硬幣，然後她嚥下嘴裡的吐司。「你應該找時間帶你那個男孩來吃晚餐，庫柏。我們也該認識他了。」

我設法想像我爸和克里斯隔著砂鍋雞聊天的畫面。「老爸一定不想。」

「唔，他得慢慢習慣，不是嗎？」

我還沒來得及回答，手機就發出收到簡訊的嗡響，我一看，是個陌生的號碼。我是布朗雯。

我從愛蒂那邊拿到你的號碼。可以打給你嗎？

當然可以。

過不到一分鐘，我的手機響了。「嗨，庫柏。你聽說了奈特的事情嗎？」

「聽說了。」我不確定還能說什麼，而布朗雯也沒給我機會。

「我正在設法安排奈特的媽媽跟『證明之前』的伊萊．柯賴費爾特碰面。我希望他接下奈特的案子。我在想，有關那天停車場車禍的那輛紅色Camaro，你有機會問過路易斯的哥哥嗎？」

「路易斯上星期打電話給他了。他說會幫我們查，但是還沒有回音。」

「你能不能幫忙再去問他一下？」布朗雯問。

我猶豫了。即使我還沒消化這一切，但是我心底有一個紓解的小球正在逐漸變大。因為昨天我還是警方的頭號嫌犯，而今天我不是了。如果我說自己並沒有感覺很好，那就是撒謊了。但這是奈特。他不完全算是我的好友，或我猜想，根本就不是吧。但他也絕不是無足輕重。

「好，沒問題。」我告訴布朗雯。

26

布朗雯

十一月四日，星期日，上午十點

我們星期天上午浩浩蕩蕩來到「證明之前」組織的辦公室：我、麥考利太太，還有我媽——她願意讓我出門，但是必須有家長在場監督。

那個狹小、家具稀少的辦公空間爆滿，每張辦公桌都至少容納兩個人。每個人不是急切地在講電話，就是忙著打電腦。其中有的人還兩者皆是。「星期天還這麼忙。」我說，此時伊萊帶著我們進入一個小房間，裡頭塞了一張小桌子和幾把椅子。

伊萊的頭髮似乎在上了《米凱爾．鮑爾斯調查》之後就又長了三吋，全都豎了起來。他一手撫過那些瘋狂科學家的捲髮，搞得頭髮豎得更高了。「今天已經星期天了？」他問。

裡頭的椅子不夠，於是我就坐在地板上。「對不起。」伊萊說，「我們可以很快解決這件事。首先，麥考利太太，我很遺憾你兒子被逮捕。我知道他已經被送到一家少年感化院還押候審，而不是關進成人監獄，這是好消息。就像我告訴過布朗雯的，我現在工作量太大，能做的不多。不過如果你願意把你所知道的資訊告訴我，我會盡力提供建議，或許幫你介紹其他律師。」

麥考利太太一副筋疲力盡的模樣，但看起來還是稍微打扮了一下，身上是海軍藍長褲和一件不平整的灰色開襟毛衣。我媽則是平常那種輕鬆的時髦打扮，內搭褲和長統靴，一件喀什米爾針織長外套，脖子上圍著紋樣精緻的環形圍巾。她們兩個截然不同，我看到麥考利太太扯著她舊毛衣的邊緣，好像自己也意識到了。

「唔，警方告訴我的是，」她說，「校方接到一通電話，說奈特的置物櫃裡有藥物——」

「電話是誰打的？」伊萊問，在一張黃色橫格記事本上寫著。

「他們不肯說。我想是匿名的。不過星期五放學之後，他們就去打開了他置物櫃的鎖檢查。結果裡頭沒有任何藥物，但是他們發現了一個袋子，裡頭裝著賽門的水瓶和艾筆，還有賽門死掉那天保健室遺失的所有艾筆。」我手指撫摸著地毯上粗糙的纖維，想著愛蒂因為那些艾筆一直被找去問話，庫柏也是。幾個星期以來，這些艾筆的下落一直陰魂不散地困擾著我們。就算奈特真的犯了什麼罪，他也不可能笨到把這些東西放在他的置物櫃裡。

「啊。」伊萊發出的聲音像是在嘆息，但他還是低頭對著他的黃色橫格記事本寫字。

「然後學校就通知警方，他們申請了搜索票，星期六早上去搜索我們那棟房子。」麥考利太太繼續說，「他們在奈特的櫃子裡發現一台電腦，裡頭有這麼一個……我想他們說是日誌。就是賽門死後到處流傳的那些Tumblr貼文，全都在裡面。」

我抬起眼睛，發現我媽正在看我，臉上露出煩惱又同情的表情。我堅定地看著她搖搖頭。這一切我半點都不信。

「啊，」伊萊又說了一次。這回他抬起頭看了，但還是一臉冷靜而不帶感情。「上頭有任何指紋嗎？」

「沒有。」麥考利太太說，我悄悄呼出一口氣。

「關於這一切，奈特怎麼說？」伊萊問。

「他說，他不曉得這些東西是怎麼跑到他的置物櫃和家裡的。」麥考利太太說。

「好吧，」伊萊說，「奈特的置物櫃之前都沒被搜查過嗎？」

「我不知道。」麥考利太太承認，於是伊萊看著我。

「有的。」我回憶。「奈特說過，警方找我們問話的第一天，他的置物櫃和家裡就被搜查過了。警方還帶了警犬什麼的，要去找藥物，結果完全沒發現。」我急忙補充，還先往旁邊看了我媽一眼，才又轉回去看著伊萊。「而且當時沒有人發現賽門的東西或電腦。」

「你們的房子通常都會鎖上嗎？」伊萊問麥考利太太。

「從來不鎖的，」她回答，「我想那個門上頭根本沒有鎖。」

「啊。」伊萊喃喃道，又在他的記事本上寫了些字。

「還有另外一件事，」麥考利太太說，她的聲音開始顫抖。「檢察官想把奈特轉到一般監獄。他們說他太危險了，不能待在少年感化院裡。」

我覺得胸口彷彿裂開一條大縫，看著伊萊坐直了身子。這是他頭一次拋下公正無私的律師面具，流露出情緒來，那種驚駭的表情把我嚇壞了。「啊不。不，不，不。那會是個他媽的大災難。請原諒我講粗話。他的律師做了什麼去阻止他們？」

「我們還沒見過他的律師。」麥考利太太聽起來就要哭了。「他們指定了一個公設辯護人給我們，但是一直沒來聯繫。」

伊萊挫敗地咕噥一聲，扔下手裡的筆。「被搜到他有賽門的東西很不妙。一點都不妙。有的人被起訴的憑據更少，都照樣被定罪了。但是警方取得這個證據的方式……我不喜歡。匿名線報；以前沒在那裡的東西，偏巧現在就出現了，還藏在一些很容易進入的地方。號碼鎖很容易解開的。而且如果檢察官要把十七歲的奈特送進聯邦監獄……任何稍微像樣的律師都該阻止這樣的事情。」他一手撫過臉，氣沖沖瞪著我。「該死，布朗雯。這都要怪你。」

伊萊剛剛所說的一切都讓我愈來愈難受，只除了這句。我聽了很困惑。「我做了什麼？」我抗議道。

「你讓我注意到這個案子，現在我非接下不可了。我沒有時間，但是不管了。當然，那也要你願意換律師才行，麥考利太太？」

啊，感謝老天。那種解脫之感淹沒我，讓我全身發軟，幾乎暈眩起來。麥考利太太起勁點著頭，伊萊嘆了口氣。

「我可以幫忙，」我熱心地說，「我們一直在查——」我正要告訴伊萊有關那輛紅色Camaro車的事情，但他朝我伸出一隻手，一臉禁止的表情。

「不准再說了，布朗雯。如果我要代表奈特，我就不能跟這個案子的其他被代理人講話，否則可能會害我被吊銷執照，而且說不定會害你被牽連。事實上，我得請你和你母親離開，好讓我私下跟麥考利太太討論一些細節。」

「可是……」我無助地看著我媽，她點點頭站起來，把皮包揹到肩上，一副斷然的態度。

「他說得沒錯，布朗雯。這事情你不能再插手，就讓柯賴費爾特和麥考利太太處理吧。」然後她望著麥考利太太的雙眼，表情柔和下來。「希望你們一切順利了。」

「謝謝，」麥考利太太說，「另外謝謝你，布朗雯。」

任務達成，我應該感覺很好才對。但我卻沒有。我們所知道的事情，伊萊連一半都不曉得，現在我要怎麼告訴他呢？

愛蒂

十一月五日，星期一，晚上六點三十分

到了星期一，一切變得出奇地正常。唔，新的正常。新常？總之，我的意思是，我跟我媽和艾希丹坐下來吃晚餐時，車道上沒有新聞轉播車，而且我的律師再也沒有打電話來了。

我媽把兩盒加熱後的超市晚餐放在艾希丹和我面前，然後她手裡拿著一杯黃褐色的飲料坐在我們兩個人之間。「我不吃，」她宣布，即使我們沒問她。「我在斷食排毒。」

艾希丹皺起鼻子。「哎喲，媽。那一杯該不會是檸檬水加了楓糖和辣椒粉吧？太噁了。」

「那個效果是無法否認的。」我媽說，喝了一大口，用餐巾按了按她過於豐滿的嘴唇。然後我看了一下她僵直的金髮、紅色的鮮亮指甲油，還有她星期一通常會穿的緊身洋裝。再過二十五年，我就會變成那樣嗎？那個想法讓我忽然不那麼餓了。

艾希丹打開電視新聞，我們看著奈特被逮捕的報導，包括一段伊萊．柯賴費爾特的訪問。

「帥小子，」我媽說，望著螢幕上奈特的嫌犯大頭照。「可惜他是個謀殺兇手。」

我把吃了一半的餐盒推開。去跟她說警方可能搞錯了也沒意義。我媽只是很高興不必再付律師費了。

門鈴響起，艾希丹把餐巾摺起放在餐盤旁邊。「我去應門。」幾分鐘後，她喊我的名字，我媽驚訝地看了我一眼。好幾個星期沒有人來找我了，除了想訪問我的記者之外，而我姊姊向來會把記者趕走的。我媽跟著我進了客廳，看著艾希丹把門拉開，讓提傑進來。

「嘿，」我驚訝地望著他，眨著眼睛。「你跑來做什麼？」

「我發現背包裡多了一本歷史課本，應該是因為我們今天上地球科學課。這本是你的，對吧？」提傑遞給我一本厚厚的灰色課本。從第一次岩石分類之後，我們就是實驗室同伴了，而且那堂課通常是我一天之中的亮點。

「啊，沒錯，謝了。可是你可以明天到學校再給我的。」

「可是明天歷史課要小考啊。」

「對了。」沒必要告訴他我這學期的功課已經差不多放棄了。「你怎麼知道我住在哪裡？」

「學校通訊錄查的。」我媽盯著提傑看，好像他是甜點，提傑則朝她露出禮貌的微笑。

「嗨，我是提傑．佛瑞斯特。我是愛蒂的同學。」她一臉媚笑跟他握手，把他的酒渦和美式足球夾克看進眼裡。他幾乎是個深色皮膚、歪鼻子版本的傑克。她對他的名字沒印象，但艾希丹在我背後輕輕吐出一口氣。

我得在我媽聯想起來之前，把提傑送走。「唔，再謝一次。我得去用功讀書了。明天見。」

「你想一起溫習功課嗎？」提傑問。

我猶豫了。我喜歡提傑，真的。但是除了學校之外還要在一起？我還沒準備要踏出這一步。

「沒辦法，因為……還有別的事。」我簡直是把他推出門，然後等我轉身回屋裡，我媽的表情既同情又火大。

「你是哪裡有毛病？」她嘶聲說，「對那樣的帥小子這麼不禮貌！你現在的行情可沒那麼好了。」她雙眼看著我紫色挑染的頭髮。「何況你把自己搞成這副德性，他肯花時間在你身上，你都該覺得幸運了。」

「老天，媽——」艾希丹說，但是我打斷她。

「我現在不想交男朋友，媽。」

她瞪著我，好像我忽然冒出翅膀，而且開始說中文。「為什麼不想？你和傑克分手好久了。」

「我跟傑克在一起三年半。現在我想休息一陣子。」我這麼說本來只是想爭辯，但是一說出口，我就知道這是真心話。我媽十四歲就開始交男朋友，跟我一樣，從此沒停過。即使這表示要跟一個不成熟的年輕男人交往，他懦弱得不敢帶她回家介紹給父母認識。

我不想那麼害怕寂寞。

「別傻了。你最不需要的就是休息。找幾個像提傑這樣的男孩約會，就算沒興趣也無所謂，接著學校裡其他男生就可能又會對你有興趣了。你不會想到頭來嫁不出去的，愛蒂。你現在成了悲慘的單身女孩，成天跟一堆奇怪的朋友鬼混。只要你把頭髮洗回原來的顏色，留長一點，再恢復化妝的習慣，你就可以不必那麼慘了。」

「我不需要有個男生才能快樂，媽。」

「你當然需要，」她兇巴巴地說，「你過去一個月慘得要命。」

「那是因為警方為了一樁謀殺案在調查我，」我提醒她，「而不是因為我單身。」這話不是百分之百真實，因為我悲慘的主要源頭的確是傑克。不過之前我交男朋友是因為我愛上傑克，而不是隨便誰都可以的。

我媽搖著頭。「你就繼續這樣告訴自己吧，愛蒂，但你實在不是讀大學的料。現在你該找個有前途的好男生，可以照顧你——」

「媽，她才十七歲，」艾希丹插嘴，「這些台詞你可以等到十年後再說。或者永遠不必說了。你或我的伴侶關係又不是有多成功。」

「講你自己就好了，艾希丹，」媽媽不屑地說，「賈斯汀和我幸福得很。」

艾希丹張嘴要再說，但此時我的手機響了起來，我看到螢幕上顯示布朗雯的名字，於是朝她們豎起一根手指，示意安靜。「嘿，怎麼樣了？」我說。

「嗨。」她的聲音嘶啞，好像剛哭過。「我剛剛在想奈特的案子，要拜託你幫些忙。你今天晚上可以過來我家一下嗎？我也會找庫柏過來。」

這絕對比待在家裡被我媽羞辱要好。「當然沒問題。把你家地址傳給我吧。」

我把吃了一半的晚餐撥進垃圾桶裡，然後抓了安全帽，跟艾希丹說了再見就走出門。這是個完美的深秋夜晚，我踩著單車往前騎，我們家那條街道兩旁的行道樹在微風中搖曳。布朗雯家離我家只有大約一公里半，但是區域截然不同；這裡沒有那種千篇一律的房子，而是每一棟都不一樣。我滑行進入他們那棟灰色維多利亞式大房子的車道，羨慕地看著生氣勃勃的花和圍繞著整棟房子的門廊。這裡好漂亮，但是不止如此。這裡看起來就像個家。

我按了電鈴，布朗雯應門時只低低說了聲「嘿」。她疲倦的雙眼下垂，綁著馬尾的頭髮有一半都散落下來了。我忽然想到，在這件事情中，我們每個人都輪流被擊垮過：我是被傑克甩掉、所有朋友都跟我翻臉的時候；庫柏是他出櫃、被嘲笑、被警察緊密追查的時候；而現在是布朗雯，在她愛上的男孩因為謀殺罪被關進牢裡的時候。

她沒說過她愛奈特。但其實非常明顯了。

「進來吧，」布朗雯說，把門整個拉開。「庫柏已經到了，我們去樓下。」

她帶著我進入一個寬敞的房間，有又軟又厚的沙發，牆上有一台大大的平板電視。庫柏已經舒服地坐在一張扶手椅上，美芙則盤腿坐在另外一張，她的筆記型電腦放在兩人之間的扶手上。布朗雯和我坐進一張長沙發，我問，「奈特怎麼樣了？你見到他了嗎？」

問錯問題了，我猜想。布朗雯吞嚥了一口，然後又一口，設法不要崩潰。「他不希望我去看他。他媽媽說他……還好。雖然少年感化院很可怕，但至少不是監獄。」還沒而已。我們都知道伊萊陷入了苦戰，努力想讓奈特繼續待在少年感化院裡。「總之，謝謝你們趕來。我想我只是……」她的雙眼盈滿淚水，庫柏和我擔心地互看一眼，然後布朗雯眨眨眼，把淚水忍回去。「那天夜裡我們終於聚在一起，開始討論這件事，當時我好高興，覺得自己不那麼孤單了。而現在，我要拜託你們幫忙。我想完成我們當初開始的事情。那就是集思廣益，把這件事搞清楚。」

「那輛車的事情，路易斯還沒有回音。」庫柏說。

「我現在想的其實不是那件事，不過拜託繼續幫我追查，好嗎？我今天比較希望的是，我們可以把那些Tumblr的貼文全都再仔細看一次。我必須承認，我最近都沒在看，因為那些貼文搞得我快抓狂。但是現在警方說這些貼文是奈特寫的，所以我覺得我們應該仔細檢查一下，看有什麼意外的、不符合我們所記得的，或只是覺得很詭異的。」

「現在嗎？」庫柏問。

美芙把筆電螢幕轉過來，好讓庫柏可以看。「現在是最好的時機。」

布朗雯就坐在我旁邊，於是我們從最早的一篇開始看。*我是在看NBC的新聞雜誌節目《換日線》時，想到了殺掉賽門的主意。*奈特給我的印象從來不是那種會看新聞性節目的人，但我想這不會是布朗雯想找的洞見。我們沉默坐了一會兒，閱讀著。我逐漸感到無聊，忽然發現自己一直在瀏覽而已，於是我回頭，又設法看得更徹底。*看我多聰明，沒人知道是我，警方一點頭緒都沒有。等等等等。*

「等一下。這個沒有發生過。」庫柏比我看得仔細。「你們看過這篇嗎？日期是十月二十日，有關惠勒警探和甜甜圈的？」

我抬起頭，像一隻貓聽到遠處的聲響而豎起耳朵。「唔，」布朗雯說，她的眼睛掃視著螢幕。「啊沒錯，這個小細節很詭異，不是嗎？我們從來沒有同時在警察局過。唔，或許在葬禮剛過後有，但是當時我們沒看到彼此，也沒談話過。無論這些貼文是誰寫的，通常寫到這類特定細節的部分，都會很精確的。」

「你們在看什麼?」我問。

布朗雯把畫面放大指著。「那裡,第二行到最後一行。」

這個調查變得好老套。我們四個甚至發現惠勒警探在偵訊室吃掉一整堆甜甜圈。

一陣冰冷籠罩我全身,那些字進入我的腦袋、停留不去,把其他思緒都趕跑。庫柏和布朗雯說得沒錯:那件事沒發生。

但是我把這事情告訴過傑克。

27

布朗雯

十一月六日，星期二，晚上七點三十分

我不應該跟伊萊講話的。於是昨天晚上我傳簡訊給麥考利太太，附上一個Tumblr的貼文連結，就是昨天晚上愛蒂、庫柏和我一起看到的那篇，同時我告訴她那篇貼文有什麼詭異之處。然後我就等，覺得時間漫長得令人懊惱，直到今天放學後，才接到她的回覆。

謝謝你。我已經通知伊萊，但他要求你不能再介入了。

就這樣。我好想把我的手機朝房間那頭砸過去。我承認，昨天我大半夜都在幻想，愛蒂的這個驚人發現可以立刻讓奈特出獄。儘管我知道這麼想過於天真，但我還是覺得自己所得到的反應，不該只是要我別管閒事而已。

其實我還是難以接受這個發現的意義。因為——傑克．瑞爾登？如果非要我隨便挑一個可能涉入這件事的人，我怎麼也不會挑上他。而且他涉入的程度到底如何？他寫了所有的Tumblr貼文，還是只有那一篇？他設計陷害了奈特嗎？他殺了賽門嗎？

庫柏幾乎立刻就否決了這個可能性。「不可能是他，」他昨天晚上這麼說，「那天愛蒂打電

話給傑克的時候，他們美式足球隊正在練球。」

「他有可能離開一下。」我堅持。於是庫柏打電話給路易斯確認。「路易斯說沒有，」庫柏回報，「傑克從頭到尾都在帶著大家做傳球練習。」

但是我不認為我們整個調查應該要仰賴路易斯的記憶。他過去幾年死了很多腦細胞，而且他甚至沒問庫柏為什麼要問這個問題。

這會兒我跟美芙、愛蒂在我房間裡，在牆上貼了幾十張各種顏色的便利貼，上頭摘要寫著我們所知道的每一件事。整個感覺好像影集《法網遊龍》，只不過一切感覺都說不通。

有個人把手機偷放在我們的背包裡
賽門在課後留校時被下毒
布朗雯、奈特、庫柏、愛蒂、艾佛瑞老師當時在教室裡
那樁車禍害我們分心
傑克寫了至少一篇Tumblr貼文
傑克和賽門一度是好友
莉亞恨賽門
艾登・吳恨賽門
賽門對柯麗有意思
賽門在網路上有喜愛暴力的另一面

賽門死前似乎有憂鬱症
珍奈現在似乎有憂鬱症
賽門死前似乎跟珍奈斷交了？

我媽的聲音從樓下傳上來。「布朗雯，庫柏來了。」

我媽已經愛上庫柏了。因而她不再反對我們聚在一起，儘管羅蘋的法律建議是要我們照樣保持距離。

「嘿，」庫柏說，跑上樓梯來，一點也不喘。「我不能待太久，不過我有好消息。路易斯認為他可能發現那輛車了。他哥哥打給一個在東原鎮修車廠工作的熟人，在賽門死後幾天，他們廠裡修過一輛擋泥板毀損的紅色Camaro。我幫你弄到了車牌號碼和車主電話。」他翻著他的背包，遞給我一個撕開的信封，背面手寫著兩組號碼。「我想你可以把這個交給伊萊，對吧？或許可以查出什麼苗頭。」

「謝謝。」我感激地說。

庫柏雙眼看著我牆上。「這個有幫助嗎？」

愛蒂往後坐，挫敗地嘆了一聲。「不算有。這只是一些隨機湊在一起的事實而已。賽門這個，珍奈那個、莉亞這個、傑克那個……」

庫柏面對著牆面皺起眉頭，雙臂交抱在胸前，往前傾斜好看得更清楚。「我不明白傑克的部分，一點都不明白。我無法相信他真的會沒事去寫那篇該死的Tumblr貼文。我覺得他只是……找錯人亂講什麼的。」他一根指頭敲著那張寫了我們所有人名字的便利貼。「而且我一直想不透：為什麼是我們？我們為什麼被捲入這件事？我們只是像奈特講的，是附帶性的損害？還是有什麼特定的原因，非得挑上我們四個不可？」

我朝他歪著頭，很好奇。「比方什麼原因？」

庫柏聳聳肩。「不曉得。比方你和莉亞。那只是一件小事，但如果這樣的小事造成骨牌效應呢？或者我和……」他掃視著牆面，目光定在一張便利貼上。「或許艾登．吳吧。他因為變裝癖而被賽門注意到，而我隱瞞了自己是同性戀的事實。」

「可是那則八卦被改掉了。」我提醒他。

「我知道。而且這樣很詭異，不是嗎？為什麼要拿掉一則好好的、真實的八卦，換成一篇假的？我一直擺脫不掉一個感覺，就是這件事是有個人恩怨的，你知道？那個Tumblr持續在貼文，煽動大家注意我們。我真希望我曉得為什麼。」

愛蒂拉著一邊耳環，那隻手顫抖著。而當她開口時，聲音也在顫抖。「我想，我跟傑克之間是個人恩怨沒錯。另外或許他嫉妒你，庫柏。但布朗雯和奈特……為什麼要把他們扯進來？」

附帶性的損害。我們全都受到了影響，但是到目前為止，奈特是最慘的。如果傑克是主使者，那就沒道理。但話說回來，這整件事沒一點有道理的。

「我該走了，」庫柏說，「我要去跟路易斯碰面。」

我擠出微笑。「不是克里斯？」

庫柏回應我的笑有點勉強。「我們還在摸索狀況。總之，如果那輛車的資訊有幫助，就跟我講一聲。」

他離開了，美芙站起來，走到我床邊庫柏剛剛站過的位置。她把牆上的便利貼紛紛換位置，其中四張放在一起。

傑克寫了至少一篇Tumblr貼文

莉亞恨賽門

艾登・吳恨賽門

珍奈現在似乎有憂鬱症

「這些是最有關聯的人。他們不是有理由恨賽門，就是我們已經知道他們以某種方式涉入。有的不太可能」——她輕敲艾登的名字——「有的則是看起來非常可疑。」她指著傑克和珍奈。「但是沒有任何確切的證據。我們漏掉了什麼？」

我們全都沉默地望著那些便利貼。

◆

從一個人的車牌編號和電話號碼，可以得知這個人的很多事。比方說，他的地址。還有他的姓名，以及他就讀的學校。所以如果你想要，就可以上課前在他學校的停車場裡逗留，等著他的紅色Camaro來到。理論上是這樣。

或者實際上也是這樣。

我本來想把庫柏給我的號碼交給麥考利太太，好讓她轉交給伊萊。但我一直想到她那則簡訊：謝謝你。我已經通知伊萊，但他要求你不能再介入了。伊萊會把我當回事嗎？他是第一個提到那起車禍很可疑的人，但現在他所有的時間都忙著要讓奈特留在少年感化院裡。他可能只會認為我提供的資料很煩、害他分心而已。

總之，我只是來觀察一下。我這麼告訴自己，開車進入了東原高中的停車場。他們的第一堂上課時間比我們學校早四十分鐘，所以我還有充裕的時間可以趕回灣景上課。車子裡很悶，於是我把前座的兩邊車窗都降下，停進一個車位，將車子熄火。

問題是，我得做點什麼才行。如果我不找事情做，我就會一直想著奈特。想著他人在哪裡、在受什麼罪，還有他不肯見我的事實。我的意思是，我知道他的對外聯絡機會有限，這個很明顯。但畢竟還是有辦法的。我問過麥考利太太我能不能去探監，她告訴我奈特不希望我去。

我聽了很傷心。她認為奈特是想保護我，但是我不那麼確定。他太習慣人們放棄他了，於是或許就決定先放棄我。

一抹紅色吸引了我的視線，一輛擋泥板發亮的老舊Camaro在離我不遠的車位裡停好車。一個深色頭髮的矮個子男生下了車，從乘客座拿起一個背包，揹在一邊肩上。

我本來不打算說任何話的。但他經過我車窗前，朝我看了一眼，我還沒來得及阻止自己，就衝口而出，「嘿。」

他停下，好奇的褐色眼珠看著我。「嘿。我認得你。你是灣景調查案的那個女生。布朗黛，對吧？」

「布朗雯。」既然已經被識破身分，我想，乾脆就做得徹底一點。

「你在這裡做什麼？」他穿著一件珍珠果醬樂團的T恤，外罩法蘭絨襯衫，活像是等著一九九〇年代的垃圾搖滾風復活。

「唔……」我迅速看了一眼他的車。我應該直接問他就是了，對吧？這就是我來這裡的目的。但現在我真的跟這個男生講上話了，卻覺得整件事似乎很荒謬。我該說什麼？嘿，你怎麼會剛好在那個奇怪的時間，跑去別人的學校出車禍啊？「在等人。」

他朝我皺起眉頭。「你認識我們學校的人？」

「是啊。」算是吧。反正，我知道你的車最近送修過。

「大家都在談你們。好詭異的案子，嗯？那個死掉的男生——他也很詭異，對吧？我的意思是，誰會搞那樣的app啊？還有《米凱爾．鮑爾斯調查》上頭講的那些。真不可思議。」

他似乎很……緊張。我的腦子不斷命令我：去問、去問、去問，但是我的嘴巴就是不肯服從。

「唔，下回見了。」他說完就要離開。

「等一下！」我情急喊道，他暫停下來。「我可以跟你談一下嗎？」

「我們剛剛才談過啊。」

「對，但是……我有個問題想問你。是這樣的，我剛剛說我在等某個人，其實指的就是你。」

這會兒他肯定緊張起來了。「你為什麼要等我？你根本就不認識我啊。」

「因為你的車，」我說，「那天我看到你在我們學校的停車場出了車禍。就是賽門死掉的那天。」

他臉色蒼白，朝我眨著眼睛。「你怎麼——你為什麼認為那是我？」

「我當時看到了你的車牌。」我撒謊。沒必要出賣路易斯的哥哥。「問題是……那個時機很詭異，你知道？現在有個人又因為一件我確定他沒做的事情而被逮捕了。所以我想知道……你那天會不會碰巧看到什麼奇怪的人或事？那會幫上——」我的聲音哽咽，淚水刺痛雙眼。我眨眨眼忍回去，設法專注。「你告訴我的任何事情，都會有幫助的。」

他猶豫著往後退，往湧入學校的人流張望。我等著他會後退、加入那片人流，但結果他沒有，而是走到我車子的另外一側，打開乘客座的門坐進來。我按了個按鈕，把車窗關上。轉頭面向他。

「好吧，」他一手梳過頭髮。「這個狀況好詭異。順便講一聲，我是山姆·貝倫。」

「我是布朗雯·羅哈斯。不過我想你已經知道了。」

「是啊，我一直在注意新聞，想著自己是不是該出面講些什麼。但是我之前不曉得這事情是不是有意義。其實到現在還是不曉得。」他迅速往旁邊瞥了我一眼，似乎是要看我是否有什麼警覺的跡象。「據我所知，我們沒做什麼不對的事情，也沒有不合法。」

我坐得更直了些，覺得脊椎刺麻。「誰是『我們』？」

「我和我的哥兒們。我們故意製造了那場車禍。有個男生給我們一人一千元去做這件事。說是一場惡作劇。我的意思是，換了你不會答應嗎？修擋泥板只要花五百元就夠了。剩下的都是純賺的。」

「有個人……」窗戶都關起來，車裡很暖，我抓著方向盤的雙手被汗水弄得溼滑。我應該開冷氣的，但是我動不了。「誰？你知道他的名字嗎？」

「當時不知道，但是——」

「他是褐色頭髮、藍眼珠嗎？」我突然說。

「是的。」

傑克。他練球時，一定是在某個時間瞞著路易斯溜掉了。「他是不是——我這裡頭有照片。」我說，翻著我的背包要找手機。我確定我在九月拍了張返校日舞會的候選人合照。

「不必給我看照片，」山姆說，「我知道他是誰。」

「真的？你知道他的名字嗎？」我的心跳好快，都能看到自己的胸部搏動了。「你確定他告訴你的是真名？」

「他沒告訴我名字。我是後來看新聞才曉得的。」

我回想起剛開始那幾則新聞，愛蒂的同學錄照片裡，旁邊就是傑克。很多人認為媒體不應該把他也登出來，但現在我很慶幸是這樣。這會兒我找出返校日的照片，遞給山姆。「是他，對嗎？傑克．瑞爾登？」

他眨眨眼看著我的手機，然後搖頭，又把手機遞還給我。「不，不是他。是一個……涉入整件事更深的人。」

我的心臟就要爆炸了。如果不是傑克，只有另一個有深色頭髮和藍色眼珠的男孩涉入這樁調查。而且涉入更深，不是更少。那就是奈特了。

不要。不要。拜託，老天，不要。

「誰？」我的聲音小得幾乎聽不見。

山姆嘆了一口大氣，腦袋往後靠著座位。他安靜了幾秒鐘，那是我這輩子最漫長的幾秒，然後他說，「是賽門．凱勒。」

28

庫柏

十一月七日，星期三，晚上七點四十分

謀殺俱樂部的聚會現在好像經常舉行了。不過我們得為這個團體取個新名字才行。

這回是在聖地牙哥市中心的一家咖啡店，大家擠在店內後方的一個卡座裡，因為我們的成員持續增加。克里斯跟我一起來，艾希丹陪著愛蒂。布朗雯把她那些便利貼都貼在幾個牛皮紙文件夾上，包括最新的一個：賽門付錢給兩個男生，製造一場車禍。她說山姆．貝倫答應會打電話給伊萊說這件事。但這樣能怎麼幫上奈特，我就不知道了。

「你為什麼挑這個地方，布朗雯？」愛蒂問，「有點奇怪。」

布朗雯清了清嗓子，忙著整理她的那些便利貼。「沒有什麼特別理由。總之，各位，」她一副公事公辦的模樣，看著全桌人。「感謝你們來參加這次聚會。美芙和我一直反覆溫習這件事，覺得怎麼都說不通。我們覺得，大家碰面集思廣益，可能會有幫助。」

美芙和艾希丹從櫃檯回來，兩個可回收托盤上放著我們點的飲料。她們把飲料傳給每個人，然後我看到克里斯有條不紊地撕開五個糖包，加進他的拿鐵咖啡裡。「幹嘛？」他問，看到我的

表情。他穿著綠色馬球衫，襯托出他的綠色眼珠，而且他看起來真的、真的很帥。我還是老覺得自己不該注意到男生很帥才對。

「你喜歡糖，嗯？」講這種事好蠢。不過我的意思是，*我都不曉得你平常是怎麼喝咖啡的，因為這是我們第一次在公開場合一起出現*。克里斯抿起嘴唇，本來不該有吸引力的，但我覺得迷人極了。我尷尬又緊張，在桌子底下不小心撞到他的膝蓋。

「那也沒有什麼錯。」愛蒂說，朝克里斯舉杯。她杯子裡的咖啡顏色好白，簡直都不像咖啡了。

克里斯最近跟我相處的時間比較多，但是感覺上還是很不自然。或許我已經習慣了偷偷摸摸，也或許我還沒適應自己在跟一個男生交往的事實。我們下車後走到咖啡店的路上，我發現自己一直跟克里斯保持距離，因為我不想讓人猜到我們是情侶。

我好恨自己的這部分。但一時也改不掉。

布朗雯點了某種冒著蒸氣的茶，看起來太燙了還沒法喝。她把茶推到一邊，把一個牛皮紙文件夾豎起來靠牆立著。「關於賽門死去前的狀況，我們所知道的有這些：他正要貼出有關我們四個人的謠言。他付錢給兩個男生好製造出一場車禍。他有憂鬱症。他在網路上有另一個令人毛骨悚然的人格。他和珍奈似乎失和了。他對柯麗有意思。他以前跟傑克是好友。我漏掉了什麼嗎？」

「他把原先要發表關於我的那篇八卦刪掉了。」我說。

「不見得，」布朗雯糾正我，「你那篇被刪掉了。但是我們不曉得是誰刪的。」

很合理，我想。

「關於傑克，我們知道的有這些，」布朗雯繼續說，「他寫了至少一篇Tumblr的貼文，或是幫另外一個人寫。根據路易斯的說法，賽門死的時候，他不在校舍裡。他——」

「是個徹頭徹尾的控制狂，」艾希丹插話。愛蒂張開嘴巴想反駁，但是艾希丹搶在她前頭。「他就是，愛蒂。他三年來都控制你生活的每個部分。只要你做了什麼他不喜歡的，他就發火。」

布朗雯歉意地看了愛蒂一眼，然後在一張便利貼寫下傑克是個控制狂。

「這只是個資料而已。」布朗雯說，「接下來，如果——」

咖啡店前門砰地打開，她忽然一臉漲紅。「真巧啊。」我順著她的目光望去，看到一個滿頭亂髮、鬍子邋遢的青年走進咖啡店。他看起來很面熟，但是我想不出是誰。他看到布朗雯，表情顯得很火大，又看到愛蒂和我，神色變得警戒起來。

他舉起雙手擋在面前。「我沒看到你們，一個都沒看到。」然後他看到艾希丹，明顯愣了一下，走到一半差點被自己絆倒。「喔，嗨。你一定是愛蒂的姊姊了。」

艾希丹眨著眼，很困惑，看看他又看看布朗雯。「我認識你嗎？」

「這位是伊萊·柯賴費爾特，」布朗雯說，「『證明之前』組織的。他們的辦公室就在樓上。他是，呃，奈特的律師。」

「而且不能跟你講話。」伊萊說，好像這才想起來。他依依不捨地又看了艾希丹一眼，但還是轉身走向櫃檯。艾希丹聳聳肩，吹涼自己的咖啡。我很確定她很習慣自己對男人會造成那種效果。

愛蒂瞪大雙眼看著伊萊離開。「老天，布朗雯。我不敢相信你跟蹤奈特的律師。」

布朗雯看起來很羞愧，這也應該。她從背包裡拿出我之前交給她的那個信封。「我想確認山姆．貝倫是不是有跟他聯絡，如果沒有的話，就把這個交給他。我以為如果我不小心碰到伊萊，他可能會跟我講話。結果看起來是不行。」她充滿希望地又看向艾希丹。「不過，我敢說他會跟你講話。」

愛蒂雙手扠腰，昂起下巴氣呼呼地說，「你不能幫我姊拉皮條！」

艾希丹苦笑，伸出一手拿了那個信封。「只要是為了好事就行。我應該跟他說什麼？」

「跟他說他是對的——賽門死的那天，在學校停車場的那場車禍是刻意安排的。賽門付錢雇了兩個男生去製造車禍，這個信封上有其中一個男生的聯絡資料。」

艾希丹走向櫃檯，我們都沉默喝著自己的飲料。過了一會兒她回來，信封還在她手上。「山姆打電話給他了，」她說，「他說他正在查這件事，謝謝你的資訊，還有你他媽的應該少管閒事。這是直接引述他的話。」

布朗雯看起來鬆了一口氣，一點都沒被冒犯到。「謝謝。這是好消息。那麼，剛剛我們講到哪裡了？」

「賽門和傑克，」美芙說，一手撐著下巴，望著那兩個牛皮紙文件夾。「他們有關聯，但是怎麼個關聯法？」

「對不起，」克里斯輕聲說，於是每個人都望著他，好像這才發現他也在場。因為從我們到了這裡之後，他一直保持沉默。

美芙想補償，於是朝他露出鼓勵的微笑。「是的，請說。」

「我在想，」克里斯說。他的英文沒有口音，近乎完美，只是措詞有點太過正式，顯示他不是美國人。「大家一直把焦點放在當時在教室裡的人。這就是為什麼警方一開始把你們四個人列為目標。因為教室外的人幾乎不可能有辦法殺掉賽門，對吧？」

「對。」我說。

「所以，」克里斯從其中一個資料夾上頭拿下兩張便利貼。「如果兇手不是庫柏，或布朗雯，或愛蒂，或奈特——而且沒有人認為那位老師會是兇手——那還剩下誰？」他把一張便利貼放在其他的上頭，然後往後靠坐，禮貌而專注地看著我們。

賽門在課後留校時被下毒

賽門有憂鬱症

我們都沉默了好一會兒，然後布朗雯猛地吸了口氣又吐出來。「我是全知的旁白者。」她說。

「什麼？」愛蒂問。

「這是賽門死前所說的。我說青少年電影裡面不會有全知的旁白者，他回答說現實生活裡面有。接著他就一口氣把杯子裡的水喝光了。」布朗雯轉頭喊「伊萊！」，但是伊萊已經走出店門了。

「所以你的意思是……」艾希丹的目光緩緩轉過來，停在克里斯身上。「你認為賽門是自殺的？」克里斯點頭。「但是為什麼？為什麼要像那樣？」

「我們回到我們已經知道的吧。」布朗雯說。她的聲音幾乎是冷淡，但是她的臉轉成磚紅色。「賽門就是那種人，認為自己應該是一切的中心，但是無法如願。而且他迷上了一個想法：要在學校做出某種驚天動地的暴力事件。他在那些4chan討論串上就一直在幻想這些。如果這就是他心目中校園槍擊的版本呢？殺了自己，順便把幾個學生拖下水，不過是用一種大家料想不到的方式。那就是把謀殺的罪名嫁禍給他們。」她轉向她妹妹。「美芙，賽門在4chan上是怎麼說的：有點創意嘛。你要把一票混蛋旅鼠給幹掉的同時，也給我們一點驚喜吧。」

美芙點點頭。「我想是一字不差。」

我回想著賽門是怎麼死的——窒息，恐慌，努力想呼吸。如果他真的是自殺，我比之前更希望我們找到了他那些該死的艾筆。「我想他到最後後悔了。」我說，這些話的重量沉甸甸地壓在我心上。「他當時看起來是很希望有人幫他。要是他能及時得到醫療救助，或許驚險救回一命的經驗，能讓他成為不一樣的人。」

克里斯的手在桌底下握住我的。布朗雯和愛蒂看起來都好像是回到賽門死去時的那個教室，害怕而驚呆。他們知道我說得沒錯。大家沉默下來，我想我們應該談完了，直到美芙看著那些便利貼，然後吸著臉頰內側。

「但是傑克是怎麼參與進來的？」她問。

克里斯猶豫著，然後清了清嗓門，好像在等著有人允許他發言。等到沒人阻止，他就說，「如果傑克不是殺害賽門的兇手，那麼他就一定是同謀。在賽門死後，有個人必須繼續推動這些事。」

他和布朗雯眼神相遇，兩人之間交換了某種理解。他們是這個行動中最聰明的兩個腦袋，我們其他人只是設法跟上而已。之前克里斯講話時放開我的手，這會兒我又重新握住了。

「賽門發現了愛蒂和提傑的事情，」布朗雯說，「或許他就是因此去找傑克幫忙。傑克會想報仇，因為他——」

我旁邊有一把椅子往後狠狠一刮，愛蒂退開桌邊。「別說了，」她哽咽著說，紫色挑染的頭髮落到眼前。「傑克不會……他不可能……」

「我想，今天晚上我們就到此為止吧，」艾希丹站起來堅定地說，「你們繼續談沒關係，但是我們要回家了。」

「抱歉，愛蒂，」布朗雯一臉懊惱地說，「我一時失控了。」

愛蒂朝她搖搖手。「沒事的，」她顫抖地說，「我只是……現在沒辦法。」艾希丹手臂挽著妹妹走到門邊；然後她把門打開，讓愛蒂先出去。

美芙看著她們，雙手托著下巴。「她說得有道理。整件事聽起來很不可能，不是嗎？就算我們都猜對了，反正我們也沒辦法證明。」她充滿希望地看著克里斯，好像希望他能變出更多便利貼魔術。

克里斯聳聳肩，輕敲最接近的一張便利貼。「或許還剩一個人曉得一些有用的事情。」

珍奈似乎有憂鬱症

布朗雯和美芙在大約九點時離開，接下來克里斯和我也沒多待太久。我們收拾了桌上的垃圾，扔到入口旁的垃圾桶裡。我們都沒說話，結束了有史以來最詭異的約會之一。

「唔，」克里斯說，推開門走出去，暫停在人行道上等我。「剛剛很有趣。」他還沒來得及再說什麼，我就抓住他推向咖啡店外的牆，手指探入他的頭髮，舌頭滑入他的牙齒間，給了他一個深切的、渴望的吻。他發出一個像是驚嘆的聲音，然後緊緊擁住我。直到後來有兩個人走出門，我們才分開來，他一臉茫然。

他拉直襯衫，一手撫過頭髮。「我還以為你都忘了怎麼做了。」

「對不起，」我的聲音嘶啞，渴望著再吻他。「我不是不想。只是——」

「我知道。」克里斯跟我十指交扣，然後舉起我們的手像在詢問，「可以嗎？」

「可以。」我說，然後我們開始沿著人行道往前走。

奈特

十一月七日，星期三，晚上十一點三十分

以下就是關進牢裡的生存之道。

閉上嘴巴。不要談你的人生或關進來的原因。不會有人關心，除非他們想用來對付你。

絕對、絕對不要接受任何人的欺負。少年感化院不是電視影集《監獄風雲》，但是如果他們覺得你很軟弱，他們還是會惡整你。

在裡頭要交朋友。在此「朋友」的定義很寬鬆。你找出最不討厭的那些人，跟他們結交，大家成群行動會很有幫助。

自己不要犯規，但是別人犯規時，就假裝沒看到。

多健身，多看電視。

盡可能不要引起警衛注意。包括那個太過友善的女警衛，老是說你可以去她辦公室打電話。

不要抱怨時間過得有多慢。當你因為可能被判死刑的罪名被逮捕，而且再過四個月就是你十八歲生日，日子過得慢吞吞才對你有利。

你要找出各種新方式來回答你律師沒完沒了的問題。對，我有時置物櫃沒鎖。不，賽門沒來過我家。對，我們有時候在校外會碰面。上一回？大概是我賣他大麻的那次。對不起，我不該告訴你這個的，對吧？

不要去想外頭的事情，或外頭的人。尤其她如果忘了你的存在會活得更好。

29

愛蒂
十一月八日，星期四，晚上七點

我一直在閱讀「關於這個」的Tumblr貼文，好像只要讀多了、那些文章就會改變似的。但結果從來沒有。艾希丹的話在我腦海中縈繞：*傑克是個徹頭徹尾的控制狂*。她沒說錯。但是這表示其他的部分也是對的嗎？或許傑克把我的話告訴了另外一個人，那個人寫了出來。也或許一切都只是巧合而已。

只不過，賽門死去那天早上的一段回憶浮現，原先似乎很不重要，因而我到現在才想起：我和傑克一起沿著走廊前行時，傑克一臉輕鬆的微笑，拉著我肩上的背包。*這對你來說太重了，寶貝。我來揹吧*。他之前從來沒有這樣過，但我當時也沒問他。為什麼要問呢？

幾個小時後，我背包裡被搜出一支陌生的手機。

我不知道哪一個更糟糕——我逼得傑克參與了這麼可怕的計畫，或是他演戲演了好幾個星期。

「這是他的選擇，愛蒂。」艾希丹提醒我。「很多人被劈腿也沒有發瘋。比方我吧，我朝查理的腦袋丟了個花瓶，然後就放下了。這樣才是正常反應。無論這裡頭到底是怎麼回事，都不是你的錯。」

這番話或許是對的，但感覺上就是不對勁。

所以我應該去找珍奈談，她這個星期都沒來學校。放學後我傳了幾次簡訊給她，晚餐後又傳，但是她始終沒回應。最後，我決定模仿提傑的招數——從學校通訊錄查了她家地址，跑去她家就是了。我跟布朗雯說了，她提議跟我一起去，但是我覺得我單獨去的效果會比較好。珍奈始終沒跟布朗雯混得太熟。

庫柏堅持要開車載我去，但是我說他得在車上等。如果他在場的話，珍奈就絕對不可能吐露任何實情的。「好吧，」他說，把車子停在珍奈家那棟仿都鐸風格的房子對街。「要是有什麼不對勁，就傳簡訊給我。」

「沒問題。」我說，朝他敬了個禮，接著關上車門過馬路。珍奈家的車道上沒有車子，但是屋裡亮著好幾盞燈。我按了四下門鈴都沒人回應，然後回頭看著庫柏聳了一下肩。我正要放棄時，門開了一條縫，珍奈一隻描了眼線的眼睛往外看著我。「你跑來做什麼？」她問。

「來探望你一下。你都沒去學校，也沒回我的簡訊。你還好吧？」

「很好。」珍奈想關上門，但我一隻腳卡住門，阻止了她。

「我可以進去嗎？」我問。

她猶豫著，但是放手往後退，讓我往前進了門內。等到我終於有機會好好打量她，差點倒抽一口冷氣。她竟然更瘦了，臉上和脖子上都是紅色的疹子。她難為情地抓了一下。「怎麼？我身體不舒服。很明顯吧。」

我朝走廊盡頭看。「還有其他人在家嗎？」

「沒有。我爸媽出去吃晚餐了。聽我說，呃，我沒有冒犯的意思，但是你跑來這裡有什麼理由嗎？」

布朗雯教過我該說些什麼。我一開始應該要閒聊，丟出一些小問題，問珍奈這星期過得怎麼樣、是不是哪裡不舒服。接著再問起賽門的憂鬱症，鼓勵她告訴我更多。最後的手段，我或許談起奈特所面臨的狀況，說地檢署想把他轉到真正的監獄去。

結果我完全沒照做，只是往前走兩步擁住了她，把她瘦巴巴的身軀抱在懷裡，彷彿她是個需要安慰的小女孩。她感覺上就是這樣的小女孩，一身輕盈的骨頭和脆弱的手腳。她一開始僵住了，然後癱倒在我懷裡開始哭。

「啊老天，」她沙啞、刺耳的聲音說，「全都搞砸了。每件事都一塌糊塗。」

「來吧。」我帶著她到客廳的沙發，我們坐下來，她又哭了一陣子。她的頭笨拙地靠在我肩膀上，同時我拍著她的頭髮。她的頭髮因為上了髮膠而僵硬，鼠褐色的髮根往上染成亮藍黑色。

「賽門是自殺的，對吧？」我小心翼翼地問。她往後抽身，頭埋進雙手裡，身子前後搖晃著。

「你怎麼會知道？」她哽咽著說。

老天。是真的。我直到這一刻才完全相信。

我不該告訴她一切的。我其實根本不該告訴她任何事，但反正我就是說了。我想不出別的辦法跟她談。等到我講完了，她一言不發站起來去樓上。我等了兩分鐘，一手握拳放在膝上，另一手扯著耳環。她是去打電話給誰嗎？去拿槍要把我的腦袋轟爛？或是正在割腕要加入賽門？

正當我想著自己最好上樓找她時，珍奈就下樓來了，手裡拿著薄薄一疊紙，朝我遞來。「賽門的宣言，」她說，沒好氣地撇著嘴巴。「本來應該要等到一年後，你們四個人的人生都被徹底毀掉，才要寄給警方的。好讓大家知道他成功了。」

我顫抖著接過那些紙，閱讀著上面的字句。

首先你們要知道：我痛恨我的生活，以及其中的一切。

於是我決定結束生命。但是不能悄悄地走。

我花了很多心思想著該怎麼做。我可以買一把槍，就像全國各地很多混蛋那樣。找一天早上把學校的門拴住，拿出槍來，設法多幹掉幾個灣景旅鼠，盡量把子彈用光。然後再把最後一顆子彈用在自己身上。

而且我有很多子彈。

但是這種事情發生過太多次了，再也沒有同樣的衝擊效果。

我想要更有創意，更獨特。我希望我的自殺被人傳誦多年。我想要其他人跟著模仿。但是他們會失敗，因為這一切所需要的計畫，遠遠不是你們一般想死的憂鬱症魯蛇能辦到的。

你們現在已經看到這個計畫進行一年了。如果一切按照我希望的方式，你們其實根本不曉得發生了什麼。

我抬頭看著珍奈。「為什麼？」我問，喉頭發苦。「賽門怎麼會走到這一步？」

「他鬧憂鬱症已經有一陣子了。」珍奈說，揉著她黑色裙子的布料。她兩隻手臂上各戴著一大串有飾釘的手環，隨著她的動作而發咯出咖噠聲。「賽門向來覺得他應該得到更多尊敬和注意，比既有的多很多，你知道？但是他今年變得格外憤怒不平。他開始成天上網，跟一堆令人毛骨悚然的變態混，幻想著要對每個害他悲慘的人報仇。到最後，我覺得他已經分不清現實和幻想了。隨時只要稍微有什麼不順，他就會大發雷霆。」

此時她愈說愈急。「他開始談到要自殺，順便把其他人抓來陪葬，但是要用有創意的方式。他想出一個方法，要利用他的app陷害他所恨的每一個人，後來執迷得走火入魔。他知道布朗雯作弊，氣得要命。她反正幾乎確定會成為畢業生致詞代表了，而且她領先太多，他不可能追得上。另外他認為她故意整他，害他沒能參加模擬聯合國的決賽。而且他受不了奈特，因為跟柯麗的事情。賽門認為他本來有機會追到柯麗的，可是奈特輕輕鬆鬆、毫不費力就搶走她。」

我的心頭一緊。老天，可憐的奈特。這種坐牢的原因太蠢、太沒意義了。「那庫柏呢？賽門把他納入，也是因為柯麗嗎？」

珍奈嗤之以鼻，發出一個忿恨的笑聲。「完美先生？庫柏讓賽門上了黑名單，不能去參加凡妮莎家的舞會後派對。即使賽門被選入舞會國王和皇后的候選人小組，也還是一樣。他覺得飽受羞辱，因為他不但沒受邀，還根本被禁止去參加。每個人都會去的，他說。」

「庫柏這麼做了？」我眨著眼睛。這對我來說是新聞。庫柏從沒提過，而且我參加那個派對的時候，根本沒注意到賽門不在場。

我想一部分的問題就出在這裡。

珍奈拚命點頭。「對，我不曉得為什麼，但是庫柏確實這麼做了。所以這三個人是賽門的目標，他把他們的八卦都寫好了。但是我那時還是以為他只是說說而已。只是發洩怒氣的一種方式。或許本來也是，如果我可以說服他別再上網，別再執迷了。但接著，傑克發現了一件賽門不希望任何人知道的事情，於是——那是最後的致命一擊。」

啊不。之前她都沒有提到傑克的名字，隨著每一秒過去，我就愈希望他畢竟是沒有涉入的。

「什麼意思？」我扯著耳環，用力得都要扯斷耳垂了。

珍奈摳著她破損的指甲油，灰色的碎片紛紛落在裙子上。「賽門在高三舞會前選舉國王和皇后的選票上作弊，才能成為候選人。」我抓著耳環的手僵住了，雙眼睜大。珍奈發出一個毫無笑意的短促笑聲。「我知道，很蠢，對吧？賽門就是這麼怪。他取笑別人像是盲目一窩蜂的旅鼠，但他也還是想要其他人嚮往的那些東西。而且他希望大家欽佩他。所以他作弊了，然後今年夏天在游泳池畔吹噓，說那有多容易，還說他返校日舞會還要再來一次。傑克不小心在旁邊聽到了。」

我立刻就能想像傑克的反應，於是珍奈接下來講的話我並不驚訝。「他快笑死了。但是賽門嚇壞了。他無法想像傑克說出去，接著學校裡的每個人就會知道他做出這麼可悲的事情。因為他幾年來都在揭發別人的祕密，現在他卻會被自己的祕密羞辱。」她瑟縮了一下。「你能想像嗎？『關於那個』的開發者被揭發，原來他也想當上舞會國王？這把他逼上了絕路。」

「絕路？」我問。

「對。賽門決定不再談他的瘋狂計畫，而是要實際去做。他已經曉得你和提傑的事情，但他一直拖到開學後。然後他利用這件事堵住傑克的嘴，而且讓他參與計畫。因為賽門需要一個人在他死後持續推動，而我不肯答應。」

我不曉得是不是該相信她。「你不肯？」

「對，我不肯。」珍奈沒看我的眼睛。「不是為了你。我當時根本不在乎你們任何一個。我是為了賽門。但是他不肯聽我勸，然後忽然間，他再也不需要我了。他了解傑克的個性，知道他發現你和提傑的事情就會抓狂。賽門告訴傑克，他可以把一切都栽贓到你身上，讓你成為替死鬼，最後去坐牢。傑克完全贊成。他甚至想出那個點子，要你那天去保健室弄泰諾止痛藥，這樣你看起來就嫌疑更重了。」

我腦袋一片空茫的噪響。「完美的復仇計畫，報復我背叛了一個完美的男朋友。」我不確定自己真的說出來了，直到我看到珍奈點頭。

「沒錯，而且沒有人猜得到，因為賽門和傑克早就不是朋友了。對賽門來說，還有個額外的好處，就算傑克搞砸了被抓到，他也不在乎。其實他簡直希望傑克會真的搞砸。他已經恨傑克好多年了。」

珍奈的嗓門抬高了，好像她正在暖身，要進行她和賽門以前大概慣常有的毒舌大會。「高一那年，傑克忽然就把賽門甩掉。開始跟庫柏混在一起，好像他們一直就是最要好的朋友，好像賽門再也不存在似的。好像他根本就不重要。」

我喉頭大量分泌口水，覺得就要吐出來了。不，要昏倒了。或許兩者都是。任何一個都會比坐在這裡聽這些要好。賽門死後那段時間，每回傑克安慰我、故作無事狀要我跟提傑一起搭他的車，還有跟他上床——從頭到尾他都知情。他知道我背著他偷吃過，就在那邊等待時機，等待要懲罰我。

這大概是最糟糕的部分：他從頭到尾都裝得那麼正常。

我設法又能說出話來。「但是他……但是最後是奈特被陷害。傑克改變主意了嗎？」

我好難過，發現自己竟然好希望是這樣。

珍奈沒有立刻回答。屋內一片安靜，只有她急促的呼吸聲。「不，」最後她終於說，「其實是……一切幾乎都按照賽門計畫的發展。那天早上，他和傑克把那些手機偷放在你們的背包裡，然後艾佛瑞老師發現了，罰你們課後留校，就跟賽門預料的一模一樣。他故意把『關於那個』的管理網站開放，讓警方很容易去調查。他寫了一份Tumblr日誌的大綱，教傑克用公用電腦貼上更新文章，裡頭加上一些實際狀況的細節。那就像是看著一個失控的電視實境秀，你一直在想，工作人員應該要站出來說夠了。但是結果沒有。我很受不了，一直叫傑克一定要停手，免得事情發展到不可收拾。」

我的胃擰成一團。「可是傑克不肯？」

珍奈吸吸鼻子。「對。賽門一死，他就對整件事情完全入迷了。看著你們被找去警察局，看著整個學校手忙腳亂，每個人都被那些Tumblr貼文搞得抓狂，讓他嚐到了大權在握的快感。他喜歡擁有那樣的控制權。」她停下片刻，看了我一眼。「我想這點你已經知道了。」

是啊，我想是吧。但是眼前我不需要被提醒。「你本來可以阻止的，珍奈。」我說，我的憤怒開始大於震驚，嗓門也跟著抬高了。「你應該把事情說出來的。」

「我做不到，」珍奈說，縮著雙肩。「有回我們跟賽門碰面時，傑克用手機錄下我們講的話。我當時想說服賽門恢復理智，但是傑克把那些錄音剪輯過，搞得整件事都好像是我的主意。他說如果我不幫忙，他就要把錄音交給警方，把所有事情推到我頭上。」

她顫抖著深深吸了口氣。「我本來應該把所有的證據栽贓給你的。你還記得那天我去你家嗎？當時我包包裡裝了一台筆電。但是我做不到。那天之後，傑克就一直來逼我，搞得我慌了。於是就把所有東西栽贓給奈特。」她哽咽一聲。「那太容易了。奈特什麼都不鎖的。然後我打電話去警察局告密，要他們去查奈特，而不是你。」

「為什麼？」我的聲音好小，雙手抖得好厲害，手裡那份賽門的宣言都發出窸窣聲。「為什麼你沒按照計畫做？」

珍奈的身體又開始前後搖晃。「你對我很好。那個蠢學校裡有幾百個人，但是除了你之外，沒有一個問過我是不是很想念賽門。我很想念他，到現在還是。我很清楚他有多混蛋，但是——他是我唯一的朋友。」她又開始大哭，瘦瘦的肩膀顫抖著。「直到你，我知道我們其實不算朋友，你現在大概還很恨我，但是……我沒辦法那樣對你。」

我不知道該怎麼回應。如果我一直想著傑克，我就會瘋掉。在這個亂七八糟的拼圖裡，我的心思一直記掛著其中不符合的一片。「那庫柏的那則八卦呢？為什麼賽門寫了實話，又換成假的？」

「那是傑克。」珍奈說，擦擦眼睛。「他逼賽門改的。他說他要幫庫柏一個忙，但是……我不知道。我想他其實是不希望別人知道他最好的朋友是同性戀。而且他似乎很嫉妒庫柏在棒球上得到的種種矚目。」

我覺得天旋地轉。我應該問更多問題的，但是眼前我只想得到一個。「現在怎麼辦？你……我的意思是，你不能讓奈特被定罪，珍奈。你會去找個人說出來，對吧？你得說出來才行啊。」

珍奈一手抹過臉。「我知道，我一整個星期都為了這件事情很難受。不過問題是，除了這份宣言的書面稿，我什麼憑據都沒有。傑克有賽門的硬碟，裡面有宣言的錄影版，還有所有的備份檔案，可以證明他計畫這件事情好幾個月了。」

我揮著賽門的那份宣言，像是個盾牌。「這個就已經夠好了。這個，還有你的話，就已經很多了。」

「那我會怎麼樣？」珍奈很小聲地喃喃說，「我算是協助犯罪的幫兇吧？或者妨礙司法？我不能去坐牢。傑克還有那個錄音可以毀了我。他已經很氣我了。我好怕他，怕得都不敢去上學了。他老是跑來我家，而且——」門鈴響了，她整個人僵住，同時我的手機也響起，收到一則簡訊。「啊老天，愛蒂，大概就是他。」珍奈說，「他都是看我爸媽的車不在車道上，才會跑來的。」

我手機裡的簡訊是庫柏發的。*傑克來了。怎麼回事？*我抓住珍奈的手臂。「聽我說，我們就用他對付你的方法回敬他。你跟他談這一切，然後我們錄音。你的手機在嗎？」

珍奈從口袋掏出手機，此時門鈴又響了。「沒有用的。他在跟我談之前，都會要我把手機先交給他。」

「好吧，那就用我的手機錄音。」我看著對面黑暗的餐室。「你們談話的時候，我就躲在那裡。」

「我不認為我做得到。」珍奈輕聲說，我又握住她的手臂用力搖一下。

「你非做不可。你得修正這件事，珍奈。現在已經搞得太過火了。」我雙手顫抖，但還是設法回了簡訊給庫柏——沒事，你等著就好。——然後站起來，拉著珍奈，把她推向門。「去應門。」然後我匆忙進入餐室，跪下來，打開我手機裡的錄音軟體，按下錄音鍵。我把手機放在地上，盡可能推近餐室和客廳間那道門，然後自己躲到瓷器櫃旁的那面牆邊。

一開始，我耳朵裡的血液奔騰聲好大，害我什麼都聽不到，然後慢慢地，我才聽到傑克的聲音：「……你為什麼都沒去學校？」

「我身體不舒服。」珍奈說。

「真的，」傑克聲音充滿輕蔑。「我也不舒服，但我還是去上學了。你也該這麼做。一切都照常，你知道？」

我得竭力豎起耳朵，才聽得到珍奈的聲音。「你不認為這個計畫已經持續得夠久了，傑克？我的意思是，奈特都去坐牢了。我知道我們有整套計畫，但是現在實際發生了，整個搞得一團糟。」我不確定我的手機可以錄到她的話，但是也沒辦法了。我不可能從餐室裡指揮她。

「我知道你嚇壞了。」傑克的口氣很輕鬆。「不，我們他媽的絕對不能停下，珍奈。那會害我們兩個都陷入危險。總之，送奈特去坐牢是你決定的，不是嗎？本來應該是愛蒂的，順便講一聲，這就是我今天過來的原因。這件事情你搞砸了，得想辦法扭轉過來才行。我有幾個點子。」

珍奈的聲音變得稍微有力一些。「賽門病了，傑克。殺了自己又把謀殺罪套在別人頭上，這樣太瘋狂了。我要退出。我不會告訴別人你也有份，但是我希望我們——不曉得，公開一份匿名信，說這是個惡作劇什麼的。我們得停手了。」

傑克冷哼一聲。「輪不到你決定，珍奈。別忘了我手上有你的把柄。我可以把這一切套在你頭上，乾淨脫身。沒有任何證據可以把我跟這些連在一起。」

錯了，混蛋，我心想。然後時間彷彿停止了，庫柏的一則簡訊掠過我的手機，你還好嗎？伴隨著蕾哈娜響亮的歌聲〈唯一的女孩〉。

我忘了，要把我的手機當成間諜裝置之前，最重要的步驟就是把一切關成靜音。

「媽的搞什麼？愛蒂？」傑克吼道。我連想都沒想，就退出餐室，穿過珍奈家的廚房，感謝老天她家有後門，我可以從那裡出去。沉重的腳步聲在我後頭響起，於是我沒走向庫柏的車，而是直接跑進珍奈家房子後頭那片濃密的樹林。我慌張地奔過樹林下方的草叢，躲開灌木和長滿雜草的樹根，直到我一隻腳鉤住個什麼，我跌趴在地上。那就像是體育課在跑道上的慘劇再度重演——膝蓋破皮，無法呼吸，雙掌擦傷——只不過這回我的腳踝也扭到了。

我聽到後頭傳來樹枝撞擊的聲音，比我原先以為的要遠，但是直朝著我逼近。我站起來，皺起臉，衡量著我眼前的選擇。之前在珍奈家客廳聽過那一切之後，有件事我很確定——傑克如果沒有找到我，是不會離開這片樹林的。我不知道自己有沒有辦法躲起來，而且我很確定自己沒法跑。我深吸一口氣，使盡全力大叫「救命啊！」然後又開始往前，設法彎來繞去，偏離傑克的方向，同時不要離珍奈家太遠。

但是，啊老天，我的腳踝太痛了。我幾乎是拖著身子往前，身後的聲音愈來愈大，最後一隻手抓住我的手臂，把我往後扯。我設法再尖叫一次，緊接著傑克另外一隻手就緊緊摀住我的嘴。

「你這個小賤人，」他啞著嗓子說，「這是你自找的，你知道吧？」我朝傑克的手掌用力一咬，他痛得發出一個動物的吼聲，垂下手又迅速抬起來，狠狠打了我一巴掌。

我搖搖晃晃，臉上好痛，但是設法沒倒下，然後我稍微轉身，想用膝蓋頂他的胯下，同時用指甲摳他的眼睛。我的攻擊落在他身上時，他又發出低吼。然後往後踉蹌，足以讓我設法甩掉他轉身。但是我的腳踝軟掉了，他又一手抓住我手臂，緊得像個鉗子。他把我拉過去，用力抓住我的兩邊肩膀，有那麼怪異的一刻，我以為他要吻我。

但結果他把我往地上推，跪下來抓著我的頭撞上一塊石頭。我的頭骨痛得像是爆炸了，我的視野邊緣變成紅色，然後是黑色。有個什麼緊壓著我的脖子，我無法呼吸。我什麼都看不到，但是我聽得到。「應該坐牢的不是奈特，而是你，愛蒂。」傑克咆哮道，同時我摳著他的手。「但是這樣也可以的。」

我的頭好痛，一個女生恐慌的聲音傳來。「傑克，住手！放開她！」

我脖子上那個可怕的壓力放鬆了，我喘著想吸氣，聽到傑克低沉而憤怒的聲音，然後是一聲尖叫和一聲撞擊。我應該起身，馬上。我伸出兩手，摸索著手指底下的青草和泥土，想找個施力點。我只要讓自己站起來，把眼前的那些星爆擺脫就好。一件一件來。

兩隻手又圈住我的脖子，用力掐緊。我雙腿猛踢，希望就像我騎單車那樣靈活有力，但感覺上那兩條腿就像軟麵條似的。我眨眼，眨眼，又眨了幾次，直到我的視覺終於恢復了。只不過現在我真希望自己看不到。傑克的眼睛在月光下閃出銀色，充滿了冷酷的憤怒。我怎麼會沒料到有這麼一天？

無論我多麼努力，都沒法讓他的雙手移動半分。

然後我忽然又可以呼吸了，同時傑克往後飛，我還模糊地想著他為什麼會那樣。空氣中充滿聲音，我往旁邊翻身，猛喘著努力要吸氣。幾秒鐘或幾分鐘過去了，很難判斷，最後一隻手按著我的肩膀，我眨眨眼看到另一對眼睛。和善、關心，而且跟我一樣快嚇死了。

「庫柏。」我啞聲說。他把我拉起來坐著，然後我腦袋靠著他胸膛，覺得他的心臟貼著我臉頰跳得好厲害，同時遠處的警笛聲逐漸逼近。

30

奈特

十一月九日，星期五，下午三點四十分

警衛喊我的名字，從他看著我的表情，我就知道有什麼不一樣了。他不再像平常那樣把我當成一塊泥巴、想要踩上去輾幾下。「帶著你的東西。」他說。我沒什麼東西，但我還是慢條斯理把每一樣都裝進一個塑膠袋，然後跟著他沿著灰色長廊往前，走到典獄長的辦公室。

伊萊在門口徘徊，雙手插在口袋裡，看著我的眼神比平常緊張一百倍。「歡迎回到你接下來的人生，奈特。」看我沒反應，他又說，「你自由了，出獄了。這整件事都是個惡作劇，現在已經全都揭發了。所以脫掉你那件囚衣，換上便服，然後我們趕緊離開這裡吧。」

此時我已經很習慣照別人的吩咐做，於是就照做了。其他一切我都沒留意，即使伊萊給我看傑克被逮捕的消息，我都沒看進去。直到他告訴我愛蒂被送到醫院，有腦震盪和頭骨破裂。「好消息是，那個裂縫很細，不會有潛在的腦部損傷。她會完全復元的。」

愛蒂，那個腦袋空空的返校日舞會公主，變成了兇悍的忍者調查員，她因為想救我而頭骨破裂，住進醫院。她能保住一條命，可能只是因為珍奈（她因此被打爛下巴），以及庫柏（他忽然

成了媒體一致頌讚的超級英雄）。要不是整件事讓我太作嘔，我本來會替庫柏高興的。

當你為了你沒犯過的罪而出獄時，有一大堆書面工作要完成。《法網遊龍》從來沒演過你要先填多少表格，才能重返外頭的世界。我眨著眼走進外頭的明亮陽光下，第一個看到的是十幾部攝影機都呼呼開動。當然了，這整件事情是一齣還沒演完的電影，幾個小時內，我就從壞人變成了英雄，即使我到了這裡之後，並沒做過任何一件事去促成改變。

我媽在外頭，我想這算是個驚喜。我隨時都做好她會離開的準備。還有布朗雯，即使我特別交代過我不希望她接近這個地方，她還是跑來了。我猜根本沒人把我講的話當回事。我還沒來得及反應，她的雙臂就抱住我，我的臉埋在她青蘋果氣味的頭髮裡。

耶穌啊，這個女生。有幾秒鐘，我吸入她的氣息，覺得一切都沒關係了。

只不過並非如此。

「奈特，重獲自由的感覺如何？你對傑克有什麼評論嗎？你的下一步是什麼？」我們走向伊萊的車時，他對著所有湊到我臉上的麥克風斷續講了些話。那一刻他是目光的焦點，但是我不曉得他做了什麼而有資格享受那種矚目。我的罪名被撤銷，是因為布朗雯持續抽絲剝繭，找到了一個證人。因為庫柏的男朋友把其他人都沒看到的點連成線。因為愛蒂冒著生命的危險去查探。而且因為庫柏在傑克永遠封住她的嘴之前，扭轉了局面。

我是謀殺俱樂部裡唯一沒有半點貢獻的人。我唯一做的，就是當那個容易被陷害的人。

伊萊開著車慢吞吞經過了所有新聞轉播車，直到我們上了高速公路，少年感化院在遠處縮成一個小點。他不停嘮叨著有太多事情要辦：他正在跟羅培茲保護官合作，要設法撤銷我之前販賣藥物的罪名；說如果我想要上媒體發表聲明，他建議找米凱爾．鮑爾斯；又說我需要想個好策略，好重新融入學校。我望著窗外，被布朗雯握住的那隻手毫無反應。等到我終於聽到伊萊問我是否有任何問題，我看得出他已經重複嘮叨好一會兒了。

「有人去餵史丹嗎？」我問。我爸一定不會餵的。

「我餵了。」布朗雯說。看我沒反應，她緊握一下我的手又說，「奈特，你還好嗎？」

她想看著我的雙眼，但是我沒辦法。她希望我開心，我也開心不起來。我想到布朗雯的遙不可及，就像有一記拳頭擊中我的肚子：她想要的一切都是美好、正確、合邏輯的，而我沒有一個辦得到。她將永遠是尋寶遊戲中走在我前頭的那個女孩，發亮的頭髮催眠著我，讓我幾乎忘記跟在她後頭的自己有多麼無能。

「我只想回家睡覺。」我還是沒看布朗雯，但眼角看到她的臉垮下來，而因為某些原因，我竟反常地感到滿足。我果然令她失望了。終於，有件事情說得通了。

庫柏

十一月十七日，星期六，上午九點三十分

星期六早上我下樓吃早餐，發現我祖母正在讀一本《時人》雜誌，封面照片是我，那真是太不真實了。

不是我擺好姿勢讓他們拍的。那是我和克里斯去警局做完筆錄後，離開時被記者拍到的。克里斯看起來完美極了，而我看起來就像是喝了一夜酒才剛睡醒似的。我們兩人中誰是模特兒，顯然一點也不難猜。

這種意外而來的名氣真是好笑。首先人們支持我，即使我被指控作弊和謀殺。然後他們恨我，因為發現我的真面目。現在他們又重新喜愛我了，因為我在正確的時間出現在正確的地方，而且設法用一記準確的拳頭擺平傑克。

而且我猜想，我也因為跟克里斯在一起而沾光。伊萊完全歸功於克里斯，說是他搞清楚一切到底是怎麼回事的，所以他成了這一整團爛帳裡面最新的爆紅明星。而他想要迴避媒體的事實，只讓媒體對他更有興趣了。

盧卡斯坐在奶奶對面，舀起碗裡的巧克力玉米球送進嘴裡，一邊滑著他的iPad。「你的Facebook粉絲團現在有十萬個讚了。」他報告。把一綹頭髮從臉上撥開，好像那是一隻討厭的蟲子。這對盧卡斯是好消息，之前警方逼我出櫃後，我大部分的所謂粉絲紛紛退出粉絲團，他當時覺得那都是針對他。

奶奶吸吸鼻子，把雜誌丟到桌子對面。「可怕。一個男孩死了，另一個毀掉自己的人生，還差點毀掉你的，然後大家還把這事情當成一齣電視節目似的。感謝老天，幸好大家的注意力都很短暫。很快就有別的事情發生，然後你就可以恢復正常了。」

無論正常是什麼。

傑克被逮捕至今大概一個星期了。到目前為止，他被起訴的罪名包括攻擊、妨礙司法、篡改證據，還有一大堆其他的我記不清了。他現在有自己的律師了，而且他就關在奈特之前收押的那個少年感化院。我猜想那是一種因果報應，但是我並不覺得開心。我還是無法把我從愛蒂身上拉起來的那個人，跟我從九年級開始的好友連在一起。他的律師說他是受到賽門的不當影響，或許這可以解釋。但也或許艾希丹的看法沒錯，傑克一直就是個控制狂。

珍奈正在跟警方合作，看起來檢方會讓她認罪協商比較小的罪名，以交換她的證詞。她和愛蒂現在要好得很。我對珍奈的感覺好壞參半，因為她讓事情發展到這個地步。但我也不像自己原先以為的那麼無辜。愛蒂在醫院裡因為服用止痛劑而昏昏沉沉時，把一切都告訴我了，包括我在高三舞會上愚蠢、恐慌的藐視行動，使得賽門痛恨我，到了要用謀殺罪名陷害我的地步。

我得想出辦法忍受這些，而不原諒他人的過錯絕對不是個好辦法。

「你晚一點要跟克里斯碰面嗎？」奶奶問。

「對。」我說。盧卡斯繼續吃著他的早餐穀物片，眼睛都沒眨一下。結果他根本不在乎他老哥有個男朋友。不過他似乎很想念柯麗。

我今天也要去見柯麗，就在我跟克里斯碰面之前。一部分是因為我應該要跟她道歉，另一部分是因為她也被捲進了這一團亂，雖然警方在賽門的自白書裡刪去了她的名字，公開紀錄上查不到，但是學校裡的人猜得出來。我這個星期稍早傳過簡訊給她，問她最近狀況怎麼樣，她回覆的簡訊向我道歉，為了克里斯和我的事情曝光時沒有更支持我。鑑於我之前跟她撒了那些謊，她還能這樣，真是心胸寬大。

之後我們又來回傳了幾次簡訊。她知道自己在這一切中所扮演的角色後，飽受打擊，儘管事發時她完全不知情。我是鎮上少數能了解她感受的人。

或許經過這一切，我們還能設法當朋友吧。我會很願意的。

老爸走進廚房，手裡拿著他的筆電搖了搖，好像裡頭有個禮物。「你查過你的電子郵件了嗎？」

「今天早上還沒有。」

「賈許・蘭里來聯絡了。他想知道你對於上大學和參加選秀怎麼想的。還有，洛杉磯加大也要提供獎學金了。不過路易斯安那州大還沒有消息。」除非全國前五名大學棒球隊都提供我獎學金，否則老爸是不會滿意的。路易斯安那州大是唯一還沒有來聯絡的，這點讓老爸很不高興，因為他們學校排名第一。「總之，賈許下星期想跟你談。你願意嗎？」

「沒問題。」我說。雖然我已經決定不要馬上去參加選秀了。我愈思考我的棒球前途，就愈覺得下一步應該去打大學棒球隊。往後我還有大半輩子可以打棒球，但只有短短幾年可以讀大學。

而我的首選，就是聖地牙哥的加州州立大學。因為在我低潮時，他們是唯一沒有拋棄我的。

但是跟賈許・蘭里談可以讓老爸開心。自從棒球方面的好消息開始湧入後，我們又恢復了不太穩固的父子關係。他還是不肯跟我談克里斯，而且任何人提到克里斯，他就閉嘴不講話。但他再也不會一聽到就衝出房間了。而且他又肯看著我的眼睛了。

這是個開始。

愛蒂

十一月十八日，星期日，上午十點四十五分

我現在還沒辦法騎單車，因為我頭骨上的裂痕，還有我扭傷的腳踝，所以後續的回診是艾希丹開車載我去的。一切都按照應有的進度逐漸痊癒，不過我要是太快轉頭，就還是會頭痛。情感的部分就要花比較多時間癒合了。一半的時間我希望傑克死掉，另一半的時間我想殺了他。現在我可以承認了，艾希丹和提傑對於我和傑克之間關係的說法是正確的。他掌控一切，而我就由著他。但是我原先絕對不相信他會做出在樹林裡那樣的事情。傑克攻擊我之後，我的心感覺就像我的頭骨一樣——好像被一把鈍斧劈成了兩半。

我也不曉得自己對賽門有什麼感覺。有時我覺得好難過，想著他怎麼計畫毀掉我們四個人，只因為他認為我們從他手上奪走了人人嚮往的東西：成功、有朋友、被喜愛、被看到。

但是大部分時候，我只希望我從來不認識他。

奈特來醫院探望過我，我出院後又跟他見了兩次面。我很擔心他。他不是個願意敞開心胸的人，但是他說的那些足以讓我判斷：被逮捕害他覺得自己非常沒用。我試著說服他不是這樣的，但是我不認為他聽得進去。我真希望他願意認真聽，因為我比誰都清楚，當你判定自己不夠好時，你有可能把自己的人生搞得多麼淒慘。

我兩天前出院後，提傑傳了幾次簡訊來。他一直暗示想跟我約會，所以我終於必須告訴他，

那是不可能的。當初跟我聯手啟動這一連串連鎖效應的人就是他，我實在沒辦法跟這麼一個人交往。真可惜，因為如果一開始不是那樣，或許我們會有機會的。但是我已經開始明白，有些事情無法取消重來，無論你的出發點有多好。

但是也沒關係。我媽認為提傑就是我避免成為老姑娘最後、最好的機會了，但是我不認為。在伴侶關係方面，她並不像自己以為的那麼內行。

我寧可效法艾希丹，伊萊的迷戀讓她獲得樂趣。他處理完奈特的案子後，就設法追查到她的聯繫方式，然後來約她。她跟他說她還沒準備好要約會，於是他就常常放下他重得要死的工作，帶她去精心安排的「非約會」。而她也承認，她樂在其中。

「但是我不確定我可以把他認真當回事，」我檢查完，撐著兩根腋下拐杖跛行回到她車上時，她這麼說，「我的意思是，光那個頭髮。」

「我喜歡他的頭髮。很有特色。何況，看起來很柔軟，像一朵雲。」

艾希丹咧嘴笑了，把我前額一綹頭髮拂開。「我喜歡你的頭髮。再留長一點，我們就可以打扮得像雙胞胎了。」

那是我的祕密計畫。我一直很嚮往艾希丹的髮型。

「我有個東西要給你看。」她說，開出醫院停車場。「是好消息。」

「真的，是什麼？」有時候我都想不起聽到好消息的感覺是什麼了。

艾希丹搖搖頭微笑。「要用看的，沒辦法用講的。」

她停在一棟新的公寓大樓前，那一帶是灣景最接近時髦的地帶了。艾希丹配合我的緩慢腳步，穿過一片明亮的中庭，然後帶著我來到大廳的一張長椅。「先在這裡等一下。」她說，把我的腋下拐杖撐靠在長椅旁。她繞過轉角消失了，十分鐘後回來時，她帶著我搭電梯到三樓。

艾希丹把一支鑰匙插入一扇標示著三〇二的門，推開來，裡頭是一戶寬敞的公寓，有類似舊倉庫改建的高聳天花板。到處都是窗子，還有裸露的磚牆和磨光的木地板，我第一眼就愛上了。

「你覺得怎麼樣？」她問。

我把腋下拐杖靠牆放著，單腿跳進開放式廚房，欣賞著馬賽克拼貼瓷磚的背牆。誰想得到灣景居然有這樣的地方？「這裡好漂亮。你是不是，呃，考慮要租下來？」我設法裝出熱心的口氣，不要因為艾希丹即將丟下我、讓我單獨跟我媽住而害怕。艾希丹其實回家住沒多久，但我已經逐漸喜歡有她作伴的日子了。

「我已經租了。」她說著咧嘴笑了，在硬木地板上轉了個圈。「你住院的時候，查理和我那戶公寓有人出價要買。還沒完全辦好手續，但是等到賣掉了，我們會賺上很大一筆。他答應要自己承擔他的學生貸款，算是離婚的條件。我的設計工作還是生意清淡，不過我會有足夠的存款，租下這裡不會太吃力。何況灣景比聖地牙哥便宜多了。這戶公寓如果是在聖地牙哥市中心，就要三倍價錢了。」

「太好了！」我希望我的興奮表現得很成功。我真的很替她感到興奮。只不過我會很想念她。「你最好有多的房間，好讓我來探望你的時候可以住。」

「我的確有多一個房間。」艾希丹說，「但是我不希望你來探望我。」

我瞪著她，覺得自己一定是聽錯了。我以為過去這兩個月我們相處得很好。

看到我的表情，她大笑起來。「傻瓜，我希望你住在這裡。你跟我一樣，一定得離開那棟房子。媽媽說沒問題。她現在跟賈斯汀的關係在走下坡，她認為多一些兩人私下相處的時間，就可以解決他們的問題。何況，你再過幾個月就十八歲了，反正到時候你愛住哪裡都可以了。」

她還沒講完，我就擁住她，她忍受了幾秒鐘，然後抽身離開。我們還是不太能掌握那種姊妹情深的互動技巧，老是會搞得很尷尬。「去吧，去看看你的房間。就在那邊。」

我跛行著進入一個灑滿陽光的房間，裡頭有扇大窗子，俯瞰著公寓後方的單車道。牆壁上排列著嵌入式書櫃，天花板裸露的橫樑之間圍著一個漂亮的燈具，上頭有一打不同形狀、大小的燈泡。我喜歡裡頭的一切。艾希丹靠在門邊，朝我微笑。

「對我們來說都是個新開始，嗯？」

我終於感覺，自己真的可以重新開始了。

布朗雯

十一月十八日，星期天，上午十點四十五分

奈特獲釋那天，我接受了媒體唯一的一次採訪。不是刻意安排的。但是米凱爾・鮑爾斯本人就在我家外頭突襲我，一如我第一次在電視上看到他施展全副魅力、關注我們這個案子時所預料到的，我無法抗拒他。

「布朗雯・羅哈斯。最了不起的女孩。」他穿著筆挺的海軍藍西裝，繫著紋樣精緻的領帶，一臉溫暖的微笑。他朝我伸出手要握時，金色的袖釦閃閃發亮。我幾乎沒注意到他身後的攝影機。「這幾個星期我一直想找你談。你始終不放棄你的朋友，對吧？我很欣賞這一點。你在這整個案子的表現，我都很佩服。」

「謝謝。」我小聲說。他擺明了要灌我迷湯，而且完全奏效。

「我很想聽聽你對每件事的意見。能不能花幾分鐘告訴我們，這場折磨對你來說是什麼滋味？而現在結束了，你又有什麼感覺？」

我不該說的。那天早上羅蘋才跟我們家開了最後一場法律會議，她臨別的建議就是保持低調。一如往常，她說得沒錯。但是有些之前不能說的事情，現在我很想一吐為快。

「只有一件事。」我看著攝影機，同時米凱爾鼓勵地微笑著。「我的化學科的確是作弊了，而且我很抱歉。不光是因為害我捲入這個案子，而是因為那樣做很不應該。我爸媽從小教導我要誠實、努力工作，就像他們一樣，而我辜負了他們。這對他們不公平，對我的老師、對我想申請的大學也不公平。而且對賽門不公平。」然後我的聲音開始顫抖，再也忍不住淚水。「要是早知道……要是早想過……這件事我說再多抱歉永遠不夠。我再也不會做這樣的事情了。我想講的就是這些。」

我想這不是米凱爾期望聽到的，但他還是在他灣景報導的最後一集用上了。傳言說，他打算把這一系列報導拿去報名艾美獎。

我爸媽一直叫我不能因為賽門做的事情而責怪自己。我也一直這樣告訴庫柏和愛蒂。而且我還會這樣告訴奈特，如果他願意聽的話，但是自從他離開少年感化院之後，我就很少有他的消息。他現在更常跟愛蒂聊。我的意思是，他應該跟愛蒂聊沒有錯，愛蒂在這個案子裡的表現完全就是個搖滾明星。但是啊……

他終於答應讓我過去他家探望，但是當我按他家電鈴時，沒感覺到以往慣常的興奮和期待。自從他被逮捕以後，有些事情改變了。我幾乎不敢期望他會在家，不過他開了門，站到一邊讓我進去。

奈特家看起來不錯，比我之前過來餵史丹時好很多。他母親現在住在這裡，加上了一些新東西，比方窗簾、抱枕，還有裱框的照片。奈特回家後唯一跟我講話比較久的一次，就提到他母親說服他父親試著去戒酒中心住一陣子。奈特沒抱太大的希望，但是我很確定，讓他父親暫時離開那棟房子，大家都能鬆一口氣。

奈特一屁股坐到客廳的一張扶手椅上，我走到一旁看玻璃箱內的史丹，很高興有別的事情讓我分心。史丹朝我舉起一隻前腳，我驚訝大笑。「史丹剛剛在跟我揮手嗎？」

「是啊。牠會揮手，大概一年一次吧。牠只會這招。」奈特咧嘴笑了，看著我的雙眼，一時之間，我們之間又恢復正常了。然後他的笑容隱去，垂下頭去。「所以，我其實沒有很多時間。羅培茲保護官想幫我介紹一個週末打工的機會，在東原的一家營造公司。我得在二十分鐘內趕過去。」

「那太好了。」我艱難地吞嚥。現在跟他講話為什麼這麼吃力？幾個星期前，這本來是全世界最容易的事情。「我只是——我只是想說，呃，我知道你受了很多罪，如果你不想談，我也能理解，但是如果你想談，我很願意聽。而且我還是很……關心你。跟以前一樣。所以。就這樣。」

這是個笨拙的開始，而且說的時候，他從頭到尾都不看我，搞得狀況更糟糕。等到他終於抬頭看著我時，雙眼冷淡。

「我一直想跟你談這個。首先，謝謝你做的每件事情，真的，我欠你很多。我大概永遠無法回報你了。但是現在該回復日常了，對吧？而我們並不是彼此的日常。」他又別開眼睛，害我難過死了。只要他肯看著我超過十秒，我相信他就不會這麼說了。

「的確，」我很驚訝自己的聲音這麼平穩。「但這點對我來說從來就不重要，我也不認為你覺得重要。我的感覺沒有變，奈特。我還是想跟你在一起。」

我從來沒用這麼直接的方式、說出這麼重要的事情，一開始我只是很高興自己沒有哭出來。但是奈特的表情一點也不在乎。儘管我不害怕外在的障礙——父母不贊成？不是問題！去坐牢？我救你出來！——可是他的無動於衷讓我失去自信。

「我不明白這有什麼意義。我們有不同的生活，現在調查結束了，我們就完全沒有共同點了。你得準備去讀常春藤大學，而我——」他毫無笑意地哼著鼻子笑了一聲。「我會做完全相反的事情。」

我好想伸出雙臂擁住他，吻他，直到他別再這樣講話。但他的臉完全封閉起來，好像他的心已經跑到一千哩外，等著他的身體跟上去。好像他讓我來這裡，只是出於無奈。而我受不了這樣。

「如果你的感覺是這樣的話。」

他點頭點得好快，我原先殘存的任何一點小小希望之火都因而消失了。「是的，祝你一切順利。布朗雯。再謝一次。」

他站起來，像是要送我出門，但眼前我受不了這種假裝的禮貌。「不必送了。」我說，低頭看著地板，氣沖沖走過他面前。我自己開門出去，全身僵硬地走到我的車，逼自己不准跑，然後顫抖的手翻著我的包包，找出車鑰匙。

我沒流淚，一路眼睛不眨地開回家，忍到進了我房間，這才崩潰。美芙輕聲敲門，沒等我回應就自己進來，然後蜷縮在我旁邊，撫摸我的頭髮，同時我頭埋在枕頭裡痛哭，哭得好像我的心碎了——或許真的是。

「我很遺憾，」她說。她知道剛剛我去哪裡，我也不必告訴她進行得怎麼樣。「他太混蛋了。」

她沒再說其他什麼，直到我哭累了，坐起身來。我都忘了這樣用全身力氣痛哭會搞得你有多疲倦。「很遺憾我沒辦法讓這件事情好轉，」美芙說，伸手到口袋裡，掏出她的手機。「但是我有另一件事要給你看，或許可以讓你開心起來。你在《米凱爾．鮑爾斯調查》上的聲明，在推特上引起很多迴響。順帶說一聲，都是正面的。」

「美芙，我不在乎推特上說什麼。」我疲倦地說。這整件事情才剛開始時，我就沒再上推特了。就連我的簡介都設成不公開。我沒辦法應付各方意見的攻擊。

「我知道。但是這則你應該看一下。」她把手機遞給我，指著我時間線上一則來自耶魯大學的貼文：

凡人皆有過失@布朗雯．羅哈斯。我們期待收到你的申請。

尾聲

三個月後

布朗雯

二月十五日，星期五，下午六點五十分

我現在算是在跟艾文·尼曼交往了。其實是有點不知不覺發展出來的。一開始我們只是一大群人在一起，然後是比較小群人，幾個星期後，我們一票人去由美子家，又恨又愛地看完了實境秀《鑽石求千金》那個吻……不錯。他是接吻高手。我發現當時自己用一種幾乎是無動於衷的態度分析著這個吻，心裡恭喜他的技巧高超，同時注意到我們之間沒有任何熱度或磁力。我回吻時心臟沒有怦怦猛跳，我的四肢沒有顫抖。那是跟一個好男孩之間美好的吻。就是我以前一直想要的。

現在一切幾乎就跟我第一次想像跟艾文約會時所預料的一樣。我們是很不錯的一對。我春假舞會有個現成的男伴了，這樣很好。但是我計畫裡高中畢業後的人生，跟他一點關係都沒有。我們頂多撐到畢業，就會分手了。

我申請了耶魯大學，但不是提早申請。我下個月會跟其他人一起知道自己是不是錄取了。但是讀耶魯好像不再是我未來唯一重要的事情了。我現在週末都去伊萊那邊實習，開始覺得待在本地讀大學、繼續在「證明之前」組織幫忙也不錯。

一切都很順利，我也試著接受。我常常想到賽門，以及媒體稱之為他的「憤憤不平的權利」——他相信他應該得到一些東西，卻沒能得到，所以其他人都該為此付出代價。那個道理簡直是不可能理解，只不過在我腦子的那個角落，就是這種想法促使我作弊，去得到我沒資格得到的東西。我再也不想當那樣的人了。

我只有在學校才會見到奈特。他比以前更常去學校，所以我猜想他狀況還不錯。但是我不確定，因為我們現在完全不講話了。他說要回到各自的生活，不是開玩笑的。

有時我幾乎逮到他在看我，但也可能只是我自己一廂情願在亂想而已。

他還是常駐在我心中，這樣很討厭。我本來希望跟艾文交往，可以讓自己停止思念奈特，但結果只是讓狀況更惡化而已。所以我試著不要想到艾文，除非我跟他在一起，這表示我有時會忘了身為女朋友該做的一些事。比方今天晚上。

我在聖地牙哥交響樂團主辦的音樂會有一段獨奏。這是他們「高中焦點」音樂會系列的一部分，我從高一就開始申請了，但是從來沒入選過。上個月，我終於收到入選通知。大概是因為我殘餘的一些名氣，不過我願意相信我寄出的甄試影片〈卡農變奏曲〉有幫助。從去年秋天以來，我進步了很多。

「你緊張嗎？」我們要去市中心的路上，美芙問我。她為了音樂會穿了一件酒紅色的天鵝絨禮服，感覺上很有文藝復興時期的氣質，她的頭髮編成一條鬆鬆的辮子，上頭裝飾著鑲珠寶的小髮針。她最近即將在戲劇社公演的《亞瑟王》裡面飾演桂妮薇王后，對這個角色有點太過投入了。不過這個打扮很適合她。我穿得比較保守，是一件挖圓領的緹花布禮服，上頭有灰色和黑色的深淺圓點，腰際收緊，往下的喇叭形裙襬到膝蓋上方。

「有一點。」我回答，但她沒認真聽。她的手指在手機上一直滑，或許又在安排跟《亞瑟王》裡飾演圓桌武士蘭斯洛的那個男生週末一起排演。她堅持那個男生只是朋友。是喔。

我也拿著自己的手機，傳簡訊給凱特、由美子、愛蒂她們，交代最後的一些事項。庫柏會帶克里斯來，不過他們得先跟他的父母吃晚餐，所以可能會晚些到。是克里斯的父母。庫柏的爸爸還在慢慢適應，還不到那個程度。由美子回覆說我們應該去找艾文嗎？那一刻我才想到我根本沒邀請他。

不過也沒關係。這本來就不是什麼大事。報紙上有登，我確定他如果看到、而且想來的話，應該就會跟我提起才對。

◆

我們來到科普萊交響音樂廳，面對著滿場觀眾。輪到我演奏時，我走上那個龐大的舞台，大得讓中央的那架鋼琴都變得渺小了。觀眾席一片沉默，只有偶爾的咳嗽聲。我的鞋跟響亮地敲過光亮的地板，然後我撫平洋裝的後裙襬，在烏木琴凳上坐下來。我從來沒在這麼多人面前演奏過，但是我不像自己原先預期的那麼緊張。

我伸展一下手指，等著後台傳來的指示。我一開始彈，立刻感覺到這會是我彈得最棒的一次。每個音符都很流暢，但是不止如此。當我彈到漸強的部分和緊接著的輕柔音符，我把過去幾個月的每一絲情感都傾注到指下的琴鍵裡。每一個音符感覺上就像是一次心跳。而且我知道觀眾也有同樣的感受。

我演奏完畢時，響亮的掌聲迴盪在音樂廳裡。我站起來頷首致意，享受著觀眾的讚許，直到舞台經理示意我退場，我才走入舞台側翼。在後台，我收到了我爸媽之前送來的花束，我緊緊抱在懷裡，聆聽著其他演奏者的表演。

音樂會結束後，我在門廳跟好友們會合。凱特和由美子送給我另外一束比較小的花，我跟原來的那一束抱在一起。愛蒂粉紅的臉頰微笑著，黑色洋裝外頭罩著她剛加入田徑隊所收到的新夾克，完全就像個全世界最沒說服力的運動健將。她的頭髮剪成了多層次的鮑伯頭，除了顏色之外，幾乎跟她姊一模一樣。她決定不要回復金髮，而是全部染成紫色，結果很適合她。

「你彈得好棒！」她開心地說，把我拉過去擁抱。「他們應該整場都讓你一個人演奏。」

讓我驚訝的是，艾希丹和伊萊也站在她後方。艾希丹提到過她會來，但我沒想到伊萊會這麼早就離開辦公室。我猜想我早該明白的。他們現在正式成為一對了，伊萊也設法找到時間陪著艾希丹做她想做的事情。他跟她在一起時總是咧嘴露出那種痴傻的笑容，我想我彈的他大概根本都沒聽進去。「不錯啊，布朗雯。」他說。

「我幫你拍了影片，」庫柏說，揮著他的手機。「等我稍微剪輯過了，就會寄給你。」

克里斯穿著運動夾克和深色牛仔褲，看起來帥極了。他翻了個白眼。「庫柏終於學會怎麼用iMovie，現在可來勁了，什麼都阻止不了他。相信我，因為我試過。」庫柏一臉毫不悔悟的笑容，收起他的手機，然後握住克里斯的手。

愛蒂一直伸長脖子在擁擠的門廳裡四下張望，看得我都好奇她是不是帶了男伴來。「在等誰嗎？」我問。

「什麼？沒有。」她輕快地揮了一下手。「只是看一下而已。好漂亮的建築。」

愛蒂有全世界最遜的撲克臉。我循著她的目光看去，但是沒看到任何有可能是神祕男友的面孔。不過她好像並不失望。

一直有人停下來講話，於是花了半個小時，美芙、我爸媽、我才走到門外。我爸瞇眼看著天空閃爍的星星。「我的車停在比較遠的地方。你們三個穿高跟鞋不好走，就在這裡等，我去把車開過來。」

「好的。」我媽說，吻了他的臉頰。我抱著兩束花，看著周圍那些盛裝打扮的人群一路說笑著湧入人行道。一排闊氣的汽車往前行駛，我望著那些車，雖然現在還太早，我爸不會在裡頭。一輛Lexus、一輛Range Rover、一輛Jaguar。

一輛摩托車。

我的心臟猛跳，那輛摩托車的車燈熄滅，上頭的騎士摘下安全帽。奈特下了車，繞過一對老夫婦，朝我走來，雙眼定定看著我。

我無法呼吸。

美芙拉著我媽的胳臂。「我們應該靠停車場近一點，這樣爸爸比較容易看到我們。」我的雙眼看著奈特，於是我是聽到、而不是看到我媽嘆了一口大氣。但她跟著美芙離開了，所以奈特走到我面前時，人行道上只有我一個人。

「嘿。」他那對睫毛長長的漂亮眼睛看著我，忿恨在我血管中湧動。我不想看到他的蠢眼睛、他的蠢嘴巴，還有他那張蠢臉上的每個部分，因為那些害我過去三個月過得好悲慘。終於有一晚，我可以忘我地沉浸在某件事情裡頭，不去想我可悲的愛情生活。而現在被他毀掉了。

但是我才不要讓他知道這一點。「嗨，奈特，」我很驚訝自己冷靜、無動於衷的聲音。他絕對猜不到我的心臟跳得好厲害，簡直要跳出胸腔了。「你最近怎麼樣？」

「還好，」他說，兩手插進口袋裡。他看起來幾乎是——笨拙？這種姿態對他來說是新鮮事。「我爸回去戒酒中心了。不過他們說他願意再試一次，這是好事。」

「太好了。希望他能戒酒成功。」我的口氣聽起來不怎麼誠懇，但其實我是真心的。奈特站在那裡愈久，我就愈難裝得很自然。「那你母親怎麼樣？」

「很好。在工作。她把奧勒岡的東西全都搬來了，所以——我想她會在這邊待一陣子吧。總之，計畫是這樣。」他一手撫過頭髮，又半垂著眼睛朝我看了一眼。以前他吻我之前，總是這樣看著我。「我看到你的獨奏了。我那天晚上在你們家第一次聽你彈的時候，我講的話錯了。因為今天晚上，才是我這輩子聽過最棒的音樂。」

我的手緊捏著那些花莖，用力得玫瑰上的刺都戳著我。「為什麼？」

「什麼為什麼？」

「你為什麼要來？我的意思是——」我朝人群昂起下巴。「這其實不是你會做的事，不是嗎？」

「沒錯，」奈特承認。「但這對你很重要，對吧？我想親眼來看看。」

「為什麼？」我又問了一次。我想問更多，但是沒辦法。我的喉嚨發緊，而且驚駭地發現我的雙眼刺痛而盈滿淚水。我專注在呼吸上頭，手指按著玫瑰花刺，希望那種輕微的疼痛能讓我分心。好吧，終於奏效。淚水消退，災難解除了。

我努力鎮定下來的那幾秒鐘，奈特朝我走得更近。我不曉得要看哪裡，因為他身上的每一部分，都會逼得我再度失去冷靜。

「布朗雯，」奈特摸著自己的頸背，艱難地吞嚥著，我這才明白他跟我一樣緊張。「我真的好白痴。被逮捕搞亂了我的腦袋。我原以為你的人生沒有我會比較好，所以我就……讓這樣的狀況發生了。我很抱歉。」

我低頭看著他的球鞋，看那裡似乎很安全。我沒把握自己開口不會崩潰。

「事情是這樣的……我這輩子一直只能靠自己，從來沒有人陪著我，你知道？我說這些不是要讓你同情我，只是想解釋一下。我不懂——以前不懂——這類相處的事情。我不曉得你不能假裝你不在乎，然後就算了。」我發現奈特身體的重心換到另外一腳，因為我的雙眼還一直看著地上。「我一直在跟愛蒂談這件事，因為——」他笑了一聲，「——因為她不願意放棄。我問過她，如果我想來找你講話，你會不會生氣。她說無所謂，說我總之欠你一個解釋。她說得沒錯，向來都沒錯。」

愛蒂，真是多管閒事。難怪她剛剛在音樂廳裡一直東張西望。

我清了清嗓子，想清掉喉嚨的那個硬塊，但是不妙。我得卡著這個硬塊講話了。「之前你不光是我的男朋友而已，奈特。你也是我的朋友，或者我是這樣認為的。然後你再也不跟我講話，就好像我們之間根本不算什麼。」我得用力咬住臉頰內側的肉，免得眼淚又冒上來。

「我知道。當時是——老天，我根本沒辦法解釋，布朗雯。你是我碰到過最美好的事，所以我嚇壞了。我以為我會毀掉你，或者你會毀掉我。我們家的人向來就有這種傾向，但是你不像那樣。」他狠狠吐出一口氣，聲音壓低。「你不像任何人。我從小就知道這一點，而我就是——我搞砸了。我終於有跟你在一起的機會，而我完全搞砸了。」

他頓了一下，等著我說話，但我還是沒辦法。「我很抱歉，」他說，兩腳又改變重心。「我不該來的。我忽然就這樣跑來找你，太冒失了。我不是故意要毀掉你這個重大夜晚的。」

人潮逐漸散去，夜間的空氣涼爽。我爸很快就會到了。我終於抬頭看，結果還是跟預料的一樣心慌。「你真的傷了我，奈特。你不能就這樣騎著摩托車跑來這裡，帶著……帶著這個——」我朝他的臉比劃個圈——「然後期望一切都沒事。不可能的。」

「我知道。」奈特的雙眼搜尋著我的。「但是我希望……我的意思是，就像你剛剛講的。我們原先是朋友。我想問你——經過了這一切之後，這樣大概很蠢，但是你知道波特電影院嗎，在克萊倫登街？播放一些比較舊的片子？他們現在正在上映《分歧者》第二集。我——唔，不曉得你想不想去看。」

接下來暫停好久。我的思緒一團亂，但是有一件事我很確定——如果我跟他說不，那就只是出於自尊和自我保護，而不是因為我不想。「以朋友的身分？」

「隨便你要以什麼身分都行。我的意思是，好啊，當朋友很好。」

「你討厭那些電影的。」我提醒他。

「沒錯，我真的很討厭。」他的口氣很後悔，我差點笑出來。「但是我更喜歡你。我想你想得快瘋掉了。」他朝我皺起眉頭，然後趕緊補充，「以朋友的身分。」我們凝視彼此幾秒鐘，直到他的下巴抽動。「好吧，因為今天我要完全誠實才行，其實不止是朋友。但是我明白這不是你現在想要的。我還是想陪你去看一場爛電影，跟你在一起兩小時。如果你願意的話。」

我的臉頰好燙，嘴角一直很努力往下扯。我的臉太容易出賣我了。奈特也看到了，於是露出笑容，但是看我什麼都沒說，他又扯著他T恤的領口，垂下頭，好像我已經拒絕他了。「唔。你考慮一下，好嗎？」

我深吸一口氣。被奈特甩掉讓我心碎，因此想到要打開心房、可能再經歷一次那種傷痛，就讓我很害怕。但是我曾經為他冒過一次險，誠實告訴他我對他的感覺。然後為了救他出獄，我又冒了第二次險。他至少值得我再冒第三次險。「如果你承認《分歧者》是一部電影史上的傑作，而且你想看得要命。那我就會考慮你的提議。」

奈特猛地抬起頭，朝我露出微笑，像是太陽重新現身。「《分歧者》是一部電影史上的傑作，而且我想看得要命。」

快樂開始洋溢我全身，害我好難再裝得一臉嚴肅。不過我還是設法撐出撲克臉，因為我不想讓他覺得那麼容易。奈特必須以朋友的身分，乖乖陪我看完《分歧者》系列三部電影，我才能考慮往下的發展。「你也回答得太快了，」我說，「我本來以為你會抗拒的。」

「我已經浪費太多時間了。」

我輕輕點了個頭。「那好吧，我會打電話給你。」

奈特的笑容稍微退去一些。「可是我們沒有交換過電話號碼，對吧？」

「你的拋棄式手機還在嗎？」我問。我的那支過去三個月一直放在櫃子裡充電。只是以防萬一。

他的臉又亮起來。「是，還在。」

我忽然聽到一個溫柔但堅持的汽車喇叭聲。我爸的BMW就在我們旁邊停下，我媽降下車窗往外看。如果要我用一個字眼形容她的表情，那就是無奈。「我的車來了。」我告訴奈特。

他抓住我的手，很快緊握一下就放開。我向上帝發誓，我的皮膚上真的冒出火花來了。「謝謝你沒叫我滾開。我會等你的電話，好嗎？你準備好了就打給我。」

「好的。」我經過他身邊，朝我爸的車子走去，感覺到他轉身一直看著我。我這才終於允許自己露出微笑，然後一旦開始笑，我就停不下來。不過沒關係。我從後座的玻璃上看到他的鏡影，他也同樣無法停止微笑。

致謝

從起心動念到寫完出版的這趟旅程，有太多人一路幫忙，這些人我永遠感激。首先，要大大感謝Rosemary Stimola和Allison Remcheck，沒有他們，這本書就不可能存在。謝謝你們在我身上冒險，也謝謝你們明智的忠告和堅定的支持。

感謝Krista Marino，你是個了不起的編輯，而且深入了解我的故事和其中的角色。你內行的回饋和指引，讓這本書更有力量，那是我以前從來想不到的。感謝Random House／Delacorte Press出版團隊的全體工作人員，我很榮幸成為你們的作者。

加入作家團體，會讓一個作家突飛猛進。謝謝我第一個評論同伴Erin Hahn，謝謝你誠實的批評、不懈的鼓勵，你是個很棒的朋友。謝謝Jen Fulmer、Meredith Ireland、Lana Kondryuk、Kathrine Zahm、Amelinda Berube，以及Ann Marjory K仔細閱讀我的書稿，給我睿智的評語。你們每一個人都讓這本書更好。

謝謝Amy Capelin、Alex Webb、Bastian Schlueck、Kathrin Nehm把《看誰在說謊》介紹給全世界的讀者。

謝謝我的姊妹Lynne，當初我坐在她的廚房裡，宣布說，「我終於要寫一本書了。」之後你讀過我寫過的每一個字，而且在這一切似乎都只是妄想時，仍始終相信我。謝謝Luis Fernando、Gabriela、Carolina、Erik的愛與支持，而且在家庭聚會時容忍我的筆電。謝謝Jay和April，我寫的每一個手足故事都有他們的影子，也謝謝 Julie 一直來關心我寫作的進度。

深深感激我的父母，從小培養出我對閱讀的喜愛，以及寫作所需的紀律。還要謝謝我二年級的老師，故去的 Karen Hermann Pugh，她是第一個喊我作家的人。我真希望可以當面謝謝她。

向我善良、聰明、有趣的兒子 Jack 獻上我全部的愛。我永遠以你為榮。

最後，要謝謝我的讀者——衷心感激你們花時間看這本書。能夠跟你們分享這個故事，真是太開心了。

Storytella 97

看誰在說謊
One of Us is Lying

看誰在說謊/凱倫.麥馬納斯作；尤傳莉譯. -- 二版. -- 臺北市：春天出版國際文化有限公司, 2022.03
面； 公分. -- (Storytella；97)
譯自：One of Us is Lying
ISBN 978-957-741-505-9(平裝)

874.57　　111002358

ISBN 978-957-741-505-9
Printed in Taiwan

作　者	凱倫・麥馬納斯
譯　者	尤傳莉
總編輯	莊宜勳
主　編	鍾靈
出版者	春天出版國際文化有限公司
地　址	台北市大安區忠孝東路四段303號4樓之1
電　話	02-7733-4070
傳　眞	02-7733-4069
E－mail	bookspring@bookspring.com.tw
網　址	http://www.bookspring.com.tw
部落格	http://blog.pixnet.net/bookspring
郵政帳號	19705538
戶　名	春天出版國際文化有限公司
法律顧問	蕭顯忠律師事務所
出版日期	二〇二二年三月二版
定　價	390元
總經銷	楨德圖書事業有限公司
地　址	新北市新店區中興路二段196號8樓
電　話	02-8919-3186
傳　眞	02-8914-5524
香港總代理	一代匯集
地　址	九龍旺角塘尾道64號 龍駒企業大廈10 B&D室
電　話	852-2783-8102
傳　眞	852-2396-0050